L'ART

ET

LA PROVINCE

LE COMITÉ DES SOCIÉTÉS DES BEAUX-ARTS

LES SESSIONS ANNUELLES DES DÉLÉGUÉS DES DÉPARTEMENTS

SUIVIS DES

RAPPORTS GÉNÉRAUX LUS A L'ISSUE DE CES SESSIONS

PAR

M. HENRY JOUIN

SECRÉTAIRE-RAPPORTEUR DU COMITÉ

DEUXIÈME SÉRIE

RAPPORTS DE 1886 A 1892

ORLÉANS

LIBRAIRIE H. HERLUISON

MARCEL MARRON, SUCCESSEUR

17, RUE JEANNE-D'ARC, 17

1901

L'ART

ET

LA PROVINCE

L'ART

ET

LA PROVINCE

LE COMITÉ DES SOCIÉTÉS DES BEAUX-ARTS

LES SESSIONS ANNUELLES DES DÉLÉGUÉS DES DÉPARTEMENTS

SUIVIS DES

RAPPORTS GÉNÉRAUX LUS A L'ISSUE DE CES SESSIONS

PAR

M. HENRY JOUIN

SECRÉTAIRE-RAPPORTEUR DU COMITÉ

DEUXIÈME SÉRIE

RAPPORTS DE 1886 A 1892

ORLÉANS

H. HERLUISON, LIBRAIRE-ÉDITEUR

17, RUE JEANNE-D'ARC, 17

—

1901

L'ART ET LA PROVINCE

DIXIÈME SESSION

(1886)

RAPPORT GÉNÉRAL LU LE 30 AVRIL

DANS LE GRAND AMPHITHÉÂTRE GERSON

A LA SORBONNE

MONSIEUR LE PRÉSIDENT[1],

MESSIEURS,

« Peu de matière et beaucoup d'art. » Telle était la devise de Paul-Louis Courier ; telle est aussi la vôtre. La session qui s'achève vous a permis d'aborder les questions les plus diverses sous une forme brève et déliée. Jamais peut-être, depuis dix années, vous n'aviez montré plus de soin, plus de sagacité dans l'exposé de faits historiques susceptibles d'honorer l'école. La variété de vos études témoigne de votre labeur et de votre goût. Mais j'y songe, il était bien naturel que la session de 1886 revêtit un éclat inaccoutumé. Vous êtes des érudits, et le souvenir des fêtes décennales de l'ancienne Rome était fait pour accroître votre émulation. C'est votre fête décennale que vous avez voulu célébrer,

---

[1] M. le vicomte Henri Delaborde, secrétaire perpétuel de l'Académie des Beaux-Arts, membre du Comité des sociétés des beaux-arts des départements.

1

et personne ne saurait être indifférent à cet ensemble
de monographies, de documents nouveaux, de disser-
tations ingénieuses, tribut volontaire déposé par vous
dans cette enceinte à la gloire de notre art national.
Déjà, vos annales étaient riches. Les volumes publiés par
l'État, au lendemain de vos congrès annuels, comptent
plus de trois mille pages. Le tome où vont être insérées
les communications que nous venons d'entendre ne
trahira ni lassitude ni défaillance. La sève des premières
heures n'a rien perdu en vous de son énergie. Vous
savez, s'il le faut, suppléer par vos commentaires à la
sécheresse ou à l'insuffisance des pièces d'archives
placées à votre portée. Vous vous êtes vraiment approprié le mot de Courier : « Peu de matière et beaucoup
d'art. »

Les œuvres, les institutions, les maîtres. Vos lectures
en 1886 peuvent être logiquement groupées sous ces
trois chefs.

Parlons des œuvres.

Il vous souvient, messieurs, que l'an passé nous
avons fait une promenade instructive aux ruines de
l'abbaye de la Chaise-Dieu. M. Léon Giron, de la société
d'Agriculture, Sciences, Arts et Commerce du Puy, nous
servait de guide. Aujourd'hui, c'est à Vauprivas que
nous appelle M. Giron. Cette fois encore la montée sera
dure. Vauprivas, antique résidence du poète et biographe
Antoine du Verdier, en son temps conseiller du roi et
gentilhomme ordinaire de la chambre, est située à huit
cent quarante mètres d'altitude. Qu'importe ? Nous
savons tous que le seigneur du lieu, grand amateur de
manuscrits grecs et latins, se montra prodigue de ses
trésors envers les hommes de lettres ses contemporains.

Un pareil bibliophile mérite d'être honoré. Au surplus, ses largesses lui ont porté bonheur. Vauprivas est en ruines : c'était inévitable ; mais la porte hospitalière de la bibliothèque subsiste. M. Giron l'a décrite. Il vous a dit la consolante devise gravée dans la pierre par du Verdier : « Les œuvres de l'homme juste sont impérissables. »

Cette parole ne pourrait-on l'appliquer à du Verdier lui-même qui, vers 1595, fit peindre dans sa chapelle de Vauprivas une *Résurrection des Morts*? L'œuvre était en péril. Le temps ne l'avait pas épargnée ; les hommes l'avaient mutilée. Votre collègue, qui a le culte des peintures anciennes de sa région, a su découvrir cette page curieuse, et, l'ayant découverte, nous l'a rendue sur la toile et dans le livre. Que M. Giron se soit trop hâté de saluer un élève de Primatice dans le peintre anonyme des ressuscités ; qu'il y ait quelque imprudence à songer aux disciples de Janet en face des donateurs agenouillés aux deux extrémités de la composition, la peinture murale restituée par M. Giron ne cesse pas d'être originale et d'un grand intérêt. Elle précise le style d'une époque. La timidité des profils, l'inexpérience du modelé, une langueur générale répandue sur les traits des personnages attestent la décadence de l'art sous Henri IV. Elles aident en même temps à définir le caractère de cette décadence. C'est donc un document précieux qui nous est offert, après bien d'autres, par M. Giron. Le nom du peintre de Vauprivas reste à connaître, mais déjà les déductions de votre collègue permettent de fixer à 1595 environ la date de l'œuvre dont nous venons de parler. Du Verdier étant mort à Duerne, près Lyon, le 25 septembre 1600,

les archives lyonnaises aideront peut-être à compléter
un jour l'histoire de la *Résurrection des Morts* de
Vauprivas.

M. Despois de Follevile, de la société Industrielle de
Rouen, a voulu traiter « de l'art décoratif dans la capitale
de la Normandie depuis le règne de Louis XII jusqu'à
Henri II » Il y a lieu de féliciter l'auteur de s'être épris
des monuments qui l'entourent. C'est en artiste qu'il
les a vus, on pourrait dire en praticien, tant il s'applique
à démêler le procédé du décorateur. La Cour des Aydes,
la Chambre des Comptes, le Gros-Horloge, l'hôtel du
Bourgtheroulde, la Maison du square Saint-André, les
Portes de Saint-Maclou, autant de monuments construits
ou décorés pendant la première moitié du seizième
siècle, appellent l'attention de M. Despois de Folleville.
Il les observe et les décrit avec soin. D'autres se seraient
bornés à cette tâche séduisante. Ainsi n'a pas fait votre
confrère. Cette première partie de son étude n'est que
l'introduction d'une leçon d'ornement. M. Despois de
Folleville a déjà publié la *Botanique de l'Ornemaniste*.
L'auteur était donc mieux préparé que nul autre à
l'analyse ingénieuse des plantes réelles ou fantastiques,
des feuilles naturelles et des bractées, sortes de feuilles
à forme particulière, des fleurs et des fruits si habilement
traités dans les monuments de la Renaissance. Mais
comment espérer, sans le secours du crayon, rendre
sensibles les transformations décoratives de la clématite
ou de l'épi de blé ? L'œil veut être de moitié dans
le travail de l'esprit en présence d'un semblable
exposé.

M. Charles Ginoux, de l'Académie du Var, s'est
attaché à honorer Puget. Aux documents qu'il a présentés

sur ce grand artiste à vos sessions précédentes, à ceux
dont il a gratifié la *Revue de l'Art français* depuis deux
années, il ajoute l'histoire moderne des *Cariatides*.
Expliquons-nous. Les *Cariatides* de Puget ont couru
plus d'un danger sérieux en ce siècle. Non que leur
mérite ait été méconnu. La réputation de ces hauts-
reliefs n'a rien à craindre de la critique. Mais, à certaines
dates, en 1825 et en 1867, par exemple, l'admiration
locale prit un tour inquiétant. On estima le portique
décoré par Puget tellement remarquable qu'on voulut
détacher ses sculptures afin de les mieux conserver dans
un Musée. Toucher à la pierre vive, c'était la détruire.
Cependant, le projet eut ses partisans. Ce fut plus
qu'une alerte : les documents le prouvent. Sachons gré
à M. Ginoux de s'être fait, pour l'enseignement de nos
neveux, l'historien modéré des témérités de nos pères.
Car, une fois sur la pente, votre confrère, Messieurs, ne
s'est pas borné au récit anecdotique du péril encouru
par les *Cariatides*. Il en a dit l'origine, la genèse depuis
le contrat de 1656, déjà publié par MM. Henry et Léon
Lagrange, jusqu'aux restaurations intelligentes qu'elles
ont subies en la présente année. Somme toute, le travail
de M. Ginoux est une monographie, riche de renseignements et de détails curieux, sur les *Cariatides* de
Pierre Puget.

Vous vous souvenez, Messieurs, de l'histoire d'Addison, qui, chaque matin, s'exerçait à tirer une cloche
sans battant pendue dans son cabinet de travail. Ses gens
trouvaient la chose singulière. Mais c'était à ce prix que
le poète anglais se sentait dispos vers le milieu du jour
et pouvait composer.

Les historiens qui se sont occupés des orgues de

Notre-Dame d'Embrun pourraient bien n'avoir connu que les matinées d'Addison. Albert, Fournier s'étaient égarés sur des renseignements erronés. Seul M. l'abbé Guillaume, du Comité départemental de l'Inventaire des richesses d'art des Hautes-Alpes, a mis au jour les pièces décisives. Nous lui devons l'histoire de ces orgues, à la fois moins anciennes et moins récentes que ne l'ont supposé ses devanciers. Les uns pensaient que Louis XI en avait été le donateur. Selon d'autres, les orgues d'Embrun devaient dater de Louis XV. Vaines hypothèses. C'est Louis XIII qu'il fallait nommer. M. Guillaume vous l'a dit. Le père Gay, religieux dominicain, organiste d'Embrun ; les frères Dominique, André et Gaspar Eustache « faiseurs d'orgues », que M. Guillaume a lieu de croire originaires de Marseille ; Jessé Martin, menuisier à Embrun, sont les auteurs des grandes orgues encore existantes dans la cathédrale. Elles datent de 1635. M. Guillaume n'aura donc pas augmenté le nombre des matinées stériles d'Addison.

M. Paul Mantz, il y a quelque vingt ans, avait parlé du ciseleur Renard, dans la *Gazette des Beaux-Arts*, à propos de la vente du cabinet d'Antoine de La Roque, ami de Watteau. Cette vente eut lieu en 1745. M. Harold de Fontenay, membre de la Société Eduenne des Lettres Sciences et Arts d'Autun, vous a fait connaître le texte du marché, passé le 10 août 1774, par le Chapître de la cathédrale d'Autun avec maître Renard, « doreur, argenteur, ciseleur, damasquineur et enjoliveur sur toutes sortes de métaux, demeurant à Paris, rue aux Ours. » Nous ne sommes donc plus en présence de l'artiste signalé par M. Mantz, car celui-ci, d'après M. le baron Pichon, s'appelait Louis, et le ciseleur dont vous a parlé

M. de Fontenay signe Jacques Renard, mais nous avons lieu de penser qu'il s'agit d'un descendant de Louis. Quoi qu'il en soit, le contrat tiré de l'oubli par votre confrère est une pièce capitale. En effet, les touristes avaient maintes fois rappelé le mérite du Christ et des Chandeliers du maître-autel de la cathédrale d'Autun. Mais ils n'avaient pas dit que ces objets d'art « en cuivre, doré en or moulu du plus bel or », furent achevés en l'année 1777, et valurent à leur auteur la somme considérable de vingt mille deux cent quarante livres. M. Harold de Fontenay vous a présenté d'excellentes reproductions des Chandeliers de Jacques Renard, j'aurais donc mauvaise grâce à tenter une description écrite du pied, décoré de bas-reliefs et de guirlandes que dominent des têtes d'anges aux ailes croisées en avant, de la tige, aux faces amincies et cannelées ornées de fleurs grimpantes, de la pomme, à laquelle sont suspendus de légers trophées et enfin de la coupe, destinée à recevoir les gouttes de cire, profilant sa forte silhouette comme un vase antique envahi par la riche frondaison de l'acanthe. Mais j'ai tort d'évoquer ici le souvenir de l'antiquité. Les Chandeliers d'Autun, aussi bien que le Christ ciselé par Jacques Renard, portent leur date. Ce sont des œuvres françaises du dix-huitième siècle. M. le baron Pichon suppose que Louis Renard a pu recevoir les conseils de Watteau. Ce peintre élégant et personnel n'aurait pas désavoué, s'il les avait connus, les ouvrages de Jacques Renard.

M. le chanoine Gallet, membre de la Commission des Antiquités et des Arts de Seine-et-Oise, a appelé votre attention sur une œuvre présumée de Jouvenet. Je voudrais bien passer entre M. Gallet et la toile qui l'occupe

sans entrer dans le démêlé, car il serait imprudent de
prendre un parti avant que la peinture ait été vue de
très près. Il est vrai, M. Gallet l'a soigneusement examinée, mais lui-même n'ose conclure avec assurance. Ses
doutes autorisent notre réserve. Est-ce Jouvenet, Restout,
Bon Boulogne, Galloche ou Colin de Vermont qui a
peint l'*Entrée de Jésus-Christ à Jérusalem?* Question
délicate. M. Leroy, biographe consciencieux de Jouvenet, aurait donc ignoré l'existence de cette toile ? A
cela, rien d'impossible. Mais tout le monde connaît l'ampleur et la libre allure de la *Pêche miraculeuse* de Jouvenet. Ses personnages se meuvent avec exubérance.
L'air circule autour d'eux. Nous ne retrouvons pas cette
aisance robuste dans l'*Entrée de Jésus-Christ à Jérusalem*. Et, sans vouloir absolument distraire de l'œuvre de
Jouvenet cette page nouvellement découverte, nous
serions d'avis avec M. Gallet que Jouvenet, s'il en est
l'auteur, a dû peindre ce tableau antérieurement à ceux
de Saint-Martin des Champs. Nous pourrions même aller
plus loin dans notre hypothèse. Jouvenet est l'élève de
Le Brun ; Voltaire nous l'a dit et son témoignage n'a pas
été contesté. Or, le premier peintre de Louis XIV a traité,
lui aussi, l'*Entrée de Jésus-Christ à Jérusalem*. L'œuvre
est au Louvre. Elle date du mois d'avril 1689. La toile
de Jouvenet serait donc antérieure au tableau de Le Brun,
sans quoi l'ordonnance de l'œuvre du maître aurait suggéré à son élève la pensée de mieux distribuer sa composition, de faire plus éclatante et plus générale l'acclamation populaire en cette marche glorieuse qu'il voulait
rappeler. Si Jouvenet était vraiment l'auteur du tableau
qu'on lui attribue, il l'aurait peint dans sa jeunesse.
Mais est-ce bien Jouvenet qu'il convient de nommer ici ?

Les Egyptiens travaillaient le granit; les Grecs, le pen-
télique et le paros : les Angevins sculptent l'ardoise.
M. le docteur Pissot, président de la Société des Sciences,
Lettres et Beaux-Arts de Cholet, a décrit un Cadran
solaire daté de 1643, portant à son centre le masque du
soleil accosté du blason de Gabriel Boylesve, successivement chancelier de l'Université d'Angers, chanoine de
Notre-Dame de Paris, aumônier du Roi et évêque
d'Avranches. Le personnage est connu. Son nom se
trouve mêlé au procès de Fouquet; mais sans aucun
doute la Section des Beaux-Arts ne s'était pas encore
occupée de Gabriel Boylesve, et j'admire que la mémoire
du prélat soit évoquée dans cette enceinte sur le seul
témoignage du Cadran solaire de son jardin. Les sculpteurs en ardoises, si modestes qu'ils demeurent, avaient
droit à l'hommage d'un érudit. Remercions M. le Président de la Société des Beaux-Arts de Cholet d'avoir rappelé les noms de Mazouy et de maître Guillet, tous deux
versés dans l'art de l'intaille sur la pierre friable, que
Châteaubriand comparait aux plumes du bouvreuil.
« Aussi bien — le mot est d'un sculpteur — c'est le
statuaire qui donne ici-bas l'immortalité; combien d'êtres
seraient oubliés, inconnus des générations de l'avenir
sans le ciseau de l'artiste! »

Qui parle ainsi? David. Et je ne me défends pas de
songer à lui en ce moment, puisque l'écrivain qui vous a
entretenus des ardoises sculptées s'est fait également
l'historien du buste colossal du général Travot, exécuté
par David pour la ville de Cholet.

L'étude, d'ailleurs très brève, consacrée à ce monument, débute par un trait de générosité et s'arrête sur
une note douloureuse. Le buste du général qui mérita

2

le surnom de « Pacificateur de la Vendée » mesure près
d'un mètre. David d'Angers ne voulut accepter que cinq
cents francs pour ce travail. Nous le savions, ces actes
de désintéressement étaient familiers à l'artiste, mais
serait-ce une raison pour n'en rien dire ? Assurément
non. Eh bien, on vous l'a raconté. Le buste de Travot,
dépossédé de la place qu'il occupait dans un intérêt de
voirie, n'a d'autre socle aujourd'hui, qu'un cube de bri-
ques superposées. C'est peu. L'homme et l'œuvre ont
droit à plus de respect. La ville de Cholet voudra relever
le piédestal du général Travot, dont l'image imposante
et sévère lui a été si gracieusement offerte.

Je voudrais au moins avoir été derrière la tapisserie,
écrivait un jour avec une pointe de regret madame de
Sévigné. Nous ne saurions tenir le même langage après
avoir entendu M. Léopold Gravier, président de la Société
du Musée d'Aubusson. Votre confrère nous a permis de
passer derrière la tapisserie. Il nous a mis dans le secret.
Nous savons maintenant l'histoire assombrie des fabriques d'Aubusson et de Felletin, décorées au dernier siècle du titre retentissant et trompeur de « manufactures
royales » alors qu'elles appartenaient à l'industrie privée.
Les tapissiers d'Aubusson, sous la plume de M. Gravier,
se révèlent à nous comme des plébéiens énergiques,
patients, laborieux et habiles. Ils ont connu les priva-
tions et la gêne. La monographie que leur consacre le
délégué de la Société du Musée nous a fait songer à certains chapitres du livre de Le Play, *Les Ouvriers euro-
péens*. C'est presque une étude d'économie sociale qui
vous a été présentée. Etude instructive et convaincue.
Après tout, les Gobelins ont eu leur historien. Beauvais
a ses annales. Aubusson devait trouver un défenseur.

Que si le plaidoyer de l'auteur d'*Une industrie artistique au dix-huitième siècle* semble, à de certains endroits, écrit *pro domo*, n'en soyons pas offensés : la maison dont il a parlé est moins la demeure de l'écrivain que celle de l'artisan, de l'artiste, du génie francais dans une certaine mesure, du labeur continu et résigné ; ce sont des titres.

De la tapisserie au vêtement, la distance n'est pas grande. M. Forestié, membre de l'Académie des Sciences, Lettres et Arts de Montauban, bouleverse toutes les notions en cours sur le luxe à notre époque. N'en doutons plus : la vie humaine est un perpétuel recommencement. L'analyse que M. Forestié a faite des étoffes, du costume, des bijoux dont les Montalbanais du quatorzième siècle se paraient volontiers, est un chapitre attachant. Foin de la gêne qui aurait été le partage des gens de métier en ces temps lointains ! Les négociants de Montauban ne font commerce que de chemises brodées, d'anneaux d'or garnis de perles, saphirs, grenats et turquoises, de coffrets d'argent, de riches colliers et de fermaux. Le cendal et la soie servent à façonner les ajustements rehaussés de broderies, de lacs, de cordons et de rubans. On croirait lire une page des *Mille et une Nuits*. Et cependant, la fiction n'a point de part dans le travail de M. Forestié. Ce qu'il écrit, il l'emprunte au manuscrit en langue romano-provençale connu sous le titre de *Livre des comptes des frères Bonis*, marchands montalbanais de 1338 à 1368. Mais quoi de surprenant à la constatation de ce luxe ? Soupçonnez-vous l'écrivain d'une complaisance outrée envers ses concitoyens d'autrefois ? il vous répondra en rappelant un mot de Guillaume Le Breton : « On n'aperçoit que satin, drap écar-

late et fin limon ; le paysan ému de se voir dans la tenue
d'un empereur, se juge l'égal de toutes les puissances. »
Le chroniqueur qui tenait ce langage est mort dans la
première moitié du treizième siècle. L'aveu ne laisse
pas d'être instructif. Ce qui le serait plus encore, c'est le
savant glossaire rédigé par M. Forestié dans le but de
faire connaître chaque pièce du vêtement ou de la parure
de nos pères, mais il est entendu que l'érudition n'est
pas notre domaine. Les Sections d'Histoire et d'Archéologie nous défendent d'empiéter. Pour un peu, nous
nous excuserions publiquement d'avoir osé lire jusqu'au
bout un curieux mémoire dont nous ne devrions connaître que le préambule.

L'étude de M. Godard-Faultrier, de la Société d'Agriculture, Sciences et Arts d'Angers, a trait à deux ivoires
sculptés. L'un provient d'un diptyque ou d'une couverture de livre et représente divers symboles relatifs à
l'Immaculée Conception. A quel siècle appartient ce travail ? La forme d'une tiare timidement ciselée dans le
bas-relief justifie le raisonnement de M. Godard-Faultrier. Il est indiscutable que la tiare décorée d'un seul
diadème nous reporte au treizième siècle. Mais l'ivoire
en question compte-t-il autant d'années que ce détail le
laisse supposer? Qui nous dit que l'artiste anonyme
auquel est dû ce bas-relief n'est pas un homme du dix-
septième siècle qui aura volontairement traité son sujet
dans un sentiment archaïque? Si nous sommes en face
d'une reliure, l'ivoirier s'est peut-être appliqué à ressaisir le style des maîtres du moyen âge, afin que son travail parût être contemporain du manuscrit auquel il allait
servir d'enveloppe. Hypothèses me direz-vous. Eh ! sans
doute, Messieurs, mais quelque désir que l'on ait de se

faire une certitude de toutes choses, pour peu que l'on soit sincère, on n'y parvient pas du premier coup. D'ailleurs, quelle qu'en soit la date, l'ivoire décrit par votre confrère présente des particularités dignes d'attention.

M. Godard-Faultrier vous a parlé aussi de l'Oliphant du Musée Saint-Jean. Nous nous garderons d'émettre la moindre hypothèse sur l'origine ou l'usage de ce précieux ivoire. Les scènes fantastiques qui le décorent ont exercé la sagacité des archéologues. Cet Oliphant vient-il de Damas ? Est-il un ressouvenir de la trompe de Roland sonnant les charges légendaires de Roncevaux ? Le temps nous presse. Laissons à M. Godard-Faultrier, l'un des doyens des conservateurs de nos Musées, le soin de scruter cette énigme. Aussi bien, je ne puis l'oublier, la Société d'Agriculture, Sciences et Arts à laquelle appartient M. Godard, héritière directe de l'Académie d'Angers, célèbre, cette année même, son deuxième centenaire. Cette longévité, qui n'a rien de la vieillesse, nous rassure. Il n'est pas de problème dans les sciences, l'art ou les lettres que l'Académie d'Angers ne soit certaine de résoudre. Car voilà deux cents ans que des générations laborieuses s'y rencontrent, et les ancêtres, au déclin de leur vie, peuvent toujours adresser à leurs successeurs le mot de Varron :

Nunc cursu tibi lampada trado.

Mais quelle imprudence est la nôtre! Qu'est-ce que l'Académie d'Angers, sinon la sœur cadette de l'Académie de Peinture, dont le Secrétaire perpétuel daigne présider en ce moment à vos débats ? Et ce qui aggrave notre faute, c'est que cette sœur cadette n'est pas du même lit que son aînée.

Voilà que notre anxiété redouble. Nous devons
résumer l'étude de M. Vidal, délégué de la Société de
Statistique de Marseille, sur la Gravure et ses transformations. Ce mémoire renferme deux thèses. Une
reproduction mécanique de l'œuvre d'art doit être préférée, d'après M. Vidal, à la reproduction par le burin.
La raison que donne l'auteur est celle-ci : l'appareil
traduit, tandis que la main du graveur interprète. Une
femme d'esprit avait tenu le même langage, en s'excusant toutefois de parler de choses qui lui étaient
étrangères. A notre humble avis, le principe émis par
George Sand confine au paradoxe. Répudier l'art au
profit du métier serait une doctrine dangereuse. Sans
doute, l'art du graveur a ses lois précises que n'ont pas
toujours respectées des maîtres indociles. Eh ! nous le
savons trop, l'homme n'est pas parfait. On a vu de par
le monde plus d'une loi transgressée. Mais bannir le
burin au nom des crimes inoffensifs, souvent aimables,
de quelques graveurs, ce serait aller loin. Recourons à
nos auteurs. Un écrivain d'art de ce temps s'est demandé
comment il se fait que les estampes soient plus recher-
chées de nos jours qu'elles ne l'ont été à aucune
époque. « D'où vient, dit-il, qu'on se les dispute dans
les ventes publiques avec une passion que nos pères
ne connaissaient pas ?» Et le critique de répondre :
« Peut-être aux yeux des partisans les plus déclarés de
la photographie appliquée à la reproduction de modèles
d'un certain ordre, la stricte, mais inerte véracité inhé-
rente à ce mode de fabrication a-t-elle pour effet d'en
démontrer l'insuffisance au point de vue esthétique et
de faire ressortir d'autant mieux les conditions privilégiées, les secrets avantages de l'art proprement dit. »

Je trouve ces lignes dans la vie de Gérard Edelinck, par M. le vicomte Delaborde. Si George Sand avait pu lire cette étude, elle eût accentué encore l'éloge d'Edelinck, qui lui échappe dans un coin de phrase, de ce maître qui «a su posséder ce grand mérite — c'est son historien qui parle — de s'identifier par ses combinaisons pratiques, aussi bien que par le fond de son sentiment, avec l'esprit et le style des originaux qu'il reproduit.»

Voilà, ce nous semble, gagnée la cause de la gravure. La prééminence de l'art sur le métier cesse d'être en discussion. Que les disciples d'Edelinck se lèvent dans l'école et nous leur ferons fête. Au surplus, ces maîtres désirés vous les acclamerez peut-être demain, car M. Vidal vous a fait part d'une grande nouvelle. Dans la seconde partie de son travail, il a su démontrer, avec preuves à l'appui, que le nombre des graveurs va croissant. A ne prendre que les Salons annuels comme base de statistique, on relève, en 1876, 169 exposants, tandis qu'en 1884 ils atteignent le chiffre de 350. A la bonne heure ! L'appareil de Daguerre n'a pas déconcerté l'artiste ; des mains vaillantes savent tenir le burin. Que la lutte se prolonge encore, et le sceptre actuellement partagé sera repris un jour de haute lutte par quelque jeune maître. C'est du moins l'espoir que fait naître en nous la conclusion du mémoire de M. Vidal.

Demandez aux paysans de la vallée de Campan combien de temps exige l'ascension du Pic du Midi. — « Quatre heures, répondront-ils, si vous allez doucement, et six si vous allez vite. »

M. Parrocel, de l'Académie de Marseille, se garde de presser le pas. Rien de hâté dans son œuvre, et voilà que l'*Histoire documentaire de l'ancienne Académie de Peinture et de Sculpture de Marseille*, la biographie de ses directeurs perpétuels, l'étude attentive de leur œuvre, la mise au jour de leur correspondance prennent sous la plume de l'écrivain provençal les proportions d'un monument. Encore une année et le livre sera fait. Avec moins de patience et de soins, l'auteur aurait pu tracer un rapide tableau des actes de l'Académie dont il a voulu être l'historiographe, mais ce sont avant tout des documents, des pièces d'archives que M. le ministre de l'Instruction publique, des Beaux-Arts et des Cultes vous demande de réunir et de mettre en œuvre. Le délégué de l'Académie de Marseille a donc bien saisi le sens de l'invitation qui vous est adressée. Verdiguier, Fenouil, Dandré Bardon, Soufflot, de Caylus, Mariette, les Vernet, Cochin sont nommés à chaque page du volume manuscrit de M. Parrocel. Les lauréats du prix de Rome, recommandés, à leur départ pour l'Italie, aux membres de l'Académie de Marseille, s'arrêtent dans cette ville hospitalière. La réception qui leur est faite est ensuite relatée dans la correspondance régulière qu'entretient l'Académie de Marseille avec celle de Paris. Cet ensemble de pièces dans lesquelles il est accidentellement parlé des académies de Toulouse, de Bordeaux, de Poitiers, de Rouen, jette une vive lumière sur la vie intellectuelle dans nos provinces pendant le dernier siècle. De pareilles études rétrospectives font honneur au patriotisme non moins qu'à la persévérance éclairée de leurs auteurs.

Qui donc a dit qu'on ne saurait lire avec plaisir un livre jusqu'au bout avant de savoir si l'auteur est doux ou colère, brun ou blond, marié ou garçon?

Je crois que cette remarque n'a pas échappé à M. Castan, membre de la Société d'Émulation du Doubs qui a envoyé au Comité des sociétés des Beaux-Arts une Notice sur les Musées de la ville de Besançon et le nouveau catalogue de ces collections. Ce nouveau catalogue c'est M. Castan qui le prépare. Or, le signe caractéristique de son livre, c'est une constante recherche de l'époque exacte et des circonstances auxquelles se rattache l'œuvre décrite. Le commentaire historique, si nous en jugeons par les extraits soumis au Comité, ne tient pas moins de place dans le nouveau travail de M. Castan que la description des ouvrages confiés à sa garde. Ainsi avait procédé Villot, lorsqu'il composa les livrets du Louvre. Mais Villot s'était borné à l'histoire circonstanciée des chefs-d'œuvre : votre confrère fait plus. En lui le critique marche de pair avec l'historien. Lisez les commentaires relatifs au triptyque de Van Orley, à certains tableaux de François Le Moyne, de Vincent, de Lenoir, au portrait de Nicolas de Granvelle par Titien, et vous serez informés de toutes choses sur le maître, sur son œuvre et sur le Musée qui l'abrite.

Soit. Que les Musées de Besançon aient eu besoin d'être connus, passe encore! Mais les Musées de Versailles! Il est évident que nous n'avions rien à apprendre sur ces collections. Erreur. M. Dutilleux, de la Commission des Antiquités et des Arts de Seine-et-Oise, vous l'a démontré. L'histoire des Musées de Versailles, pendant la période révolutionnaire, l'Empire et les premières années de la Restauration, n'était pas faite. Du moins les efforts généreux de l'Administration versaillaise tendant à constituer un Musée spécial de l'école française dans le palais de Louis XIV, construit

3

par Mansart, décoré par Le Brun, Mignard, Girardon,
Coyzevox ; l'initiative de la population s'opposant à ce
que le Château fût dépouillé de ses toiles et de ses statues, étaient de nature à tenter un écrivain de la région.
M. Dutilleux a tracé avec une élégante sobriété le tableau
des vicissitudes que subit, dès sa création, le Musée de
l'école française. Les galeries de Versailles, telles que
les a faites le Gouvernement de Juillet, ont un caractère
historique. Le Musée, laborieusement créé après 1792,
aurait renfermé les chefs-d'œuvre des peintres français.
Si nous saisissons toute la pensée de M. Dutilleux,
l'historien regrette certainement la dispersion des toiles
un instant réunies dans le palais de Versailles. Qu'il
nous permette de le lui dire, nous ne partageons pas les
mêmes regrets. M. Dutilleux vous a rappelé que les
tableaux de Le Sueur, peints pour les Chartreux, ont
fait partie du Musée de l'école française à Versailles. Or,
dès 1802, Naigeon, conservateur du Musée du
Luxembourg, allait réclamer les toiles de Le Sueur et
les emportait au Palais du Sénat. De nos jours, ces
œuvres sont au Louvre et nous souhaitons qu'elles n'en
sortent jamais. Reléguer à Versailles, Poussin, Le Sueur,
Le Brun, Watteau, David, Prud'hon, Ingres, lorsque
Raphaël, Rubens, Rembrandt régneraient au Louvre, ce
serait abdiquer la part d'influence à laquelle doit prétendre l'école française. On ne fera jamais trop de place
à nos maîtres nationaux dans les galeries du Louvre
tant que les grandes écoles y seront en présence. Mais
si nous ne pouvons souscrire au vœu bien naturel de
M. Dutilleux, nous le remercions de sa monographie
toute nette et précise, émaillée de pièces officielles
agencées sans effort et dont la lecture instruit et retient.

Les mémoires sur l'Académie de Marseille, les Musées de Besançon et de Versailles, sont les seuls que vous ayez rédigés en 1886 sur ce que j'appelle des institutions. Les biographies que vous avez offertes au Comité sont plus nombreuses. Essayons de dire avec brièveté quels enseignements découlent de ces travaux.

Quelqu'un qui ne doit pas attendre lorsqu'on parle du Louvre comme nous venons de le faire, c'est Louis-Antoine Lavallée, secrétaire général du Musée, de 1804 à 1816. Prud'hon ne nous avait laissé que son portrait ; M. Marcille, président de la Société des Arts d'Orléans, a fait entrer cette toile dans le Musée qu'il dirige avec l'enthousiasme, je devrais dire le culte du connaisseur et de l'artiste. Puis, dépassant Prud'hon, votre confrère a voulu raconter les heures de travail, d'intelligence, de dévouement et de patriotisme d'un homme que les événements de 1815 ont fait le défenseur le plus immédiat de nos trésors d'art. L'histoire de l'enlèvement des toiles amassées au Louvre par la conquête est bien connue, mais on ne s'y arrête pas volontiers. La part très active prise par Lavallée dans une résistance équitable aux injonctions sans mesure des Alliés doit lui être comptée. M. Marcille a donc eu raison de s'arrêter en face de ce fonctionnaire, de cet homme de second plan, dont l'assiduité, le talent et le courage civique pourront toujours être cités en exemple.

Étrange contraste ! Lavallée reçut la croix d'honneur pour avoir tenu tête aux puissances étrangères : Joachim Le Breton, qui n'avait fait que blâmer au sein de l'Académie des Beaux-Arts la conduite des Alliés, fut frappé par le pouvoir. Jean-François Le Breton, né près de Laval en 1762, et dont M. Tancrède Abraham, vice-

président de la Société des Arts réunis de la Mayenne,
a esquissé la vie, est-il de la même famille que Joachim
Le Breton? Peintre, anatomiste et physicien, Jean-
François avait en lui les qualités d'un professeur. Il
fut chargé d'un cours à l'Institution des Sourds-Muets à
Paris. C'est dans ce poste qu'il mourut. M. Abraham a
recueilli le portrait de l'artiste, quelques lettres, des
anecdotes, des dates précises : à d'autres maintenant
de reconstituer, s'ils le peuvent faire, l'œuvre du
peintre.

Fontenelle, au dire de Sainte-Beuve, avait pour principe qu'il ne faut donner dans le sublime qu'à la dernière extrémité et à son corps défendant. La maxime
est consolante. Les Blut, que leur compatriote M. Durieux,
de la Société d'Émulation de Cambrai, vous a présentés,
se sont interdit de jamais tomber dans le sublime. Mais
le talent suffit à recommander un nom. Et lorsque,
pendant deux siècles, la pratique de l'art se transmet
avec le sang dans une même famille elle devient honorable. Ainsi en a jugé M. Durieux, et ses clients du Nord,
Cornil, Jean II, François, Michel, Bastien, Léonard Blut,
étroitement groupés sous sa plume autour de leur
ancêtre Jean Blut, peintre en titre de la ville et de
l'église de Cambrai, de 1585 à 1616, ont l'aspect sérieux
d'une dynastie d'artistes, secondaires sans doute, mais
digne d'être connus.

Qui oserait nous contredire ? les autographes ont une
saveur et un parfum d'un caractère à part. Les anciens
recherchaient ces sortes de documents et les modernes
imitent sur ce point les anciens.

M. Le Breton, directeur du Musée céramique de Rouen,
aime les autographes d'artistes, et, en homme qui

espère de longs jours, il recueille volontiers les lettres
de la veille, se promettant sans doute de leur faire
prendre des années dans son portefeuille. Vaine combi-
naison! Qu'un homme comme Baudry vienne à mourir,
M. Le Breton se souvient qu'il est parlé de Baudry dans
des lettres de Schnetz qu'il possède, et le collectionneur
n'hésite pas. Il ouvre devant vous son portefeuille. Ce
n'est point à nous de parler de Baudry. Le peintre
distingué, l'homme sincère et droit sera bien jugé par
ses pairs. D'autre part, nous nous sentons inhabile à
résumer les lettres de Schnetz. Des pages familières
échappent à l'analyse. Mais ce qu'il faut retenir de la
lecture de M. Le Breton, c'est l'amour de Rome qui se
trahit dans la parole écrite du peintre octogénaire, c'est
cette noble passion dont Beulé a si bien dit : «L'amour
de Rome, le culte d'un admirable pays et de la race privilégiée qui l'habite, n'a pas seulement rempli la longue
carrière de Schnetz, c'est le secret de toute cette
carrière ». Vous avez entendu le vieux maître demander
qu'on le laissât achever un directorat de vingt années.
Touchante supplication qui justifie pleinement cette
autre parole de l'écrivain que je rappelais : « La villa
Médicis a été le but de tous les efforts de Schnetz pendant sa jeunesse, un regret et un rêve dans son âge
mûr, une véritable possession pendant le reste de sa
vie ». Un semblable éloge a son prix, et M. Le Breton a
bien servi, selon nous, la mémoire de Schnetz par le
choix des lettres qu'il vous a lues.

On voudrait s'attarder sur les pas du sculpteur *Ama-
bilis* que M. Marionneau, de l'Académie de Bordeaux et
correspondant de l'Institut, nomme à plusieurs reprises
dans son étude sur les anciens Artistes aquitains et les

Peintres officiels du vieux Bordeaux. Mais ce sculpteur,
en vogue à l'époque gallo-romaine, se dérobe à l'adu-
lation des modernes. Nous ne connaissons guère que
son nom et peut-être son profil. Ainsi les *graffiti* de
Pompéi éveillent la curiosité du touriste sans la satisfaire. Ces sortes d'inscriptions, plus qu'à moitié frustes,
jettent assez de clarté sur le passé pour qu'on s'y
attache, et lui laissent cependant de son mystère.
Jacques Gaultier, Jas le Roy, Guillaume Cureau, François
Bassemont, maîtres plus récents, sont aussi serrés de
plus près par l'historien qui n'a rien omis de ce que
renferment les archives locales sur les fonctions ou les
œuvres de ces peintres provinciaux. En s'excusant d'être
bref et de glaner seulement dans le champ d'autrui,
M. Marionneau, par son nouveau travail, apporte à
l'histoire de sa ville natale la coopération d'un de ces
efforts utiles que Montaigne appelait le coup de jarret
du Basque.

Nous ne quittons pas la Guyenne avec M. Arnaud
Communay, vice-président de la Société des Archives
historiques de Bordeaux. Les lecteurs de la *Revue de l'Art
français* se sentent redevables à cet écrivain de connaître depuis quelques mois le véritable auteur de la
statue de la Renommée conservée au Louvre et attribuée
à tort au sculpteur Berthelot. Pierre Biart a sculpté cet
ouvrage. C'est en compulsant les archives de Cadillac
que M. Communay a fait sa découverte. Deux pièces
tirées du même fonds vous ont été présentées par
M. Communay. L'une est un marché passé entre le duc
d'Épernon et les sieurs Pierre Ardouin et Louis Cothereau, maîtres maçons. La seconde pièce est une donation de joyaux faite par la vicomtesse de Ribérac aux

enfants du duc d'Epernon. Nous serons bref sur ces documents appelés à trouver place dans un ouvrage développé que prépare l'auteur sous le titre : *La chronique de Cadillac*. Sachons-lui gré de la primeur.

D'Épernon, que me veux-tu ?

M. Braquehaye, directeur de l'Ecole municipale de dessin de Bordeaux, a voulu dresser la nomenclature des artistes employés par le fastueux duc dans son château de Cadillac. Nous rencontrons naturellement Louis Cothereau et Pierre Ardouin dans le relevé de M. Braquehaye, mais lui aussi a sa trouvaille. Une riche Colonne autrefois érigée dans l'église de Saint-Cloud et destinée à supporter un vase qui renfermait le cœur de Henri III est actuellement à Saint-Denis. On l'attribuait à Barthélemy Prieur : elle est l'œuvre d'un sculpteur de Cadillac, Jean Pageot, aux ordres de d'Épernon. Le texte du marché vous est apporté par M. Braquehaye. Le même auteur s'est occupé des tapisseries de Cadillac et de la suite, représentant l'*Histoire de Henri III* exécutée sur l'ordre de l'ancien mignon devenu gouverneur de la Guyenne. M. Braquehaye signale vingt-deux pièces de cette tenture, dont il nomme les auteurs et précise le sujet. M. le baron Pichon, qui a parlé de la même commande croit à l'existence de vingt-six pièces, et M. Lacordaire, l'ancien directeur des Gobelins, s'appuyant sur un inventaire officiel, nous avait dit que la tenture provenant de Cadillac comportait vingt-sept pièces. Il est donc possible que l'acte découvert par M. Braquehaye, dans l'étude de Me Médeville, ne soit pas l'unique document relatif à la tapisserie de Henri III.

Joubert se contentait d'achever ses pensées, mais il ne lui vint pas à l'esprit de les joindre entre elles.

Autre est la pente naturelle de M. Jacquot, de la Société
d'Archéologie lorraine à Nancy. Saint-Joire, Claude
Moucherel, Ligier Richier, Georgin, Deruet, Melling,
Gille dit Provençal, Maurice le miniaturiste, courtisan
très apprécié de Catherine II, seraient assez surpris de
se rencontrer dans le même salon. Aucune affinité sensible entre ces peintres, sculpteurs et facteurs d'orgues.
Je me trompe, ils sont lorrains. Et, depuis de longues
années déjà, M. Jacquot aime à parler ici de sa province.
Que le lien dont il fait usage pour tenir rapprochées les
notes éparses qu'il recueille soit peu visible, votre confrère le sait. Mais que lui importe s'il a mis au jour un
détail oublié sur des maîtres qu'une bataille perdue a
fait des étrangers ; que lui importe si ses pages légères
doivent évoquer en France le souvenir aimé de la Lorraine.

Je me hâte, Messieurs.

Trois mémoires vous ont été lus sur des sculpteurs
trop peu connus.

C'est d'abord une biographie très succincte d'André
Supplice, ou Sulpice, artiste berrichon, qui exécuta,
vers la fin du quinzième siècle, les magnifiques stalles
de la cathédrale de Rodez. Sulpice avait précédemment
travaillé à Mende, à Villefranche et à Béziers.

On vous a dit les travaux et la vie privée de Gabriel
Allegrain le fils, membre de l'Académie de Saint-Luc,
qui fut employé en 1764 à l'arsenal de Rochefort.

Vous savez désormais quelles furent les relations de
Louis-Claude Vassé avec Pierre-Jean Grosley, dont le
souvenir est cher aux érudits.

M. André, de la Société d'Agriculture, Sciences et
Arts de la Lozère, s'est fait le biographe de Sulpice.

Gabriel Allegrain doit à M. Audiat, président de la Société des Archives historiques de l'Aunis, d'être moins ignoré. M. Henri Stein, secrétaire de la Société Historique et Archéologique du Gâtinais, est l'auteur de l'étude sur Vassé.

Ces trois notices, égales par le savoir, le ton mesuré, les proportions, font songer aux parties distinctes d'une même œuvre, et leur lecture nous remet en mémoire l'épigramme célèbre de Léonidas de Tarente sur une élégante broderie, œuvre collective de trois artistes.

J'ai nommé la Société Historique du Gâtinais. Fondée il y a peu d'années par l'un des vôtres, M. Edmond Michel, cette Société vient de perdre son fondateur. Je ne puis me défendre de saluer en passant cet homme jeune encore, enlevé trop soudainement aux importants travaux qu'il préparait. Il avait, ici même, parlé en érudit et en critique des peintres Tischbein et de la Sculpture tumulaire dans l'Orléanais. A l'issue de votre session de 1881, M. Michel avait reçu la croix de la Légion d'honneur.

Nicolas et Jacques Wilbault, de Château-Porcien, petite localité du département des Ardennes, sont des peintres provinciaux que M. Jadart, secrétaire général de l'Académie de Reims, s'est appliqué à mettre en lumière. Nicolas est né en 1686 ; Jacques, son neveu, meurt en 1806. Pendant plus d'un siècle, églises, demeures seigneuriales, habitations bourgeoises furent décorées par le pinceau fertile des deux artistes. M. Jadart a soigneusement reconstitué leur œuvre disséminée.

Regnaudin n'appartient pas à la province. L'élève de François Anguier, l'émule de Thibault Poissant et de

4

Girardon se rattache à la grande pléiade des sculpteurs
dirigés par Le Brun. Toutefois, il revenait de droit à
M. Bouchard, président de la Société d'Émulation de
l'Allier, de se faire l'historiographe de Regnaudin.
L'habile maître est né à Moulins le 18 février 1622, et
non pas en 1627, comme on l'avait toujours dit.
M. Bouchard vous a présenté l'acte de baptême de l'artiste. Il y a plus, c'est à Moulins que se voit le riche
mausolée de Henri II de Montmorency, sculpté par
Anguier avec la collaboration de Regnaudin. Mais je ne
puis me laisser conduire par M. Bouchard au Louvre,
à Saint-Germain, à Versailles, à l'Académie de Peinture.
L'écrivain ne se borne pas à produire des documents
nouveaux : il aime son modèle et raconte sa vie avec
cette chaleur pénétrante qui circule dans certains éloges
de Guillet de Saint-Georges. Procès-verbaux, marchés,
contrats, comptes des bâtiments, M. Bouchard a tout
compulsé sur Regnaudin. Tant de recherches sagement
condensées et des jugements de goût émis à propos
témoignent d'un haut labeur.

Un poète a dit :

Nous avons trop d'auteurs qui n'ont fait qu'un ouvrage.

Le mot ne s'applique pas à Marillier, « cet émule d'Eisen
et de Gravelot, » c'est M. Duplessis qui le qualifie de la
sorte. Marillier a laissé des traces de son esprit inventif
« dans la plupart des livres imprimés au dix-huitième
siècle. » Maint écrivain lui doit la part la plus durable
de ses propres ouvrages. Les iconographes se sont occupés de l'œuvre de Marillier. A son tour, M. Lhuillier,
vice-président de la Société d'Archéologie de Seine-et-
Marne, s'arrête un instant devant le spirituel dessina-

teur. Mais, si M. Lhuillier est homme à marcher d'un pas ferme sur les grandes routes, nous constatons en retour que cet auteur ne suit pas volontiers les chemins battus. Il les évite. Aussi n'est-ce point un simple catalogue de l'œuvre de Marillier qui vous est offert. Un pareil travail mériterait de reste que l'on sût gré à M. Lhuillier de l'avoir composé. Mais non. Le catalogue de l'œuvre de Marillier n'est ici qu'une sorte d'appendice, et le gros de l'arbre, comme disait Le Brun en parlant de Raphaël, le fond de la monographie que vous avez applaudie est une étude aussi complète, aussi neuve qu'imprévue sur l'homme intime et le citoyen. Personne encore n'avait observé cette face tout à fait ignorée de la vie de Marillier. Vous doutiez-vous, Messieurs, en feuilletant les Fables de Dorat que le fin dessinateur qui a sauvé ces poèmes légers de l'oubli avait rempli après 1789, désigné par le libre suffrage de ses concitoyens, les fonctions de président de district, d'administrateur de département, et plus tard celles de juge de paix et de maire de village ? Vanité de la gloire humaine ! vous avez entendu M. Lhuillier rappeler ce mot charmant d'un octogénaire de Boissise à qui votre confrère s'était adressé au cours de son enquête sur Marillier.

« C'était un habile dessinateur? » dit M. Lhuillier au paysan.

Et celui-ci de répondre :

« Je ne sais pas si M. Marillier dessinait, mais c'était le bourgeois de Beaulieu qui récoltait le meilleur vin du terroir, et il donnait tous les ans la moitié de sa cuvée à ceux qui n'avaient pas de vignes. »

Conclusion, Messieurs, Marillier fut un homme de cœur, et le cœur vaut mieux que l'esprit.

Les graveurs abbevillois ferment le cortège des maîtres provinciaux dont on vous a entretenus pendant cette session. M. Delignières, vice-président de la Société d'Émulation d'Abbeville s'est fait ici l'introducteur de trente-neuf artistes nés dans la même région. Il ne nous déplaît pas de voir M. Delignières chercher dans le caractère et le tempérament picard la raison d'être d'une même vocation si généralement suivie, et avec honneur, par ses compatriotes. Trente-neuf graveurs, c'est presque le nombre exigé pour constituer une académie. Et lorsque Claude Mellan, Jean Lenfant, les Poilly, Daullé apparaissent dans les rangs de la phalange abbevilloise, on se croit volontiers chez des « immortels ». L'âme des sites n'est sans doute pas étrangère à cette transmission d'aptitudes qui permet de dire « l'école d'Abbeville » comme on dit parfois « l'école de Langres » en songeant à Duvet et à Boillot, ou « l'école d'Orléans » devant les estampes de Pierre Vallet, de Jean Chartier et d'Etienne Delaune. Mais M. Delignières y met trop de réserve. S'il rend hommage, et avec raison, à la science impeccable de ses devanciers, notamment M. de Montaiglon et M. Duplessis, nous estimons que l'historien des graveurs abbevillois, très informé lui-même et juste appréciateur des hommes dont il s'occupe, peut étendre sans péril son travail d'ensemble. N'est-ce pas M. Duplessis qui s'est excusé de ne pouvoir « sacrifier l'histoire générale à l'histoire de telle ou telle province que chacun peut étudier à loisir dans des monographies spéciales ? » Mais encore faut-il que ces monographies aient été faites. Par ses études passées, son goût, ses loisirs, le lieu de sa résidence, M. Delignières paraît désigné pour composer le livre dont il a tracé le canevas.

Un dernier mot.

Quelques Athéniens s'aventurèrent un jour à travers la Sicile. Pindare, Eschyle et Simonide les y avaient précédés. Les voyageurs comprirent qu'ils ne pourraient captiver les Siciliens qu'en leur parlant d'Euripide. C'est ce qu'ils firent. On les vit réciter les strophes mâles et sévères des chœurs d'*Hippolyte*. Leur séjour fut un triomphe. De retour dans leur patrie, les Athéniens publièrent l'événement et allèrent remercier Euripide des acclamations qu'ils avaient moissonnées. Le poète, touché de la reconnaissance de ses compatriotes, écrivit pour eux le dialogue des *Moissonneurs*.

Je ne sais, Messieurs, si vous êtes partis d'Athènes, mais vous vous trouvez sûrement dans la ville d'Eschyle et de Pindare. Trop de gloire resplendit au front de la grande cité pour qu'elle prête aisément l'oreille à nos humbles discours. Vous le saviez, de reste, car vous aussi vous avez parlé d'Euripide, c'est-à-dire de Puget, Marillier, Sulpice, Regnaudin, Pageot, Renard, les Wilbault, Mellan, ces poètes du marbre ou de la toile dont s'enorgueillissent vos régions. Le succès a couronné vos efforts. Suivez maintenant l'exemple des Athéniens. Quand vous serez de retour dans vos provinces, dites bien haut l'intérêt et le charme de cette session. Faites des prosélytes. Gagnez de nombreux esprits à la cause de l'art national. Ce n'est pas assez : remettez-vous à l'œuvre. Il se peut que les maîtres dont vous avez fait vos clients ne se soient pas livrés sans réserve. On peut apprendre encore à leur école. Qui sait ? Plus d'un, sans doute, vous ménage de nouvelles confidences. Ainsi le poète offrit à ses concitoyens sa pièce des *Moissonneurs*. Ne négligez donc pas d'aller remercier Euripide.

ONZIÈME SESSION

(1887)

RAPPORT GÉNÉRAL LU LE 3 JUIN

DANS LE GRAND AMPHITHÉATRE GERSON

A LA SORBONNE

MONSIEUR LE PRÉSIDENT [1],

MESSIEURS,

Il vous souvient sans doute d'une anecdote rappelée par Fontenelle. En 1593, date de la *Satire Ménippée*, une dent avait poussé à un jeune Slave des environs de Breslau. Le bruit se répandit que cette dent était d'or. L'Europe savante s'en émut. On disserta sur le prodige. « Il ne manquait autre chose à tant de beaux ouvrages, dit Fontenelle, sinon qu'il fût vrai que la dent était d'or. Quand un orfèvre l'eut examinée, il se trouva que c'était une feuille d'or appliquée à la dent avec beaucoup d'adresse ; mais on avait commencé par faire des livres, et ce n'est qu'ensuite qu'on avait consulté l'orfèvre. »

Certain fait analogue s'est passé dans notre pays il y a quelque dix ans. La nouvelle circula que les départements détenaient des trésors d'art nombreux. Ici, c'était une mosaïque, des peintures murales, des statues ;

---

[1] M. Anatole de Montaiglon, membre du Comité des Sociétés des Beaux-Arts des départements.

ailleurs, des ruines précieuses; partout, des parchemins, des archives, véritables titres de noblesse du
génie français. Victime de sa trop grande crédulité il y
a trois siècles, Paris était devenu sceptique. Vous avez
eu le vague pressentiment de ses hésitations, de ses
doutes possibles. Qu'avez-vous fait, Messieurs ? La nouvelle en circulation vous tenait au cœur, elle intéres-
sait la province. Il allait de votre honneur qu'on l'acceptât, qu'elle fût réputée pour vraie. Mieux avisés que
vos ancêtres les érudits de 1593, on vous a vus passer
tout d'abord chez l'orfèvre. Vous vous êtes assurés de
son appui, et c'est avec le témoignage écrit de cet arbitre que vous vous présentez à la Sorbonne depuis plus
de dix années. Qui donc, je le demande, ne s'incline-
rait devant les signatures dûment légalisées des habiles
artistes dont vous vous réclamez annuellement avec
tant d'imprévu et d'à-propos ? Ces signatures, pour la
présente session, sont tour à tour celles de François Marchand, de Julien de Fontenay, de Rubens, de Monnot,
des Pater, des Ranc, de Michel Colombe.

Rassurez-vous, Messieurs; la preuve est faite. Paris
est désormais édifié sur l'importance de vos richesses.
Vos découvertes ne font plus que des envieux. On s'en
entretient, on y applaudit, on les attend. Elles sont un
événement dans le monde des lettres. Vos travaux, publiés par l'Etat, forment une collection de plus en plus
recherchée, à laquelle pourrait s'appliquer le titre, un
peu long, je l'accorde, mais pourtant bien juste, de
« Documents inédits sur l'histoire de l'école française,
recueillis par des hommes de goût, de savoir et de
bonne volonté. »

Vous avez entendu M. Ginoux, de l'Académie du

Var, correspondant du Comité, retracer la vie de ce peintre éminent, de cet homme de bien, Jean-Baptiste de La Rose, attaché à la décoration des vaisseaux dans l'Arsenal de Toulon. Le nom de ce maître n'était pas inconnu aux écrivains d'art. Au début du siècle dernier, le Père Bougerel avait ébauché son histoire. De notre temps, le docteur Pons a publié une biographie du peintre provençal dans les *Archives de l'Art français*. — N'allons pas trop vite. — Nous n'avons pas le droit de parler ici des *Archives de l'Art français* sans rendre hommage au président de notre Assemblée, M. Anatole de Montaiglon, pour la très grande part qu'il a prise à cette inestimable publication. M. Ginoux a lu Bougerel, Pons et d'autres encore. S'il se plaît à citer ses devanciers sans en omettre un seul, ce n'est pas, croyez-le bien, pour faire montre d'érudition, mais afin de marquer le point d'arrivée des biographes de de La Rose et de préciser son propre point de départ. C'est ainsi que de La Rose, qui dut à son mérite de voir un jour Mazarin dans son atelier, nous apparaît sous la plume studieuse et concise de M. Ginoux avec une vigueur de relief, une netteté de contour que ses portraits antérieurs ne donnent pas.

Comment s'attarder en face du profil de Jean-Baptiste de La Rose sans se rappeler le rôle qu'il remplit dans l'école de la Marine ? N'est-ce pas lui qui, le premier, professa la peinture ? N'eut-il pas pour successeurs dans sa charge son fils et son petit-fils, Pascal et Jean-Baptiste II ? Son titre ne fut-il pas recueilli par une suite de professeurs jusqu'en 1844 ? Et pendant que les ateliers de peinture prospéraient dès le jour de leur création, grâce à l'initiative des de La Rose, l'atelier de

sculpture était gouverné par Puget, Veyrier, Bernard
Toro. Ainsi se perpétuaient, sous l'égide de l'Etat, les
traditions d'art inaugurées à Toulon, au début du quinzième siècle, par l'habile sculpteur Jean Flamenq. Une
pente inévitable devait amener M. Ginoux à écrire l'histoire des écoles d'art de Toulon. Il l'a fait avec cette
discrétion que vous lui connaissez. Ce qu'il ne dit pas
ressort toutefois des pages qu'il vous a lues. L'enseignement de l'art étant distribué avec éclat à l'Arsenal, la
ville ne songea point à ouvrir des écoles pour son
propre compte. Mais la Marine vit peu à peu se transformer son matériel. Le jour vint où l'art n'obtint plus
qu'une place disputée dans la construction des vaisseaux. La conséquence de cet état de choses imprévu
fut la désertion des écoles de l'Arsenal. Ses ateliers se
sont fermés. Me trompé-je ? M. Ginoux, Messieurs, qui
est un patriote en même temps qu'un artiste, semble se
demander avec anxiété si Toulon ne possédera pas
bientôt une grande école des Beaux-Arts. Pourquoi
non ? Les nouvelles générations ne sauraient être moins
favorisées dans leurs aspirations vers le beau que ne le
furent les jeunes hommes d'il y a deux siècles.

> Vous voyez, mes amis, que je suis de parole !

C'est en ces termes que débute dans une agréable
comédie de Collin d'Harleville ou de Picard un personnage dont le poète a voulu faire le type de l'activité
souriante, du désintéressement, de l'audace heureuse.
Ainsi aurait également le droit de s'exprimer M. Parrocel, de l'Académie de Marseille, membre non résident
du Comité, en vous présentant les deux derniers volumes de son *Histoire documentaire*. Nos félicitations à

l'auteur. Nous ne saurions que nous répéter si nous
tentions de parler en quelques lignes de ces deux mille
pages consacrées à l'exhumation de pièces inédites sur
l'ancienne Académie de peinture et de sculpture de
Marseille. On ne résume pas aisément le nombre,
l'étendue et la variété. Mais comme on se plait à faire
l'école buissonnière dans ces « fourrés » de lettres, de
procès-verbaux, d'actes d'état civil dont la publication
fera tant d'honneur à la Provence! Comme on aime à se
promener sous bois dans ce vaste enclos, à la suite de
M. Parrocel! Charles Natoire, Vien, Lagrenée, pour
n'évoquer ici que des hommes appelés hors de Marseille aux plus hautes fonctions dans l'école, vous
attendent au passage. Quelle faute est la nôtre! Nous
venons de rappeler trois noms lorsqu'il faudrait en
citer cinq cents! M. Parrocel que rien ne lasse a donné
pour couronnement à son œuvre de longue haleine un
dictionnaire anecdotique des artistes et des amateurs
dont il avait précédemment parlé. C'est là que les
curieux puiseront à pleines mains, et avec profit. Nous
recommandons cette partie de l'ouvrage de M. Parrocel
aux chercheurs d'autographes.

Il était bien de Marseille le peintre Dagnan qui a écrit
sur Montpellier une page irrespectueuse au premier
chef;

« Montpellier, la ville la plus anti-pittoresque, la plus
anti-artiste, la plus inhabitable! Ni eaux, ni monuments,
ni ruines, ni souvenirs d'aucun genre! »

Et le réquisitoire de se poursuivre! Il porte la date de
1832. Dagnan n'a pas eu de flair. Que n'a-t-il su prévoir
le baron Fabre, Valedau, Bonnet-Mel, Bruyas? Que ne
s'est-il douté des études vengeresses de M. Ponso-

nailhe, membre de l'Académie des sciences et lettres de
Montpellier? Anti-artiste, la ville de Sébastien Bourdon,
la patrie des Ranc! Ah! monsieur Dagnan, nous trem-
blons pour votre *Votre vue du lac de Neufchâtel*, confiée à la garde des Montpelliérains. Nous ne révèlerons
jamais, quant à nous, à M. Ponsonailhe dans quel édifice se trouve votre toile. Non content d'avoir raconté,
dans un livre plein de moelle, la vie de Sébastien
Bourdon, M. Ponsonailhe a esquissé devant vous l'histoire d'Antoine et de Jean Ranc dans une étude où se
trahit la moelle d'un livre développé. Il prendra forme
un jour. Vous entendrez dire qu'il est publié, car, vous
en avez reçu l'aveu, l'ambition de votre confrère est de
prendre ses modèles au berceau et de ne les quitter
qu'à l'heure des funérailles. Si nous ne faisons erreur,
le plan est de bonnes dimensions. Et l'écrivain se garde
de rien esquiver. Etudes, voyages, tempérament, famille, style, œuvres, disciples, tout l'attire. C'est bien
dans ce cadre multiple, n'est-il pas vrai? que vous sont
apparus les Ranc, escortés de Raoux, de Gaspard et
d'Hyacinthe Rigaud?

« Quel est le dictionnaire biographique où l'on trouve
les noms de Pujol, Hugonet, Bordet, Boyer, Bordelet,
qui sont ceux de familles albigeoises chez lesquelles le
culte des Beaux-Arts était héréditaire? »

C'est M. Jolibois, conservateur du Musée de peinture
à Albi, membre non résident du Comité, qui s'exprime
de la sorte. Et l'on ne pose ordinairement de pareilles
questions que si l'on est en mesure d'y répondre. C'était
le cas pour M. Jolibois.

Pierre Bourguignon, Didier, Marc Arcis, Raymond
Lafage et vingt autres enlumineurs, dessinateurs, pein-

tres ou statuaires, bénéficient du dépouillement minutieux d'archives locales entrepris par M. Jolibois. Son
travail n'est rien moins qu'un chapitre inédit de l'histoire de l'art national. Et, Messieurs, que ne doit-on
pas attendre de vos recherches si le sol albigeois, tant
de fois et si profondément ravagé, permet encore qu'on
y récolte ! Que M. Jolibois compte parmi vous de nombreux imitateurs !

Jean-Etienne Lasne, graveur bordelais, serait-il le
père du graveur normand Michel Lasne ? Tel est le problème que M. Marionneau, correspondant de l'Institut,
membre non résident du Comité, s'est efforcé de résoudre. MM. de Chennevières, Arnauldet et Duplessis,
par leurs travaux anciens, ont été, pour ainsi parler,
les instigateurs de l'étude de M. Marionneau. M. Lecau-
chois-Féraud a été son premier guide. En assumant la
tâche de faire revivre un maître oublié, votre confrère
avait évidemment le désir d'honorer la ville de Bordeaux. Toutefois une pensée plus haute le soutenait.
Jean-Etienne ne pouvait être le père de Michel Lasne,
M. Marionneau l'a prouvé ; mais il est possible que
Jean-Etienne soit le frère du graveur caennais. On se
trouverait donc, comme tout à l'heure chez de La Rose
et chez les Ranc, en présence d'une famille d'artistes,
peut-être d'une dynastie. Et, quoi de plus attachant
que cette transmission des aptitudes, du talent, dans
une même maison ? L'hérédité du génie est chose assez
surprenante pour qu'on se plaise à en découvrir la
trace. Jean-Etienne a laissé des planches d'un certain
mérite, connues seulement des amateurs de la Guyenne ;
Jean-Etienne était d'humeur voyageuse. Rien ne s'oppose donc à ce qu'il ait émigré d'une province voisine

et fait halte à Bordeaux. Les dates, l'homonymie et
d'autres indices habilement exposés par M. Marionneau
donnent de la consistance à son induction. C'est désormais aux érudits normands qu'appartient le soin de
compléter l'enquête si bien ouverte, en nous apportant
des pièces inédites sur Michel Lasne. Jusqu'à ce jour,
la vie du maître ne nous est connue que par des documents trop rares. Son histoire est à faire. Lorsqu'on la
connaîtra, l'existence de Jean-Etienne sera sans doute,
par contre-coup, moins enveloppée d'ombre.

Nous remontons vers l'Ouest. M. Godard-Faultrier, le
doyen des conservateurs des Musées de province,
membre de la Société d'agriculture, sciences et arts
d'Angers et membre non résident du Comité, nous a fait
tenir deux notes sur des sujets funèbres, peints ou
sculptés. *La Mort narguée par la Vie* et la *Mort en manteau royal*, sont deux compositions curieuses, d'une
conception tout à fait originale, d'un symbolisme aussi
juste qu'ingénieux, fait pour frapper l'esprit par l'aspect inattendu de l'image. M. Godard estime que la première scène dont il a parlé, *La Mort narguée par la Vie*,
dans laquelle trente personnages armés de flèches
s'acharnent contre la Camarde, dut être jouée par des
acteurs. Nous serions en face du premier acte de quelque
mystère écrit par un ancêtre d'Edgard Poë, d'Hoffmann
ou de Rabelais. Une peinture murale, aujourd'hui détruite, de la cathédrale d'Angers, ne nous est connue
que par un dessin de Gaignières. Elle représentait la *Mort*
endormie, couronne en tête et drapée dans un manteau
de reine, éloquents et sévères attributs de son inévitable souveraineté. Les deux œuvres sont d'époques
différentes, et M. Godard n'essaye pas de les rattacher

l'une à l'autre. Nous serons moins circonspect. Qui
nous interdit de voir, dans la seconde scène, le tableau
final de la même tragédie, à laquelle le poète d'*Evirad-
nus* eût volontiers donné pour épigraphe : *Mors et vita
duello conflixere*, et pour titre « Ceci tuera cela ? »

> Qui se résigne à point peut toujours être heureux.

Il est vrai que ce vieil adage est parfois difficile à mettre
en pratique. M. Tancrède Abraham, conservateur du
Musée de Château-Gontier, correspondant du Comité, a
raconté devant vous l'histoire d'un triptyque conservé
dans la cathédrale de Laval. Quand nous disons « conservé », ce mot ne s'applique qu'à la dernière phase du
récit de M. Abraham. Le triptyque en question a d'abord
été méconnu, mutilé, puis utilisé, Dieu sait de quelle
façon, avant d'être retrouvé, admiré, repeint, et finale-
ment, mis à une place d'honneur, sur l'autel de Saint-
Jean, au chevet de la cathédrale.

Ce triptyque représente les principaux épisodes de
l'histoire du Précurseur : « la Prédication dans le
désert », le « Baptême du Christ » et la « Décollation ».
Œuvre curieuse, d'un style très personnel, cette peinture est du seizième siècle, et un maître hollandais l'a
produite. Voilà, ce nous semble, d'importantes découvertes, des résultats acquis, une forte étape vers la
lumière. Mais M. Abraham, d'accord en cela avec les
possesseurs du triptyque, aimerait aller plus loin. Il a
cherché le nom du peintre. Pieter Aertzen d'Amster-
dam, dit « le Lung », est le maître qu'il est tenté de
saluer devant le rétable qui l'occupe. Il ne se résigne
pas à laisser une page de mérite sans nom d'auteur.
Nous y mettrons plus de réserve. Il convient de fixer la

date du triptyque de Laval vers le milieu du seizième
siècle. Or, à cette époque, toutes les écoles septentrio-
nales se rapprochent, si même elles ne se confondent,
par une interprétation minutieuse, souvent exagérée
bien que naïve, non seulement de la forme humaine,
mais encore du costume, des armes, du mobilier. Telle
peinture, d'origine hollandaise, est aisément attribuée à Albert Durer. M. Abraham sait mieux que
nous que des tableaux d'Aertzen, sortis de galeries
célèbres, ont été longtemps considérés comme des
ouvrages d'Albert Durer. Il est donc naturel que nous
hésitions à suivre votre confrère jusqu'au point où il
serait heureux, cela se devine, de nous entraîner. A nos
yeux, le triptyque de Laval demeure, jusqu'à nouvel
ordre, une peinture de sérieuse valeur, contemporaine
des premières années d'Aertzen, mais dont l'auteur ne
nous est pas connu. Se résigner à une constatation de
cette importance n'a rien de trop pénible.

Encore un homonyme. Mais M. Duval, archiviste de
l'Orne, correspondant du Comité, en vous entretenant
de Guillaume Gougeon, sculpteur argentanais, n'a pas
pensé qu'il fallût voir en lui un descendant direct de
l'auteur de la *Diane* du château d'Anet. Toutefois, plus
d'un critique s'est mépris sur l'auteur des sculptures
de l'abbaye de Belle-Etoile, près Tinchebrai, exécutées
par Guillaume Gougeon. M. Duval a donc rendu service
aux historiens d'art en éclairant la vie, assez mal connue jusque-là, de cet artiste de talent, contemporain de
Coysevox et de Girardon. En veine de découvertes,
M. Duval, vous a également entretenus de « Jean Postel,
maître sculpteur, bourgeois de Caen, de la paroisse de
Saint-Sauveur, » et c'est à l'aide de pièces d'archives,

que M. Duval a étayé son récit à la fois rapide, élégant,
net et nourri.

M. Dussieux avait signalé Charles-Guillaume Cousin,
de Pont-Audemer, mais avec une sorte de négligence.
C'est ainsi que dans le dialogue on jette parfois un nom
dans l'espoir qu'un interlocuteur n'omettra pas de le
relever. M. Advielle, de la Société des amis des Arts
d'Arras, correspondant du Comité, a été l'interlocuteur
obligeant de l'auteur des *Artistes français à l'étranger*.
Qu'est-ce donc que Cousin? Un ornemaniste. Mais il
avait été le collaborateur de Pigalle et de Guillaume
Coustou avant d'être chargé de la décoration du palais
royal de Stockholm. Le peintre Taraval, les sculpteurs
Le Lièvre et Bourguignon, Français comme lui, concou-
rurent en même temps que Cousin à l'embellissement
de l'opulente demeure de Frédéric Ier. Un groupe de la
Concorde, des Termes, plusieurs médaillons sont dus à
notre artiste. De retour en France, il exécuta de nombreuses œuvres, bustes ou statues, dont M. Advielle a
pu dresser la liste. Désormais, Cousin de Pont-Audemer aura sa place, au second plan, dans le groupe des
maîtres du dix-huitième siècle, et c'est à M. Advielle
qu'il est redevable de cette bonne fortune.

Rubens a plusieurs patries. Ne soyons pas surpris si
cette tribune retentit fréquemment de son nom. Naguère, un de vos confrères, dont nous parlerons tout à
l'heure, vous entretenait de certain portrait signé de
Rubens et conservé au Louvre. M. Finot, archiviste du
Nord, correspondant du Comité, a compulsé les comptes
de la recette générale des Pays-Bas dans le but d'en
extraire l'indication des sommes payées à Rubens de
1611 à 1640. Ces comptes, tout arides qu'ils soient,

valaient la peine qu'on s'en occupât. Le maître, le diplo-
mate, le secrétaire du conseil privé, — Rubens, on le
sait, suffit à ces charges multiples, — étaient intéressés
à ce que le travail entrepris par M. Finot fût fait avec
tact et avec savoir. Encore que l'inédit tienne peu de
place dans le mémoire qui nous occupe, ce n'est point
la faute de son auteur. En revanche, M. Finot trans-
forme en certitude plus d'une conjecture, et; ce que des
lecteurs sédentaires apprécieront, il est bien informé sur
les tableaux de Rubens et de ses élèves conservés au
Musée de Madrid. Même après M. Paul Mantz, on ne
lira pas sans fruit M. Finot.

Plus loin dans l'espace et dans le temps. Ce n'est pas
Rubens qui appelle l'attention de M. l'abbé Dehaisnes,
président de la Commission historique du département
du Nord, correspondant du Comité ; ce sont les ancêtres
de Rubens ; mieux que cela, ce sont les fondateurs de
l'Ecole flamande. Chaque fois qu'il est question des
Flandres, on prête volontiers l'oreille aux jugements
de M. Dehaisnes. A l'exemple de Pujet qui se plaisait à
dire : « Je suis nourri aux grandes œuvres », M. Dehaisnes, Messieurs, aurait le droit de dire, lorsqu'il
s'agit de l'Art flamand, qu'il a puisé de longue date aux
grandes sources. Miniaturistes, peintres, sculpteurs,
tour à tour surpris à Bruges, à Malines, à Tournay, à
Ypres, à Honnecourt, semblent être pour M. Dehaisnes de
vieux amis. Il sait tout de leur vie, de leurs ouvrages,
de leurs goûts, de leur éducation première. L'âme des
sites, le milieu social agissant sur la main de Jean
Tuscap, de Jacques de Brabant, de Beauneveu, de Jacques Lefebvre, tel est le tableau que M. Dehaisnes a
tracé devant vous. L'auteur a fait justice des prétentions

de certains critiques trop facilement enclins à découvrir dans les Flandres l'influence de l'Italie. C'est bien, comme il vous l'a dit, une école autochtone que forment au milieu du quatorzième siècle les artistes flamands, précurseurs de ce maître de génie, Jean Van Eyck.

Le duc d'Antin allait être nommé gouverneur de l'Orléanais. S'étant rendu au château de Versailles, des flatteurs empressés l'entourèrent dans la galerie des Glaces. Et comme il semblait se plaire aux compliments intéressés dont il était l'objet : — « Quel fat! dit un témoin, le voilà qui prend pour lui ce qu'on adresse à ce qu'il représente! »

Nous tiendrions incontinent le même langage au sculpteur innommé de l'Eglise de Saint-Aubert de Cambrai, s'il s'avisait de prendre pour lui les applaudissements que vous avez adressés à M. Durieux, secrétaire de la société d'Emulation de Cambrai, membre non résident du Comité.

Les panneaux de l'église de Saint-Aubert, exécutés, nous le pensons, au début du dernier siècle, sont curieux en raison de leur nombre, de leur état de conservation, des scènes historiques qu'ils rappellent, et du caractère réaliste dans lequel ils sont conçus. Mais le ciseau quelque peu rude de l'artiste trahit çà et là son inexpérience. Tel de ses personnages, Dagobert, par exemple, a l'allure gauche et sans énergie. Remarquez, s'il vous plait, que je fais le procès du sculpteur, et rien de plus; car M. Durieux étant un des vétérans de nos assemblées annuelles a droit à des remerciements pour cette nouvelle étude. Nous sommes autorisés peut-être à oublier le maître anonyme dont il vous a parlé; mais, par contre, ce que représente en ce moment cet artiste inconnu, c'est le travail opiniâtre, modeste, souvent heureux, toujours digne d'éloges de votre confrère de Cambrai, et cela ne s'oublie pas.

Ce n'est pas un mémoire, c'est presque un livre que M. Paul Foucart, membre de la Commission des Écoles académiques de Valenciennes, correspondant du Comité, a brillamment résumé à cette tribune. *La Famille Pater*, tel est le titre de l'étude dont vous avez eu la primeur. Ecrite à l'aide de pièces inédites, la monographie des Pater, le sculpteur et le peintre, abonde en détails ignorés. Telle violation du domicile de Jean-Baptiste Pater, traqué comme un malfaiteur par la corporation des peintres de Valenciennes en 1718, rappelle, avec une aggravation de procédés, les scènes violentes qui marquèrent à Paris, soixante-dix ans plus tôt, l'établissement de l'Académie de peinture. Antoine Pater ayant dû souscrire à l'inexorable défense faite à son fils de « travailler de la peinture dans la ville et la banlieue de Valenciennes », Jean-Baptiste vint à Paris. Celui-là, du moins, n'eut pas tort de quitter sa province. Antoine Watteau allait mourir : Pater lui succéda, mais comme un fils dégénéré succède à son père. M. Foucart, en biographe impartial, enregistre les sévères jugements émis sur Pater par ses contemporains. Le reproche de cupidité n'est point éludé. M. Foucart a bien voulu se souvenir des paroles d'Horace que d'Argenville applique à l'aimable peintre :

> *Quœrenda pecunia primum est :*
> *Virtus post nummos.*

Malgré cela, et peut-être à cause de cela, c'est-à-dire en raison de l'indépendance de son historien, Jean-

Baptiste Pater intéresse vivement dans l'ouvrage de
M. Foucart. Quant au père du peintre, Antoine Pater,
mort à Valenciennes en 1747, avec le titre de « maître
juré », sa personnalité, pour être moins brillante que
celle de son fils, ne laisse pas que de plaire par la droiture, le labeur ininterrompu, la fertilité du ciseau, le
talent, et enfin le culte gardé à la province natale.

Les papiers de famille, correspondance ou mémoires,
seront toujours lus avec profit. Mais il arrive souvent
que les mémoires servent moins utilement la réputation
de leurs auteurs que la renommée de contemporains
plus grands qu'eux. Des hommes illustres on aime à tout
apprendre. Certaine femme d'esprit du siècle dernier ne
l'ignorait pas lorsqu'elle a dit : « Je recevrais volontiers
M. de Voltaire dans mon salon, mais quoi que je fisse,
j'y serais chez lui : à quoi bon le déranger ?» Le peintre
lorrain Charles-Louis Chéron vous a été présenté par
M. Albert Jacquot, de la Société d'archéologie lorraine,
correspondant du Comité à Nancy. Nul doute que Chéron
ne se soit cru chez lui lorsqu'il écrivait devant son feu.
Innocente illusion ! L'artiste était chez Voltaire, c'est-
à-dire chez Poërson, les Coypel, madame Le Hay, le roi
Stanislas, tous gens qu'il a conviés, et qui tiennent la
conversation dans son cabinet. Il n'importe! nous nous
trouvons en bonne compagnie. Le maître de la maison a
bien choisi ses invités. L'étude de M. Jacquot se ressent
du grand nombre des personnes qu'il a dû nommer.
Certaines pages font songer à un taillis quelque peu
touffu. Toutefois, les coupes y sont aisées, et le bois
qu'on en tire est de franche venue. A défaut de toiles
remarquables, Charles-Louis Chéron aura laissé des
souvenirs, des anecdotes sur les hommes de son temps.

Savez-vous, Messieurs, que des deux fils de Noël Coypel, Antoine était riche, tandis que Noël-Nicolas vécut dans une médiocrité relative ? N'aviez-vous point oublié qu'Antoine fût redevable à la faveur du Régent de « deux équipages et de deux appartements magnifiques au Louvre ? » Chéron relève ce détail... J'y songe ! On ne condense pas de menus faits ou des traits d'esprit. Vos souvenirs me dispensent ici d'une analyse.

« Le sculpteur Pierre-Etienne Monnot, citoyen de Besançon, était court de taille et large de carrure ; il avait une belle et noble physionomie qui s'associait à de non moins belles et nobles manières. Il portait des vêtements d'une propreté et d'une dignité irréprochables, était toujours coiffé d'une perruque, et ne se montrait jamais sans une épée et sans une canne à la main.» C'est Lione Pascoli qui parle de la sorte du maître dont il fut l'ami ; mais cette amitié même nous prive de l'honneur de posséder Pascoli au milieu de nous. Heureusement M. Castan, correspondant de l'Institut, membre non résident du Comité, a bien voulu suppléer Pascoli. Vous savez ce qu'était au physique l'artiste franc-comtois ; M. Castan n'a pas voulu s'en tenir à ce crayon. Il a suivi Monnot non seulement en Italie, mais en Angleterre et en Allemagne. Il vous a dit l'importance exceptionnelle et trop méconnue du *Marmorbad* de Cassel. Et, à mesure que l'historiographe érudit du Bisontin nomade avançait dans sa lecture, vous appreniez à connaître sous ses aspects variés un homme, un sculpteur bien doué, qui a modelé, suivant l'heure, des œuvres pittoresques ou contenues. Sa puissance, il en faut chercher la trace dans ce « Bain de marbre » de Cassel, comparable aux plus riches fontaines du parc de

Versailles ; ses concessions au goût discutable de son
époque sont écrites sur ses marbres de Saint-Jean de
Latran ; son ingénuité, la souplesse de sa main
.demeurent gravées avec un art exquis dans la *Halle au
désert* qui décore le transept de droite de la *Chiesa di
Santa-Maria della Vittoria*, à Rome. Le voisinage de
l'*Extase de sainte Thérèse,* par le Bernin, achève de
rendre saisissant le style simple et plein de réserve
du bas-relief de Monnot. Je ne sache pas de sculpture
plus achevée que celle de notre compatriote dans cette
église, toute parée de jaspe, et dont la curieuse façade,
exécutée par Giovanni-Battista Soria, est, on se le rappelle,
un présent du cardinal Scipion Borghèse en retour de
l'*Hermaphrodite*, aujourd'hui au Louvre.

Nous quittons la Franche-Comté pour le Dauphiné.
M. Henri Stein, secrétaire de la Société historique et
archéologique du Gâtinais, correspondant du Comité,
nous appelle à Grenoble. Il s'est enquis du nom des
maîtres de l'œuvre en Dauphiné, et des peintres officiels
de la ville de Grenoble. Il vous souvient, Messieurs, que
M. Marionneau, a tracé naguère pour la Guyenne le
tableau rétrospectif que M. Stein vient de composer pour
le Dauphiné. S'attacher à des travaux de cet ordre, c'est
ce que j'appellerais volontiers liquider le passé. Or,
quelle est la signification précise du mot « liquider » ?
Eteindre une dette. Vous êtes donc débiteurs envers
le passé de nos provinces? La question ne fait pas doute.
Aussi vous voudrez vous hâter d'imiter M. Marionneau,
de suivre l'exemple de M. Stein. La tâche n'a rien
d'aride. Seize maîtres de l'œuvre ont été découverts par
M. Stein dans le Dauphiné. Ils suffisent aux grands
travaux pendant deux siècles, de 1375 à 1570. Ces

maîtres ont des auxiliaires. Annequin Bernard, Jean Poupin, Simonet Jacquemet, Paul Jude, Jean Boyer, Loys Demarc, Jacob Richier, Jacquet de Grenoble, gravitent autour des maîtres de l'œuvre. Des peintres de la ville, je ne puis vous nommer que Guignier, l'auteur des portraits « de la charmante spirituelle madame Mistral, de la toute bien faite madame du Bouchage». Ces peintres débutent avec Henri IV et se succèdent jusqu'à la Révolution. M. Stein vous avait parlé l'an dernier de Louis-Claude Vassé, à l'aide de documents recueillis en partie à Troyes. Il vous entretient aujourd'hui du Dauphiné en utilisant des pièces inédites compulsées sur place. Il donne ses soins à la Société historique du Gâtinais, fondée par votre regretté confrère Edmond Michel. Enfin, nous croyons savoir que M. Stein habite Paris. Conclusion, Messieurs : A qui veut s'instruire, le moindre déplacement est une occasion d'apprendre et d'enseigner.

Il est toujours assez difficile de ne pas être indiscret à l'égard des grands voyageurs.

Ceux-ci ont exploré des régions inconnues; ils savent ce que le commun des hommes ne sait pas. De là cette tendance qui, selon le proverbe oriental, nous porte à leur adresser plus de questions en une heure qu'ils ne pourraient faire de réponses en un an. Un document de 1632 vaut un voyageur. N'est-ce pas un témoin en mesure de raconter bien des choses ignorées ? M. l'abbé Guillaume, archiviste des Hautes-Alpes, vous a fait connaître l'on passé certaines pièces relatives aux orgues d'Embrun. M. Roman, correspondant du Comité, revient cette année sur la question. Notre embarras est réel. Nous voudrions parler équitablement du double exposé que vous avez entendu, et qu'il ne convient pas de transformer en débat. M. Guillaume, heureux de mettre au jour des documents inédits concernant une restauration des orgues d'Embrun, a négligé dans une certaine mesure de parler de l'origine de ces orgues. Par contre, M. Roman revendique pour Louis XI, ou tout au moins pour les contemporains de ce prince, l'honneur d'avoir doté de ses orgues la cathédrale d'Embrun. Que M. Guillaume ait attaché trop d'importance aux travaux de 1632, qu'il ait trop pressé d'interrogations les documents qu'il avait la bonne fortune de mettre en lumière, qu'il se soit mépris peut-être sur la portée des réponses qu'il a cru en recevoir, soit; mais le tort involontaire qu'il portait ainsi par son silence à l'antiquité d'un monument remarquable se trouve désormais réparé par M. Roman. La restauration de 1632 est tenue par lui pour secondaire, tandis qu'il fait porter son effort sur l'établissement initial des orgues, dont la date doit être cherchée entre 1470 et 1483. Nous aurons tous gagné à ces études répétées. Si l'un de vous, Messieurs, est en mesure de nous entretenir un jour de la restauration que subirent ces mêmes orgues d'Embrun en 1751, nous posséderons, cette fois, leur monographie bien complète.

M. Chabal-Dussurgey, directeur de l'École d'art décoratif à Nice, membre non résident du Comité, s'est renfermé, pour prendre la parole à cette tribune, dans la fonction difficile dont il s'acquitte avec non moins de succès que de savoir. C'est de l'enseignement et de la propagation de l'art du décor qu'il se préoccupe. Vous savez maintenant ce que pense cet éducateur du profit que l'on peut attendre d'expositions régionales. Il songe à une décentralisation sérieuse. Pour peu qu'on élargisse

7

le programme d'études dans toutes les écoles, M. Chabal-
Dussurgey n'est pas loin de penser que les jeunes
artistes de nos provinces seront en mesure d'alimenter
par leurs ouvrages les expositions spéciales qu'il souhaite
de voir se multiplier. Une pensée française a dicté ce
mémoire.

J'essaye de me hâter, mais je n'ai pas encore
épuisé les sujets abordés ici au cours de cette
session.

M. Natalis Rondot, membre non résident du Comité,
l'un des hommes qui ont le plus écrit sur les artistes provinciaux en ces derniers temps, vous a dit ce que furent
les peintres de Lyon du quatorzième au dix-huitième
siècle. Ces peintres sont plus nombreux que célèbres, et
M. Rondot ne nous a pas caché ce qu'il pense de l'art
dans la cité lyonnaise durant les trois cents ans dont il
s'est occupé. « A quelque degré que la fortune ait monté,
l'usage de celle-ci est resté discret. » C'est M. Rondot qui
l'a dit, et cette seule parole laisse pressentir le caractère
de l'art dans la ville de Lyon. Nous sommes chez un
peuple riche, ami du luxe, mais du luxe domestique qui
n'a rien de commun avec le faste ou avec la grandeur.
C'est donc l'art appliqué qui l'emporte, et ceux que
M. Rondot appelle si justement les « maîtres de fière
allure » n'apparaissent au pays lyonnais qu'à de longs
intervalles. Loin de considérer, Messieurs, que votre
confrère ait eu moins de mérite à s'occuper d'artistes de
second ordre que s'il se fût attaché aux « maîtres de
fière allure », nous estimons que la tâche était plus
ingrate, et en même temps plus utile. Qui donc, si
M. Rondot ne l'avait fait, aurait recueilli les noms des
918 peintres et des 62 enlumineurs dont il a reconstitué

l'existence à l'aide des documents inédits ? Qui donc
aurait porté cette sûreté de coup d'œil et cette indépendance de jugement sur « l'éclectisme » des artistes lyonnais, confinés dans une ville que les pèlerins de l'Italie,
Allemands ou Flamands, ont sans cesse traversée ? Qui
donc eût signalé, comme l'a su faire M. Rondot, l'impuissance de ses compatriotes, dans ce frottement de
nations, à sauvegarder leur personnalité, tandis qu'ils
acquièrent cette souplesse de l'esprit qui leur permet de
multiplier leurs aptitudes en les modelant sur le génie
des peuples qu'ils coudoient. Nous devons des éloges
et beaucoup de gratitude à l'auteur des *Peintres de
Lyon*.

M. Léon Giron, de la Société d'agriculture, sciences,
arts et commerce du Puy, membre non résident du
Comité, n'est pas homme à s'approprier jamais le vers
de Mathurin Régnier :

> Aurai-je assez d'haleine à si long exercice ?

Chaque année, Messieurs, vous retrouvez M. Giron
fidèle à ses engagements, tout entier à son œuvre, heureux de dérouler devant vous quelque page nouvelle de
sa longue et précieuse monographie des *Peintures
murales de la Haute-Loire*.

Cette fois, c'est à Brioude, dans la chambre de Saint-
Michel, chapelle funéraire des chanoines de l'église
Saint-Julien, que nous convoque notre guide. Les premières peintures qu'il nous montre seraient du
douzième siècle. La même église renferme des fragments d'une décoration exécutée en 1513. Patiemment
relevés, décrits, comparés et, en fin de compte, rangés
d'après leur valeur esthétique, ces restes oubliés et en

péril seront, à l'avenir, autant de jalons utiles à l'historien d'art. M. Giron vous a dit, en jetant un rapide coup d'œil sur l'ensemble de ses travaux : « Désormais, les grandes pages sont relevées et je ne puis guère espérer que mes trouvailles porteront sur des œuvres comparables à celles que j'ai décrites. » Il faut en croire M. Giron lorsqu'il parle ainsi, car il n'est pas de ceux qui se rebutent dans leurs recherches. Vous l'avez vu discerner, dans l'étroit couloir d'une maison de Brioude, sans nom, sans destination qui la distingue, sans style accusé « un délicieux bout de peinture murale du quinzième siècle ». Après la moisson, les glanes. Mais quand le moissonneur a soin de glaner lui-même dans son propre champ, que pourront faire, je le demande, les glaneurs étrangers? Ils n'auront plus qu'à franchir la haie et à passer dans le champ voisin.

M. André, archiviste de la Lozère, nommé correspondant du Comité, a voulu faire preuve immédiate de déférence et d'initiative. Sans perdre une heure, il s'est mis à décrire la décoration de l'ancien palais épiscopal de Mende, aujourd'hui hôtel de la préfecture. Cette décoration, faite sur l'ordre de l'un des successeurs des La Rovère, Mgr de.Baudry de Piencourt, est l'œuvre du peintre Antoine Bénard. Elle fut exécutée de 1679 à 1684, et l'ensemble des panneaux comprend plus de deux cent cinquante personnes. Fixer pour le lecteur le caractère de ce grand travail, joindre à cette analyse quelques notes biographiques sur Bénard, que l'évêque de Mende avait dû rencontrer à Rome, telle est l'économie du mémoire de M. André, qui, vous vous en souvenez, avait, ici même, il y a un an, reconstitué la vie d'un sculpteur provincial, André Sulpice. L'étude lue devant

vous cette année est brève. On la dirait écrite avec quelque hâte, sans que ce signe de précipitation porte toutefois atteinte à la netteté du travail. Etrange rapprochement ! En lisant ce mémoire, nous nous rappelions le
châtelain d'une province de l'Ouest, à qui, durant un
rude hiver, on était venu demander du bois pour faire
un peu de feu dans une maison du voisinage : — « Comment ! s'était-il écrié, videz le bûcher... Que dis-je ? le
bois du bûcher ne s'allumerait pas assez vite, prenez
celui que voilà dans ma cheminée et ne perdez pas de
temps ! » A peine le domestique était-il parti avec les
bûches tout allumées, que notre châtelain d'ajouter : —
« Et les cendres !... et les cendres !... Est-ce que l'on
peut faire un bon feu sans la cendre ? » Et le voilà qui
jette les cendres dans un panier, qu'il emporte lui-même
à toutes jambes ! Tel a été, ce nous semble, l'empressement de M. l'archiviste de la Lozère à répondre à l'appel
du Comité. Ce sont, pour ainsi parler, les cendres de
son foyer qu'il a rapidement recueillies... Que parlé-je
de cendres ? Le Comité s'était prononcé depuis quelques heures sur le mérite de la communication de
M. André, et l'hôtel de la préfecture de Mende devenait
la proie des flammes ! Aujourd'hui, les peintures de
Bénard n'existent plus. Une partie des Archives sont
réduites à néant. Vous voudrez envoyer, Messieurs, du
pied de cette tribune, à votre confrère de Mende un salut
de condoléance. Nous ne pouvons oublier le désastre
qui l'atteint, encore qu'il ne soit point comparable à cet
autre désastre, véritable malheur public, qui vient de
jeter un voile de deuil non seulement sur Paris, mais
sur la France !

Une préfecture, un évêché sont des monuments

publics. Il n'en va pas de même du château de Vaugoubert, dont vous a parlé M. l'abbé Cheyssac, membre de
la Société historique et archéologique du Périgord, correspondant du Comité. Vaugoubert date de 1730. C'était
la résidence d'Armand d'Aydie, ex-gouverneur de Castille, l'homonyme de l'aimable chevalier Blaise-Marie
d'Aydie, sur qui madame Du Deffand nous a laissé ce
mot, qui vaut un portrait : « Le discernement du chevalier est éclairé et fin, son goût très juste. »

On est en droit de porter, croyons-nous, le même jugement sur Armand d'Aydie, le curieux, l'amateur qui
n'hésitait pas à faire venir d'Espagne, à dos de mulet,
de rares tentures pour en orner les appartements de
Vaugoubert. La tapisserie flamande de l'*Histoire de
Samson*, décrite par M. Cheyssac, fut ainsi transportée
du royaume de Castille en Périgord.

Heureux Périgord ! qui possédait alors, à la porte du
domaine d'Armand d'Aydie, dans la commune de Quin-
sac, une fabrique de tapisseries. Ainsi l'avait voulu l'ex-
gouverneur, afin sans doute de ne pas être tout à fait
éclipsé par le chevalier qui recevait, non loin de là, en
son château de Magnac, les seigneurs de la cour, et dont
la demeure somptueuse avait mérité le surnom de « Versailles de la province ».

Trois de vos confrères, Messieurs, ont abordé, cette
année, des questions qui touchent à la musique ou au
théâtre. Ce sont MM. Bouchard, président de la Société
d'Emulation de l'Allier, correspondant du Comité; Lévêque, directeur du Conservatoire de musique à Dijon ;
Hervé, membre d'honneur de l'Harmonie des ateliers des
chemins de fer de l'Etat à Saintes. Le premier vous a
dit ce que fut l'Académie de musique de Moulins au dix-

huitième siècle; le second a fait devant vous l'exposé de la situation théâtrale en province dans les villes de troisième ordre; le troisième a voulu rendre hommage à la mémoire d'Emile Porchet, auteur d'un solfège instrumental simultané.

L'Académie de musique de Moulins date de 1735. Nous en connaissons les statuts, les professeurs, les artistes, le fonctionnement, l'éclat. M. Bouchard n'a pas omis de nommer en passant plus d'un auditeur de qualité accouru aux concerts de l'Académie. Le Bourbonnais tout entier fut redevable à cette institution d'un réveil intellectuel. Enfin, c'est dans ce centre provincial que se forma Antoine Dauvergne, né à Moulins le 4 octobre 1713, — et non pas à Clermont-Ferrand, comme le suppose Fétis, — Dauvergne, rendu célèbre en 1753 par son opéra-comique des *Troqueurs*, et qui devint plus tard surintendant de la musique du Roi.

Ce qu'est la situation théâtrale en province dans les villes de troisième ordre, M. Lévêque l'a dit. Nous ne mettrons pas en doute l'exactitude de l'exposé. Mais quelle conclusion découle des prémisses? C'est que les centres peu favorisés au point de vue de la population ne sont pas propices au développement de l'art dramatique. Demanderons-nous que l'Etat modifie cette situation? Est-ce possible? est-ce utile? N'y aurait-il point dans une immixtion de ce genre plus d'inconvénients que de profit? N'oubliez pas, Messieurs, que vous faites œuvre de décentralisation par votre activité dans tous les ordres de la pensée, et que cette vie provinciale dont vous êtes les précurseurs ou les agents gagne certainement à ne pas être soumise à des influences extérieures.

Plus de six cents Sociétés musicales françaises ou

étrangères ont adopté le solfège d'Emile Porchet. Ce chiffre est un éloge. M. Hervé a donc eu raison d'écrire une touchante notice sur Porchet, tour à tour exécutant, compositeur, éditeur, écrivain didactique, et toujours un homme de bien, également prêt à servir son pays et à prêter l'appui de son talent aux déshérités.

En sa séance du 12 mai 1885, la Société de l'Histoire de Paris et de l'Ile-de-France entendait son président, M. de Montaiglon, s'exprimer de la manière suivante sur un livre d'Heures conservé à Chantilly : « Les grandes Heures du duc Jean de Berry sont, au point de vue de l'art, l'un des plus beaux manuscrits qui existent. Il était inachevé à la mort du vieux duc, c'est-à-dire en 1416, et les dernières miniatures sont certainement italiennes, ce qui est naturel, puisqu'il avait passé à une princesse de la maison de Savoie; mais les premières, et ce sont les plus belles, sont de Pol de Limbourg et de ses frères, ce qui résulte de mentions d'inventaires contemporains. » Ces lignes n'avaient pas échappé à M. Girard, membre de la Société des antiquaires du Centre, à Bourges. Votre confrère avait lu d'autre part, dans l'inventaire des titres de la maison de Bourbon, qu'une ancienne maison de Bourges, située devant l'église de Notre-Dame de la Fichault, avait été autrefois donnée par le duc de Berry à son peintre Pol, natif d'Allemagne, et ensuite injustement occupée par André Le Roy, second mari de la femme dudit peintre. Ces deux textes ont décidé du mémoire de M. Girard. Il a d'abord cherché l'emplacement exact de la demeure du miniaturiste, et s'est enquis auprès des contemporains de Charles VII de ce qu'ils pouvaient savoir sur la femme de Pol de Limbourg. Evidemment, les contemporains n'ont pas tout dit. M. Girard peut solliciter encore des confidences, mais ce qu'il a recueilli nous instruit et nous met en goût d'en savoir davantage.

Ne quittons pas le Berry, M. de Grandmaison, archiviste du département d'Indre-et-Loire, membre de la Société archéologique de Touraine, correspondant du Comité, nous invite à rester à Bourges.

Michel Colombe, enveloppé d'ombre durant quarante ans de sa vie, se révèlerait à nous dans la capitale du Berry, en 1467. Michel Colombe, que l'on a lieu de croire né en 1431, échappait à la juste curiosité de l'historien antérieurement à 1473. C'est seulement à cette date qu'on le voit établi à Tours et honoré d'une commande du roi Louis XI. Voici donc quelques années de reconquises sur une obscurité qui n'est évidemment que de l'ignorance de notre part. L'inconnu décroît. Et avec quelle soudaineté brillante ! Le texte apporté par M. de Grandmaison a son éloquence. Il y est dit de Michel Colombe : *Regni Francie supremi sculptoris*. Le maître est qualifié prince des sculpteurs de France par un calligraphe du nom de Pierre Fabri. Ce Fabri s'y est pris à deux fois, et c'est en deux langues qu'il aiguillonne notre désir d'apprendre. Après avoir parlé la langue qui convient le mieux au style lapidaire, il écrit en français : « Ces présentes eures furent faictes à la rekeste de Mikael Kolombe, par ung nommé Pierre Fabri, pour le temps résident à Bourges ». Qui est-ce qui réside à Bourges ? Michel Colombe et Fabri, ou Fabri seulement ? Question délicate sur laquelle on pourrait longtemps discuter, mais ce qui demeure à l'abri de toute contestation, c'est la haute renommée du maître français acquise et constatée en 1467. Un pareil témoignage dépasse, de beaucoup, en importance la découverte qui pourrait être faite du séjour de Michel Colombe dans le Berry, ce qui ne veut pas dire que cette découverte passerait inaperçue si l'un de vous, Messieurs, se trouvait en mesure d'en produire la preuve.

Je ne puis que signaler rapidement et à demi-voix la relation des fouilles faites à Villeneuve-Saint-Georges que vous a lue M. Francis Martin, membre de la Commission des antiquités et des arts de Seine-et-Oise. Si j'ai bonne mémoire, les médailles, les fragments de bronze ou de céramique trouvés dans ces fouilles n'avaient rien de moderne, et notre devoir, nettement tracé, nous interdit toute incursion sur le domaine de l'archéologie.

Il est naturel de parler de François Marchand, lorsqu'on s'est entretenu de Michel Colombe. Marchand est comme un trait d'union entre Colombe et Jean Goujon. Collaborateur de Pierre Bontemps dans l'excellent tombeau de François Iᵉʳ qui est à Saint-Denis; collaborateur de Jehan Benardeau à l'abbaye de Saint-Père de Chartres, nous le tenions tous pour habile, mais le plus grand service qu'on puisse rendre à deux collaborateurs, c'est de marquer le point où, dans une tâche commune, ils se séparent et font œuvre originale. Tel est le service que M. de Mély, correspondant du Comité, a eu l'ambition de rendre à François Marchand, et le succès a couronné ses efforts. Il convient de l'en louer, la sculpture étant de tous les arts du dessin celui dont on parle le moins volontiers ou le moins bien, parce que sans doute on ne l'étudie guère. M. de Mély a commencé par comparer entre elles les œuvres dispersées à Chartres, à l'École des Beaux-Arts, au Louvre, à Saint-Denis et attribuées à Marchand. Doué du sens critique, possédant bien les textes qui se rattachaient à son sujet, votre confrère a eu la rare fortune de fixer d'une manière définitive la part de son modèle dans le tombeau de François Ier. C'est la statue de Claude de France que Marchand a sculptée. Faire connaître ici les raisons de M. de Mély, ce serait reproduire son mémoire, très serré, sans digressions et d'une logique contre laquelle personne, nous l'espérons bien, ne voudra s'inscrire.

Je termine, Messieurs. Il ne me reste plus qu'à parler d'un dernier travail, celui de M. Lhuillier, vice-président de la Société d'archéologie à Melun, correspondant du Comité. Il a pour titre « Julien de Fontenay, graveur en pierres fines du roi Henri IV, et ses descendants, graveurs et peintres, au château de Fontainebleau ». Jal, dont on ne dira jamais assez de bien, s'est lamenté sur le peu de renseignements que l'on est parvenu à rassembler sur Julien de Fontenay, et, se souvenant de l'erreur commise par un biographe du dernier siècle, Jal se montre attristé de la désinvolture avec laquelle cet écrivain n'a pas craint d'avancer que Fontenay et Coldoré étaient sans doute les deux noms d'un même personnage. M. Lhuillier avait pour le prémunir contre une pareille erreur, outre la juste colère de Jal, certaines pages pleines de bon sens signées par M. le marquis de Chennevières dans les *Archives de l'Art français*. C'en était assez pour un chercheur, très au fait des choses d'art et résidant à proximité de Fontainebleau. On ne se plaindra plus de ne pas bien connaître Julien de Fontenay. M. Lhuillier l'a fait revivre avec une prodigalité de détails qui nous le rendent désormais familier. Nous le pouvons suivre jour par jour, depuis son mariage avec la veuve d'un de ses confrères nommé Cavillier, jusqu'à sa mort.

Son fils aîné, Claude de Fontenay, « graveur du Roi en pierreries », nous est également présenté. Puis vient le tour de son petit-fils Claude II, « peintre en émail ». Et, chemin faisant, M. Lhuillier évoque le souvenir des Simon Vouet, Nivelon, Testu, Fréminet, Claude de Hoey, Voltigem, Clerissy, c'est-à-dire tous ces hommes bien doués et fertiles qui ont fait la gloire de Fontainebleau, jusqu'à ce que Versailles eut déplacé l'axe de l'activité, du mouvement et du faste de la Cour. Essentiellement neuve dans toutes ses parties, l'étude de M. Lhuillier sur les Fontenay est d'une importance exceptionnelle.

Un seul mot, Messieurs, et votre session sera close.

Ce qui rend particulièrement curieux le Congrès de cette année, c'est que vos études, observées dans leur ensemble, se rattachent à toutes les régions de notre pays. Vous êtes venus de la Provence, du Languedoc, de la Guyenne, de l'Anjou, du Maine, de la Normandie, de l'Artois, de la Lorraine, de la Franche-Comté, du Dauphiné, c'est-à-dire de toutes les frontières. Et, pendant que vous étiez en marche vers l'Ile-de-France, vos rangs se sont grossis de représentants du Lyonnais, du Limousin, de la Bourgogne, du Bourbonnais, du Berry. On eût dit une gageure. Conquérants modestes et pacifiques, vous avez enveloppé Paris d'un cercle de chercheurs, de savants, d'artistes, de patriotes intelligents et dévoués. Paris avait ouvert ses portes. Vous étiez attendus. A mesure que vos groupes se dessinaient au loin, ceux qui, chaque année, sont heureux d'applaudir dans cette salle aux réveils de la province éprouvaient une joie sincère de votre retour.

Mais, si méritoire que soit cet effort annuel accepté
par vous, si généreux que soit votre empressement à
répondre aux appels de l'Administration des Beaux-
Arts, si imposantes que soient vos assemblées, celle de
1887 en particulier, vous ne ferez pas qu'on ne se souvienne involontairement de la parole de Niccolo di
Pisano :

« Qu'est-ce qu'un groupe ? J'attendais une armée ! »

Niccolo se trouvait à Naples, où l'avait appelé Frédéric II, marié à la fille de Jean de Brienne ; Frédéric méditait de fortifier le château *dell' Uovo*, dont les murailles
rocheuses forment un promontoire imprenable qui
s'élance dans les flots tranquilles du golfe de Naples, au
pied du Pausilippe, en vue du Vésuve et des collines de
Capoue.

Il s'agissait d'imposer à l'esprit, en frappant le regard par le contraste d'une forteresse élevée dans le
voisinage des jardins suspendus, des berceaux de verdure que protège l'éternel printemps de ces lieux magi-
ques, dont le poète Sannazar a si bien dit : « C'est un
morceau du ciel tombé sur la terre ! » Frédéric avait
donc ordonné que l'on convoquât les architectes de
toute la Péninsule et qu'on leur demandât des plans. A
la date fixée, Niccolo se rendit dans un vaste amphithéâtre construit sur le bord de la Chiaja. C'est là que
devait avoir lieu l'assemblée des artistes.

Ils s'y rencontrèrent cinquante !

Trompé dans son attente, Niccolo di Pisano, reportant
le concours à une date ultérieure, s'écria : « On ne s'est
donc pas douté du projet magnifique qui nous occupe ?
Où sont les maîtres de Vicence, de Parme, de Bologne,
de Florence et de Rome ? Où sont les maîtres de l'Ita-

lie tout entière ? Vous êtes un groupe et j'attendais une armée. »

Vous aussi, Messieurs, vous avez entrepris d'élever votre promontoire. Vous projetez des ouvrages avancés qui contrastent en les condamnant, avec l'ignorance ou l'oubli. L'histoire de l'art français, puisée aux sources provinciales, est l'œuvre à laquelle vous vous consacrez avec toute l'énergie que porte en elle l'abnégation. C'est la forteresse, la grande bastille que vous voulez élever. C'est votre château *dell' Uovo*. Cette œuvre honore la patrie, elle met en lumière le passé de vos cités; vous y trouvez vous-même, comme compensation de vos efforts, l'estime de tous et la gratitude de plusieurs. Mais que vous en semble ? L'édifice en cours d'exécution ne comporte-t-il pas l'examen, l'application de plans multiples ? N'est-il pas opportun que ce vaste travail soit discuté, élaboré dans l'assemblée plénière des érudits, des amateurs, des curieux, des artistes de notre pays ? Emportez donc la parole du maître de Pise que je rappelais tout à l'heure ; faites comprendre à tous dans vos régions que les hommes de savoir, capables de produire avec discernement, sont trop nombreux en France pour qu'un groupe réduit, fût-ce un groupe d'élite, soit leur représentation fidèle. Vous nous devez, Messieurs, vous vous devez à vous-mêmes de devenir légion.

DOUZIÈME SESSION

(1888)

RAPPORT GÉNÉRAL LU LE 25 MAI

DANS LA SALLE DE L'HÉMICYCLE

A L'ÉCOLE DES BEAUX-ARTS

MONSIEUR LE PRÉSIDENT [1],

MESSIEURS,

« Il y a lieu de peindre, dans un temps, tout ce qui a vécu, brillé, fleuri à son heure : ayez seulement la couleur du sujet et le rayon. » Le mot est de Sainte-Beuve, et je m'excuse d'oser le rappeler ici. C'est prendre une peine superflue, car, depuis douze années, vous ne faites pas autre chose que de peindre ce qui a vécu, brillé, fleuri dans tous les temps. Et certes, ce n'est pas à vous qu'il faut recommander la couleur du sujet. On ne vous voit pas tentés de forcer le ton; vous gardez naturellement la mesure. Historiographes volontaires et dévoués des maîtres, des institutions, des monuments, des œuvres d'art oubliés ou disparus qui ont été, à une heure donnée, le patrimoine du passé, vous tenez compte de l'oubli qui plane de nos jours sur l'objet vers lequel vous inclinent votre savoir et votre patriotisme.

---

[1] M. L. de Fourcaud, critique d'art, membre du Comité des Sociétés des Beaux-Arts.

C'est avec discrétion et comme à demi-voix que vous évoquez le souvenir d'une gloire éphémère, d'un bienfait ignoré. Tant de sagesse unie à tant de sollicitude assure à vos écrits ce que Sainte-Beuve appelle le « rayon ». Il est impossible qu'un érudit, un chercheur, un historien, un artiste ne s'éprennent pas du sujet qui les a séduits. Il se mêle un peu d'amour à tout travail de l'intelligence. Et lorsque le poète grec nous montre Pygmalion animant une statue de marbre sortie de son ciseau, je me refuse à tenir pour une fable ce phénomène quotidien que produisent sans effort le poète ou l'artiste, pour peu qu'ils soient sincères et enthousiates. J'en appelle à vos souvenirs, Messieurs ! Combien d'évocations vivantes vous ont tenus sous le charme depuis quatre jours ! Combien de figures attachantes ont passé sous votre regard avec cette flamme au front, ce « rayon » qui commande le respect ou la sympathie !

L'Administration des Beaux-Arts vous sait gré de cette persévérance à bien faire. Votre Comité vous est reconnaissant de répondre à son appel avec une ardeur renouvelée. Il apprécie l'étendue de votre programme. Il est fier de votre nombre.

La session qui s'achève présente cette coïncidence singulière d'un ensemble de travaux embrassant les temps anciens et les temps modernes, depuis l'art grec jusqu'à la peinture contemporaine, alors que le Comité des Sociétés des Beaux-Arts des départements a perdu, cette année même, plusieurs de ses membres, écrivains d'art remarquables, dont les ouvrages sont précisément des modèles sur la sculpture grecque, l'architecture du moyen âge et la peinture au dix-neuvième siècle.

C'est d'abord Louis de Ronchaud, directeur des Musées

nationaux, vice-président du Comité lors de sa création
en 1879. Rappeler le nom de ce gentilhomme doublé
d'un poète et d'un fin critique, c'est évoquer le souvenir de Phidias. Qui de nous ne connaît le livre durable
consacré par Louis de Ronchaud à l'immortel statuaire
du Parthénon? Qui n'a présent à l'esprit le mot de Lamartine sur cette monographie : « Ouvrez et lisez : jamais
« la science ne se révéla en plus beau style ! »

C'est ensuite Ruprich-Robert, architecte plein de conscience, inspecteur général des Monuments historiques,
qui s'est assuré la gratitude de la jeunesse studieuse par
sa *Flore ornementale*, et le respect des artistes et des
érudits par sa publication de longue haleine l'*Achitecture
normande*.

C'est Charles Clément, l'auteur applaudi de *Prud'hon*,
de *Géricault*, de *Léopold Robert*, le critique bienveillant
du *Journal des Débats*, qui avait pris à tâche de rendre
justice aux maîtres de son temps et de son pays, l'ami
de Gleyre qu'il a célébré dans un livre étendu, tant il
était naturel à Charles Clément de parler en détail des
hommes qu'il avait approchés.

Votre Comité, Messieurs, a également perdu cette année
un de ses membres dont la vie semblait exclusivement
partagée entre la science et la politique , et qui cependant savait suivre attentivement la marche de vos travaux. Henri Liouville prenait le plus vif intérêt au
développement de la section des Beaux-Arts. Il ne cessait
de le dire, l'art était à ses yeux ce qu'il est pour les
hommes de forte pensée : un puissant élément d'éducation.

Là ne s'arrête point notre nécrologe. Un deuil inattendu
est venu frapper au cœur, il y a quelques jours, l'Admi-

nistration des Beaux-Arts. M. Jules Castagnary, conseiller
d'État, directeur des Beaux-Arts depuis moins de huit
mois, a succombé. Il est mort debout après avoir préparé
votre session qu'il se faisait fête d'ouvrir par des paroles
de bienvenue, et n'en doutons pas, par un appel nouveau en faveur de notre art national. C'est, en effet,
vous le savez tous, Messieurs, aux maîtres de notre temps
que M. Castagnary a consacré ses meilleures pages. Esprit
d'avant-garde, il éprouvait une joie sincère à deviner le
talent, à devancer l'éloge, à prédire le triomphe. Lui-
même d'ailleurs a résumé sa doctrine dans un mot qui
l'honore :

« Si j'aperçois quelque part, a-t-il dit, un homme fort
« qui n'est pas mis à son rang, une belle œuvre que la
« défiance environne, je me sens aussitôt un secret
« penchant pour l'œuvre contestée, pour l'homme
« méconnu. »

Rapprochez de cette profession de foi les noms aujour-
d'hui célèbres de Rousseau, Daubigny, Corot, Millet,
Courbet, Daumier. Songez aux lentes victoires de ces
maîtres violemment combattus et vous estimerez que
M. le Ministre de l'Instruction publique et des Beaux-
Arts a peint avec une grande justesse le critique éminent que nous avons perdu lorsqu'il a dit : « C'était un
« esprit rare et audacieux, épris d'idéal, c'est-à-dire de
« ce qu'il y a de plus noble en ce monde. Précurseur et
« maître à sa manière, il devançait souvent l'opinion en
« plus d'un point, désignant à l'avance les ignorés et les
« dédaignés dont la renommée devait plus tard recueillir
« les noms. »

Quant à l'homme, Messieurs, il revit tout entier dans
ce regret formulé par M. le Ministre : « Où retrouver

« tant de compétence unie à tant de modestie, tant de
« fermeté à tant d'atticisme, tant de largeur d'esprit à
« tant d'attachement au devoir? »

Je ne fais que répondre à vos sentiments, j'interprète
vos regrets en saluant ici avec une émotion douloureuse
le nom de ces disparus dont la haute sympathie vous
accompagnait, dont les œuvres demeurent pour nous
des exemples : Louis de Ronchaud, Ruprich-Robert,
Charles Clément, Liouville, Castagnary.

Est-ce bien le nom de Phidias que je prononçais tout
à l'heure ! Certes ! Et si lointaine que soit la mémoire
harmonieuse de ce demi-dieu, l'un de vous, M. Émile
Soldi, de la Société archéologique du Gâtinais, nous invite
à le suivre au delà du siècle de Périclès. C'est dans la
nuit des temps que votre confrère a tracé le cadre de son
étude. Les origines de l'art grec! Qui oserait marquer
une date au premier essor du génie hellénique? Les primitifs dont les œuvres réduites en poussière ont éveillé
la curiosité savante de M. Soldi, appartiennent-ils aux
temps homériques? Sont-ils plus anciens que Polype,
Icmalius et Laercès, ces maîtres célébrés par Homère et
dont un savant français, M. Rossignol, s'est constitué le
champion? Qu'importe. Ce n'est pas une question de
date que M. Soldi a voulu résoudre.

La ligne, le méplat et le relief expliqués par l'outil, la
progression laborieuse du procédé constatée sur l'œuvre
d'art dont elle explique les lacunes, telle est la thèse
ingénieuse et neuve de M. Soldi. Pour être originale,
l'analyse ainsi envisagée ne laisse pas d'être rationnelle.
Il n'en serait pas de même si l'on voulait juger de l'œuvre du poète. Le poète a ses intuitions. Quels que soient
l'heure ou le lieu, le poète peut énoncer sa pensée. Une

parole docile se prête à l'expression de son rêve. Autre
est la destinée de l'artiste, poète lui aussi, mais poète
enchaîné dont le verbe est matière. On ne conçoit pas
de statuaire sans marbre et sans ciseau, ni de toreuticien
sans bouterolle. C'est à bien saisir la servitude de l'artiste en face de la technique de l'art que s'est appliqué
M. Soldi. Le livre qu'il médite — et ce ne sera pas le
prémier qu'il aura signé de son nom — éclairera d'un
jour imprévu plus d'un point du vaste domaine de l'art
antique. Sur la toreutique, notamment, M. Soldi ajoute
aux écrits d'un homme que l'archéologie française a le
devoir d'honorer longtemps encore, Quatremère de
de Quincy.

Des temps pré-homériques au douzième siècle de notre
ère, la distance est sensible. Nous sommes gens à la
franchir d'une traite.

Il convient de savoir gré à M. Massillon-Rouvet, de la
Société académique du Nivernais, des termes dans lesquels il a décrit l'église de Jailly.

Jailly est une petite commune de la Nièvre qui renferme une église merveilleuse. D'aucuns supposent
qu'elle peut dater du douzième siècle, d'autres veulent
qu'elle ait été construite par des fées, et les fées ressem-
blent assez aux dynasties égyptiennes dont les antiquaires ne parviennent pas sans peine à fixer la chronologie. C'est bien sous la plume de M. Massillon-Rouvet
que j'ai surpris cette phrase : « S'il faut en croire la tra-
« dition, l'église de Jailly n'est point une œuvre
« humaine, mais celle des fées. On montre, près de
« Saint-Benin des Bois, la fontaine où elles ont pris leur
« eau, et l'on assure que leurs pas sont encore marqués
« dans les prés par des traînées de verdure qui tran-

« chent sur le reste par leur vivacité. Mais vainement
« s'empressèrent-elles au travail : le jour vint trop tôt, et
« suivant la loi qui règle leurs destinées, elles durent
« laisser le portail inachevé : il l'est, en effet, et, disent
« les paysans, on a bien essayé de le parfaire depuis ;
« mais les maçons n'ont jamais pu faire tenir leur ciment
« ni leurs pierres.

Cette note toute gracieuse, furtivement glissée au
milieu de détails techniques, n'est pas faite pour
déplaire. Elle déride. C'est le coin de ciel obligé du
paysage. Combien de pages écrites par de savants auteurs
dans lesquelles on cherche vainement le coin de ciel !

On raconte du fondateur de la philosophie allemande,
Emmanuel Kant, que, durant une existence de quatre-
vingts ans, il ne s'éloigna jamais de Kœnigsberg, sa ville
natale ; il vivait avec un domestique nommé Campe, que
la mort lui enleva. Il le pleura longtemps, puis le philosophe humilié se ressaisit. On le vit inscrire sur son
carnet : « Il faut que je me souvienne d'oublier Campe ! »
M. Léon Giron, de la Société d'Agriculture, Sciences,
Arts et Commerce du Puy, membre non résidant du
Comité, se montre, lui aussi, fidèle à sa province
natale.

Nous le soupçonnons d'avoir écrit un jour sur son
carnet : « Il ne faut pas que j'oublie de me souvenir
« des peintures murales de la Haute-Loire ! » Et M. Giron
se tient parole ! Cette fois, il nous arrête sous le porche
de Notre-Dame du Puy, décoré d'une *Transfiguration*
du treizième siècle. Inutile de rappeler que M. Giron
n'estimerait pas sa journée bien remplie si, dans sa
main, le pinceau ne succédait à la plume,

Votre confrère a restitué la fresque qu'il décrit. Elle

est importante et curieuse. Deux époques, deux styles.
Des traces de tradition servile et des signes d'affranchissement. La raideur archaïque et, çà et là, des contours
naturels et souples. L'œuvre dont s'est entretenu avec
vous M. Giron est donc deux fois instructive. C'est une
fresque composée par des novateurs et dont il importait
de bien remarquer le caractère. Voilà qui est chose
faite. Il ne nous reste plus qu'à souhaiter à M. Giron
la longue et paisible existence du philosophe de
Kœnigsberg.

Nous entrons dans le quatorzième siècle avec M. Durieux, secrétaire de la Société d'Émulation de Cambrai,
membre non résident du Comité. Mais M. Durieux ne
nous permet pas de faire halte. Écoutez plutôt : « De
« 1365 à 1400, les archives de Cambrai nous révèlent
« l'existence de dix-sept artistes ; au quinzième siècle
« nous en comptons soixante-trois ; au seizième, soixante-
« dix-sept ; au dix-septième quarante-huit, et pareil
« nombre au dix-huitième. » C'est, il faut en convenir,
marcher à pas de géant. Il est vrai, quand on possède
bien son sujet, les difficultés disparaissent. Vous en
jugerez, Messieurs, : l'auteur dont je parle a traité, n'en
doutons pas, une question dans laquelle il est passé
maître ; car il a su dire brièvement tout ce qu'il était
utile de retenir sur les deux cent cinquante artistes qui
ont marqué dans les fastes de Cambrai. L'étude de
M. Durieux, dont vous n'avez entendu qu'un résumé,
sera insérée au compte rendu de votre session. Vous
estimerez sûrement, après l'avoir lue, qu'elle est une
sorte de Livre d'or des arts du dessin dans une ville de
province durant quatre siècles. Et plus d'un parmi vous
sera d'avis que l'auteur aurait pu tracer sous le titre de

son Mémoire la devise de madame de La Fayette : « Rien
« de trop ! »

Lyon ne peut être assimilé à Cambrai. M. Natalis
Rondot, membre non résident du Comité, nous avait
dit l'an dernier la fertilité, dans une impuissance relative, des artistes lyonnais du quatorzième au dix-huitième
siècle. Toutefois, M. Rondot ne nous avait parlé que des
peintres. Cette année, ce sont les sculpteurs sur bois et
les céramistes qui l'occupent. Même fécondité, même
adresse. Les principes posés par l'historien d'art ne sont
pas infirmés.

Les familles d'artistes chez lesquelles M. Rondot nous
permet de pénétrer ne comptent aucun de ces maîtres
de fière allure que votre confrère déplorait de ne pas
rencontrer parmi les peintres. Les sculpteurs sur bois
sont aux ordres d'impérieux clients, d'opulents ache-
teurs. Aussi, quelle surabondance dans la décoration
des coffres de mariage, des tables, des crédences, des
chéières ! Quelle délicatesse dans les ornements d'émail
plombifère couvrant de leurs reliefs atténués le « plat
de l'hôpital » ! Quelle richesse dans le décor bleu sur
fond blanc, du plat de l'échevin attribué à Benedicto
Angelo de Laurent, établi à Lyon de 1512 à 1536 ! Car
les céramistes, comme les sculpteurs sur bois, subissent
le joug. Ils restent de merveilleux artisans. Qu'à cela
ne tienne. L'industrie d'art a son mérite. Elle est une
source de richesse ; elle aide à l'influence d'une cité ;
elle marque l'heure de la civilisation d'un peuple.
C'est pourquoi, Messieurs, nous devons tous une
reconnaissance profonde au courageux investigateur
qui s'est fait, cette année, l'historien des sculpteurs
sur bois et des faïenciers lyonnais, parmi lesquels il

serait injuste de ne pas mettre hors de pair Joseph
Combe.

M. de Mély, correspondant du Comité au Mesnil-
Germain, vous a soumis une note critique sur une
Broderie historiée du quatorzième siècle donnée à la
cathédrale de Chartres en 1406. L'œuvre est détruite,
mais la composition a été sauvée par Montfaucon. La
tâche eût été trop simple s'il se fût agi pour M. de Mély
de suivre Montfaucon dans son dire. Votre confrère n'a
pas oublié le mot spirituel et juste de Michel-Ange, cité
par Vasari : « Celui qui s'habitue à suivre n'ira jamais
devant. » Trois textes se réclamaient de la sagacité de
M. de Mély : celui de Montfaucon, un commentaire du
chanoine Etienne et l'inventaire des joyaux du duc de
Berry. On devine que le point en litige touchait à l'identité des effigies tracées sur la broderie de Chartres. Les
uns tenaient pour le duc de Berry, d'autres pour Jean le
Bon. M. de Mély nomme Charles V. Et son argumenta-
tion serrée ne nous laisse pas de refuge pour le combattre. Il sera donc curieux de comparer le dessin
reproduit par Montfaucon avec le célèbre portrait de
Charles V qui décore la *Bible historiée* du Musée de la
Haye et dont une copie, par M. Den Duyts, a pris place
au Musée de Versailles après avoir figuré, il y a dix ans
à l'Exposition des Portraits nationaux.

« Le perpétuel supplice de l'intelligence, a dit un penseur, sera d'entrevoir le beau sans jamais l'atteindre. »
Si tel est le destin de l'homme, il faut s'incliner. Mais
est-il juste que la beauté tangible, un instant découverte
et contemplée, soit replongée l'instant d'après dans les
ténèbres ? Vous avez entendu M. Louis Guibert, de la
Société archéologique de Limoges, correspondant du

Comité, raconter l'histoire lamentable des peintures de
Saint-Victurnien. Il s'agit d'un retable du quinzième
siècle décoré d'une *Crucifixion*. Ce retable était caché à
tous les regards. Personne n'en soupçonnait l'existence.
Un coup de marteau le met au jour. On l'admire, on
l'analyse, on en prend un dessin, on le décrit. Puis une
boiserie banale le recouvre ! A la vérité, M. Guibert
nous rassure sans nous consoler. Il veut bien nous dire
que les peintures de Saint-Victurnien ne seront pas
détériorées par les planches qui les cachent. Soit. Mais
que valent pour l'œil et pour l'esprit ces peintures cap-
tives ? Que diront nos neveux s'ils constatent, dans un
siècle, que cet enfouissement regrettable est notre
œuvre ? Il est tel village perdu sur les pentes des Apen-
nins où le voyageur s'arrête, empressé, pour admirer
moins qu'un retable ! Puissent de nombreux touristes
faire halte à Saint-Victurnien et leurs instances rame-
ner à la lumière la *Crucifixion* dont a si bien parlé
M. Guibert.

A l'exemple de M. Dussieux qui a composé ce livre
que vous connaissez tous, *Les Artistes français à
l'étranger*, M. le chanoine Dehaisnes, président de la
Commission historique du Nord, a rédigé des « Notes
sur quelques peintures des maîtres de l'école flamande
primitive conservées en Italie ». Le culte de M. Dehaisnes
pour les artistes flamands ne nous surprend pas. On dit
volontiers du bien de ses amis, et votre confrère, je ne
vous l'apprends point, est dans les meilleurs termes
avec les primitifs de la Flandre, de l'Artois et du Hainaut. Suivre certains d'entre eux de Venise à Naples
était une tâche séduisante pour M. Dehaisnes. Il s'en est
acquitté en homme de goût et de savoir. La tendance

naturelle du touriste qui parcourt les villes d'Italie est
de n'accorder crédit qu'aux maîtres italiens. C'est le
chemin battu, la veine épuisée. Il y a donc quelque
mérite à tracer un sentier parallèle et à relever au milieu
des trésors que garde la Péninsule les pièces de choix
dont elle est redevable à des étrangers. M. Dehaisnes
nous montre l'Italie tributaire des Flandres ; d'autres
voudront dire, nous l'espérons, la place qu'occupe l'art
français au delà des Alpes. C'est un livre à faire.

Les peintres provinciaux de l'ancienne France ne
cessent d'être pour vous des maîtres familiers. Vous
vous plaisez à vivre dans leur intimité. Vous les inter-
rogez : ils vous répondent. M. Paul Marmottan, du
Comité historique du Nord, est entré chez les peintres
de Saint-Omer, et ce qu'ils lui ont appris sur leur vie
de noble labeur, il vous l'a dit. Evrard, Paul Caffiéri,
Dominique Hermant dominent, dans l'étude de M. Marmottan, la curieuse pléiade des maîtres audomarois
dont il a voulu mettre en lumière la personnalité
discrète. Discrète est, croyons-nous, le mot juste, bien
qu'il faille tenir grand compte aux peintres de Saint-
Omer d'avoir gardé contenance en face des Flamands
et des Italiens devenus pour eux de dangereux éducateurs
s'ils avaient souci de leur personnalité. Dirons-nous à
M. Marmottan qu'il dérange notre plan? Nous nous
étions proposé de classer les travaux lus en cette
session suivant l'ordre chronologique. Les premières
silhouettes de peintres de Saint-Omer qui s'accusent
avec quelque relief sous la plume convaincue de
M. Marmottan, se rattachent au quinzième siècle. Mais,
à l'exemple de MM. Durieux et Natalis Rondot, le délégué du Comité historique du Nord n'est pas homme à

se cantonner dans un siècle. Le dialogue qu'il entame
avec les maîtres de son choix se poursuit durant trois
cents ans. Ne nous en plaignons pas, car le ton se
maintient. L'intérêt n'a pas diminué lorsque l'écrivain
trace son dernier mot. Il a su répandre une lumière
égale sur chaque partie de son tableau. Les peintres du
Midi nous avaient été révélés il y a quelque trente ans
par M. de Chennevières : M. Marmottan nous aide à
mieux connaître les peintres du Nord. Puissent ces
historiographes compter chez nous de nombreux
émules !

Il n'est pas rare qu'un homme parle plusieurs langues,
mais il y met l'accent, le ton, la ponctuation, le génie
de son époque. On est malgré tout de son temps. Jehan
de Chalon, architecte et maître maçon d'Embrun, ferait
exception à la règle ordinaire. Vous vous souvenez de
l'étude de M. l'abbé Guillaume, archiviste des Hautes-
Alpes, correspondant du Comité. Elle a pour titre :
Le porche ou réal de Notre-Dame d'Embrun. M. Gui-
laume, au cours de ce travail, raconte que la recons-
truction du portique d'Embrun date de la seconde
moitié du seizième siècle, et, chose étrange, l'édicule se
rattache par son style au douzième ou au treizième
siècle. Jehan de Chalon aurait donc volontairement
négligé d'être de son temps. A cela rien d'impossible.
Toutefois, nous nous trouvons en face d'un problème.
M. Guillaume tente de l'expliquer par l'existence de
débris anciens provenant d'un porche du treizième
siècle, que Jehan de Chalon aurait utilisés pour construire son portique de style latin. L'hypothèse est
plausible. Mais Jehan de Chalon aurait cédé, dans la
circonstance, à de singulières préoccupations archéo-

logiques. Peut-être est-il permis de supposer que Jehan
de Chalon s'est trouvé en présence d'un édicule roman,
presque intact, dont il n'a fait que reprendre en sous-
œuvre certaines parties qui avaient souffert ? Quoi qu'il
en soit, le porche d'Embrun est un monument digne
d'attention par sa modénature, étant donnée l'époque à
laquelle Jehan de Chalon y a travaillé.

M. Henri Jadart, correspondant du Comité à Reims,
s'y prend avec une adresse merveilleuse pour établir la
suprématie d'une époque. L'enquête, telle qu'il l'a voulu
faire, a presque le caractère d'une gageure. Il a pris une
carte géographique du département de la Marne.
L'arrondissement de Reims a été choisi par lui comme
champ d'exploration. Et sans arrière-pensée, sans
méthode préconçue, au gré de sa fantaisie, M. Jadart est
entré dans vingt-cinq églises rurales. On eût dit la promenade d'un désœuvré. Cependant l'excursion n'a pas
été sans fruit. Ces vingt-cinq églises renferment toutes
une œuvre d'art digne de remarque. Ici c'est une toile,
là des boiseries ou une statue, ailleurs un vase d'or,
plus loin des fragments de verrières. Et que les œuvres
soient anonymes ou signées, la plupart ont été produites
au quinzième ou au seizième siècle. Cette découverte
a sa valeur. Vous entendrez dire que les églises de France
ne renferment, à de rares exceptions, que des toiles
ou des sculptures de fabrique moderne. Méfiez-vous,
Messieurs, les jugements sommaires sont difficilement
équitables. Ayez plutôt la persévérance et le tact de
M. Jadart; ayez comme lui l'enthousiasme. Retenez sa
profession de foi : « Il y a un grand charme à visiter les
« églises rurales, les débris des vieux châteaux, les mai-
« sons de bois des villages. Nos pères avaient prodigué

« les œuvres d'art au milieu des campagnes comme pour
« associer les merveilles créées par la main de l'homme
« à celles que la nature y a semées si libéralement.»
Paroles encourageantes dont il dépend de vous de constater la justesse.

Les vitraux de la cathédrale de Toulouse dont vous a
parlé M. de Lahondès, délégué de la Société archéologique du Midi de la France, datent du seizième siècle,
c'est-à-dire de cette période privilégiée au cours de
laquelle les verriers produisent à l'envi des œuvres
essentiellement personnelles. M. Lucien Magne, membre
du Comité, dont le grand ouvrage sur les verriers français n'a plus besoin d'éloges, a dit que « le caractère du
« dessin suffit à faire reconnaître avec certitude le tra-
« vail d'un artiste du seizième siècle». Telle est évidemment l'opinion de M. de Lahondès, car il a mis une
grande assurance à démêler l'histoire quelque peu con-
fuse des verriers toulousains qui ont décoré l'église de
Saint-Étienne. Les armoiries peintes sur les vitraux,
les légendes qui complètent l'ensemble décoratif ont été
de la part de votre confrère l'objet d'une étude minutieuse, dont le résultat est sérieusement appréciable.
Critique impartial et hardi, car il faut de la hardiesse
pour émettre un avis en désaccord avec l'engouement
général, notre auteur, sans déprécier le vitrail de *Saint
Sébastien et Saint Roch*, vous a dit qu'il hésitait à y voir
une page authentique d'Arnaud de Moles. Nous n'avions
pas entendu sur la peinture de vitraux une lecture
comparable au travail de M. de Lahondès, si ce n'est
peut-être le mémoire de M. de Florival lu à votre session
de 1882.

« Le propre des hommes de génie est d'enjôler les

esprits de tout ordre à la vérité. » Ce n'est pas nous qui
avons découvert cette définition, mais nous la tenons
pour exacte. Demandez plutôt à M. Leymarie, correspondant du Comité à Limoges. Il vous dira que les compositions originales des émailleurs limousins ont leur
source dans les œuvres maîtresses des peintres italiens
et allemands. Ceux-ci ont « enjôlé » ceux-là. Cependant
les uns et les autres ne sont ni de même stature, ni de
même caste. Des degrés infranchissables les séparent.
Mais tel est l'attrait, on pourrait dire l'attraction des
premiers, que les seconds gravitent à leur suite. Ce
n'est pas sans profit, car les artistes limousins ont
atteint, par leur docilité savante, à une originalité
réelle. Conclusion : l'art appliqué peut toujours gagner
à ses relations fréquentes avec les maîtres de la peinture
d'histoire.

Ne convient-il pas que tous les hommes épris d'idéal
se prêtent un mutuel concours ! Ainsi sans doute en
avaient jugé les membres de la confrérie poétique du
puits d'Abbeville qui commandèrent à quelque statuaire,
dont le nom se dérobe, la Vierge d'argent que vous a
décrite M. Delignières, de la Société d'Émulation
d'Abbeville. C'est en 1568 que cette œuvre exquise
sortit des mains du ciseleur. L'élégant petit puits
d'argent, avec sa chaîne et son seau fixé devant les
pieds de la Vierge, est de 1579. Des armoiries placées
au-dessous de la margelle microscopique ont permis à
M. Delignières de nommer le «prince » de la confrérie
qui a été le donateur de cette figurine. Enfin le piédestal
est du dix-septième siècle. Et tous ces renseignements
précis accumulés sur une statuette conservée de nos
jours à l'église de Saint-Vulfran, votre confrère les a

recueillis de première main en compulsant les pièces originales.

Le proverbe « on ne donne qu'aux riches » est toujours vrai. M. Godard-Faultrier, membre non résident du Comité, à Angers, en sait quelque chose. Le Musée archéologique fondé par ses soins et de ses deniers, appelé Musée Saint-Jean, est l'un des plus opulents de nos provinces. Princièrement installé dans une vaste nef élevée par les Plantagenet, ce Musée vient de s'enrichir de fragments d'une tapisserie célèbre représentant la *Vie de saint Florent*. Ce curieux travail date de 1524. Saumur en possède la majeure partie. Deux morceaux mesurant deux mètres de hauteur sur une largeur de quatre mètres avaient été distraits de l'ensemble. On les croyait perdus. Un archéologue angevin, M. de Farcy, les a découverts. Son premier soin fut d'en proposer l'acquisition à l'église de Saumur, dépositaire des autres fragments. Mais c'est folie de vouloir lutter contre le courant. Le proverbe était là. On ne donne qu'aux riches. C'est le Musée Saint-Jean qui devait l'emporter. Et le fondateur du Musée, M. Godard-Faultrier raconte, tout heureux, et la belle trouvaille de son collègue et le don généreux qui vient d'enrichir ses galeries.

Amicæ quamvis æmulæ. Ce pourrait être la devise des provinces de l'Ouest. La Touraine, voisine de l'Anjou, ne prendrait pas son parti d'une défaite ou d'une infériorité dans le domaine de l'art vis-à-vis de son émule. M. Godard-Faultrier vous a parlé d'une tapisserie de 1524. Instinctivement la Touraine s'est émue. M. Charles de Grandmaison, correspondant du Comité, à Tours, s'est mis à sa table de travail. Il a pris sa plume, et sans bruit, sans étalage de vaine érudition,

mais avec la netteté du juge qui rend une sentence,
M. de Grandmaison a réclamé pour la Touraine l'honneur d'avoir fabriqué des tapisseries de haute lice en
1520. Ce sont des quittances notariées qui vous ont été
soumises. Elles émanent d'ouvriers « en draps d'or,
d'agent et de soie ». Philibert Babou, contrôleur des
finances et seigneur de la Bourdaisière, en effectue le
paiement. La présence de ce personnage signalée dans
des contrats de 1520 a son importance. N'est-ce pas lui
que François Ier chargera de la direction de la manufacture royale de Fontainebleau en janvier 1535 ? Il résulte
de ce rapprochement de dates que la Touraine distance
non seulement l'Anjou, mais encore Fontainebleau,
c'est-à-dire la Couronne, dans une question d'art. M. de
Grandmaison a bien servi sa province.

Vous remarquez, Messieurs, que nous n'avançons pas.
Je m'en excuse, mais le moyen de se hâter à travers
une époque aussi riche que le seizième siècle ! Tapisseries,
sculptures, émaux, verrières, tous les trésors d'art à la
fois. Cependant un phénomène étrange se produit ; les
œuvres vous ont retenus et charmés; quant aux
maîtres, vous ne les avez pas rencontrés. Ils vous
échappent. Vos descriptions savantes, vos critiques
portent, si je ne fais erreur, sur des pages anonymes !
Quelle faute est la mienne ! Suis-je assez imprudent !
Je vois se dresser devant moi M. Finot, correspondant
du Comité à Lille, qui s'est constitué le défenseur de
Van Boghem, architecte de l'église de Brou ; M. Jarry,
délégué de la Société archéologique de l'Orléanais, qui a
découvert le premier architecte du château de Chambord;
M. Foucart, correspondant à Valenciennes, l'avocat de
Julien Watteau ; M. Roman, correspondant à Embrun,

le biographe de Pierre Gourdelle; M. l'abbé Requin, correspondant à Avignon, dont les notes ajoutent à l'histoire de Quentin Warin. Tous réclament en faveur de leurs illustres clients et je les approuve. La cause de chacun mérite d'être entendue.

Van Boghem, par exemple, est un maître qui n'a rien à craindre du voisinage de Michel Colombe et de Jean Perréal. M. Finot vous l'a montré succédant à tous deux en 1513 et travaillant pendant vingt années à parachever ce joyau d'architecture et de sculpture, l'église de Brou.

De même que Van Boghem ne prend pas ombrage de la gloire de Perréal et de Colombe, l'architecte de Chambord, Denis Sordeau que vous a présenté M. Jarry, garde le silence sur les plans du château, ne voulant point, il faut le croire, enlever à Pierre Nepveu, dit Trinqueau, l'honneur de les avoir tracés. Il se peut que Sordeau, qualifié en 1525 « architecte de Chambord » et que Jean Gobereau, conducteur des travaux en 1526 se soient trouvés placés sous la haute direction de Nepveu, qui touchait 27 sous de gages par jour. Mais M. Jarry vous a dit qu'il fallait désormais reviser les pièces de 1519 si l'on voulait remonter à l'origine de la construction de Chambord. Félibien ne nous avait pas renseignés avec autant de précision.

Julien Watteau, baptisé le 6 mars 1672, à Valenciennes, ne devrait pas, ce semble, nous occuper en ce moment. Que voulez-vous? M. Paul Foucart vous a révélé combien cet homonyme d'un maître charmant avait conquis peu de notoriété! Ses toiles sont perdues ou détruites. Peut-être ne faut-il pas trop le regretter. Ce qui importe dans la question, c'est de rattacher, s'il

est possible, Julien, l'inconnu, à Antoine, le célèbre. Et
puisque leurs pinceaux ne les ont pas rapprochés, c'est
dans une origine commune qu'il faut chercher la trace
de leur parenté. Or, M. Foucart l'a constaté, les Watteau
pullulent, dès le seizième siècle, à Valenciennes. Nous
laissons le soin de conclure aux généalogistes de la
région du Nord, s'il s'en trouve un seul qui, dans l'espèce, ose se dire plus patient ou plus expert que
M. Foucart lui-même.

Pierre Gourdelle est bien un maître du seizième siècle.
M. Roman le suit pas à pas de 1555 à 1588. On le sup-
posait graveur. Avant de prendre le burin, Gourdelle
avait eu soin de tenir le crayon, voire même le pinceau.
N'a-t-il pas apposé sa signature en 1574 sur le portrait
peint du conseiller du roy, Thomas Gayant? Voilà donc
Gourdelle, gendre trop peu connu du peintre Antoine
Caron, remis à son rang dans l'histoire de l'art, par
M. Roman. Cet hommage tardif est mérité.

Habent sua fata... M. de Chennevières avait apporté
trop de conscience à écrire la vie de Quentin Warin
pour que ses hypothèses, toujours fondées sur la vraisemblance, ne se trouvassent pas tôt ou tard justifiées
par des textes. M. de Chennevières inclinait à penser
que le maître de Poussin avait vu le jour à Beauvais,
alors qu'on le croyait d'Amiens. C'est M. l'abbé Requin
d'Avignon qui corrobore l'opinion de son devancier. Et
du même coup, il nous montre Quentin Warin sur ce
chemin de l'Italie que son élève, Nicolas Poussin, fou-
lera d'un pas joyeux et assuré. Quentin Warin fixé à
Avignon, et recevant, en 1597, les leçons de Pierre
Duplan! C'est une découverte. Ne nous avait-on pas dit
que l'artiste picard avait dû limiter ses voyages aux

seules provinces du Nord ? Mais quel est cet autre Warin dont M. de Chennevières signale la présence à Narbonne en 1607 ? M. l'abbé Requin peut-il nous l'apprendre ? Dans le domaine de l'histoire, les faits négligeables n'existent pas.

Abordons le dix-septième siècle.

« Pourrait-on jamais s'imaginer, a écrit La Bruyère, l'étrange disproportion que le plus ou moins de pièces de monnaie met entre les hommes ? » Les Roettiers, dont M. Victor Advielle, de la Société artésienne des Amis des Arts, correspondant du Comité, s'est fait le patient et chaleureux biographe, auraient pu prendre ce mot de La Bruyère pour devise. Graveurs généraux des monnaies de France, graveurs particuliers de la Monnaie de Paris, les Roettiers, originaires des Pays-Bas, forment une maison puissante et nombreuse, chez laquelle le talent est héréditaire. Les plus avisés de nos écrivains d'art soupçonnaient quelque chose de la grandeur des Roettiers, mais les preuves manquaient à tous. On parlait vaguement, trop vaguement, de ces bons artistes, que M. Advielle a dénombrés et rangés chronologiquement. Des recherches fructueuses entreprises par M. Advielle dans les dépôts d'archives, les études de notaires, les cabinets d'amateurs d'autographes, il résulte une classification des Roettiers par ordre de mérite. Leur œuvre est reconstituée dans une large mesure avec pièces à l'appui. Et c'est le cas de reconnaître que « le plus ou moins de pièces de monnaie met une certaine disproportion » entre les douze ou quinze artistes qui ont porté le nom de Roettiers. Désormais, leur histoire est ébauchée. M. Advielle se doit maintenant aux Duvivier.

M. Ginoux, correspondant du Comité à Toulon, se
fait volontiers l'historien des sculpteurs français. Il mérite, de ce chef, les plus vifs remerciements. Les sculpteurs ont droit au livre, car ils sont nôtres, autant, sinon
plus, que les peintres. Nous ne serons pas désavoué
dans cette profession de foi par l'homme qui nous pré-
side en ce moment, M. de Fourcaud, l'historien convaincu de François Rude, le critique éloquent et sincère
qui, ayant eu à parler des robustes imagiers du quinzième siècle, n'a pas craint de les appeler « les maîtres
de vérité ». Puget, l'un des ancêtres de Rude, a trouvé
en M. Ginoux, un narrateur épris de son sujet.

Plusieurs fois déjà le nom du statuaire provençal
s'est rencontré sous la plume de votre confrère. Aujour-
d'hui, c'est la maison de Puget qui l'attire. Il la ressaisit
dans sa forme primitive. Il en mesure l'étendue, il en
marque le caractère. Deux peintures, les *Trois Parques*
et *Hercule filant aux pieds d'Omphale*, œuvres de Puget,
décoraient la demeure de l'artiste que les palais de
Gênes empêchaient de dormir dans une habitation sans
décor.

M. Ginoux est un prodigue. Il vous a présenté deux
mémoires. « Les sculpteurs du nom de Vassé » est une
étude instructive. Qui se fut douté qu'Antoine-François
et Louis-Claude Vassé, tous les deux connus et appré-
ciés, descendaient d'un compatriote de Quentin Warin,
Antoine Vassé, né en Picardie et attaché durant vingt
années à l'arsenal de Toulon comme sculpteur sur bois
et décorateur de vaisseaux ? Grâce aux découvertes de
M. Ginoux, il faudra bientôt dire la dynastie des Vassé.

De la décoration des vaisseaux du Roi à Charles Le
Brun, la distance est aisément franchie. M. Tancrède

Abraham, correspondant du Comité à Château-Gontier, rectifie Guillet de Saint-Georges, Félibien et tous les écrivains du dix-septième siècle qui ont parlé des œuvres de Le Brun exécutées à Vaux-le-Vicomte sur l'ordre du surintendant Fouquet. La composition du maître représentant la *Bataille de Constantin contre Maxence* est connue. Gérard Audran l'a gravée. Le cardinal Mazarin en avait suggéré l'idée, mais on nous avait dit que cet ouvrage était resté à l'état de dessin. Là était l'erreur. Une esquisse peinte existe. Le Musée de Château-Gontier la renferme et M. Abraham, conservateur de ce Musée, a le double plaisir de parler d'une collection qui lui est chère et de redresser des écrivains accrédités. Votre confrère s'appuie dans son récit sur un texte inédit de date récente qui laisserait supposer que Le Brun aurait eu l'intention de peindre la *Bataille de Constantin* pour en orner une salle de Vaux-le-Vicomte. Tel ne fut pas le projet du surintendant. Les sujets relatifs à Constantin, dessinés ou esquissés au pinceau par Le Brun, n'avaient d'autre objet que d'être traduits en tapisseries dans la manufacture de Maincy.

Les Pamphile, d'origine flamande, sont deux peintres assez obscurs que M. Armand Benet, correspondant du Comité à Caen, a rappelés à la vie. Ces artistes vécurent à Evreux au milieu du dix-septième siècle. Nous serions heureux de pouvoir épeler leur nom sur quelque toile de valeur.

Moins ignoré est le sculpteur Philibert Vigier, dont la biographie a tenté M. Bouchard, correspondant du Comité à Moulins. Des actes d'état civil, des quittances sont les jalons solides que M. Bouchard a su placer de loin en loin et qui serviront de point de repère aux

historiens de notre Ecole tenus de ne point omettre
Vigier, en son temps membre de l'Académie royale et
collaborateur de Le Brun dans la décoration des jardins
de Versailles.

Michel Bourdin reçut en 1617 la commande du tombeau de Louis XI qu'il s'agissait de réédifier dans
l'église de Notre-Dame de Cléry. M. Herluison, correspondant du Comité à Orléans, a vu le marché, il en
connaît la teneur. Trois mille trois cents livres tournois
furent promises à l'artiste. Ces détails ne sont pas sans
intérêt. L'œuvre de Bourdin subsiste. Elle mérite amplement la brève monographie que lui a consacrée
M. Herluison.

Un historien de la conquête d'Alger raconte que cent
hommes périrent un jour dans une embuscade. Ils dé-
fendaient la route de Miliana que nos généraux devaient
ravitailler. On devine la stupeur de la colonne active
escortant les convois de vivres lorsqu'elle se vit en face
de ces soldats trahis par la fortune. Un officier se pen-
cha vers la dépouille d'un petit chasseur d'Afrique
dont la main crispée serrait encore la crosse d'un fusil.
On entrouvrit sa tunique. L'intrépide soldat portait
écrits sur sa poitrine deux mots d'une grande éloquence dans leur simplicité. La devise du petit chasseur était : « Je maintiendrai ! »

Vous ne m'en voudrez pas, Messieurs, d'évoquer ce
souvenir. Il a sa place dans tout dialogue dont vous
êtes les interlocuteurs. Vous aussi, depuis douze années,
vous ne cessez de dire : « Je maintiendrai ! » Noble
parole faite d'énergie, d'espérance et de conviction. La
Section des Beaux-Arts vous est chère. Les congrès
annuels dont vous êtes l'honneur sont pour vous des

fêtes de l'esprit. Vous ignorez les lassitudes ou les défaillances. Chaque session vous rappelle. Il y a parmi vous tel travailleur modeste et persévérant qui assistait, voilà douze années, à l'inauguration de ces assemblées dont le succès grandit. Ne vous défendez pas, Messieurs, de votre cri de vaillance : « Je maintiendrai ! » Ce fut le cri de plusieurs d'entre vous qui sont tombés avant l'heure, mais vous étiez là pour reformer les rangs. Vos études se poursuivent, les travaux s'ajoutent aux travaux, l'œuvre prospère. Et ceux qui ont la garde de l'institution si bien soutenue par votre désintéressement laborieux peuvent s'appliquer à leur tour la devise du chasseur d'Afrique : « Je maintiendrai ! »

M. Albert Jacquot, correspondant du Comité à Nancy, est l'un des plus fidèles parmi les délégués de la Section des Beaux-Arts. Le sujet de ses mémoires varie, mais le cadre demeure le même. M. Jacquot n'oublie pas que le plus sûr moyen pour un habitant de nos départements d'honorer la grande patrie c'est d'exalter le coin de terre où l'on vit, la province natale, la petite patrie dont le cercle étroit peut être parcouru sans fatigue, dont les richesses et les traditions deviennent aisément familières. La Lorraine est la province natale de M. Jacquot. Il lui demeure attaché. En d'autres temps, il vous a parlé de la musique ; aujourd'hui, la sculpture est l'objet de ses recherches. Mansuy Gauvain, Gilles de Neufchateau, Jean de Senlis, Drouin, Gérard et Ligier Richier nommés par M. Jacquot, d'après des pièces d'archives, apparaissent à leur plan dans le tableau général de l'histoire de l'art en Lorraine. Mais si nous exceptons les Richier, sur le compte desquels votre confrère se permet quelques confidences, la plupart des maîtres dont s'est occupé M. Jacquot n'obtiennent de sa part que des mentions trop brèves. L'ouvrage entrevu par M. Jacquot est logique et sera certainement d'un haut intérêt. De nombreuses pages y sont neuves. Pour se conformer au règlement, M. Jacquot s'est efforcé de réduire son vaste sujet aux proportions d'un mémoire. C'était une chose difficile, et l'effort reste visible. Mais en vérité, c'est faire l'éloge du travail dont je parle que de dire qu'il comporte un livre. Combien de livres volumineux, par contre, se trouveraient abrégés, si l'on n'en voulait prendre que la moelle !

« Perrier *junior* ». Ainsi avait coutume de signer Guillaume Perrier, peintre et graveur, dont vous ont entretenus, dans un mémoire écrit en collaboration, MM. Lex et Martin, correspondants du Comité à Mâcon. Guillaume avait raison de se qualifier *junior*. L'âge l'y autorisait ; son talent ne le lui défendait pas. François Perrier son frère était son aîné. Il demeure le plus grand. Ami de Nicolas Poussin et l'un des maîtres de Charles Le Brun, François a sa place honorable dans l'Ecole française. Guillaume, pour être moins célèbre, ne doit cependant pas être oublié. Certaine de ses compositions a été gravée par Gabriel Le Brun. Si Guillaume Perrier n'est point un maître, c'est quelqu'un de la maison.

M. Pérathon, correspondant du Comité à Aubusson, s'est occupé d'une famille d'artistes, les Finet, dont le souvenir doit survivre. Les Finet ont attaché leur nom pendant de longues années à la confection des cartons de tapisseries. L'histoire des fabriques de la Marche ne saurait être éludée par un biographe des Finet, mais l'obligation de traiter ce sujet à l'aide de documents

inédits, en les éclairant de considérations judicieuses,
ne constituait pas un embarras pour M. Pérathon. Votre
confrère, je ne vous l'apprends pas, est l'auteur d'un
livre estimé sur Aubusson. L'étude approfondie qu'il
consacre aux peintres de cartons qui se sont illustrés
dans cette ville est le commentaire lumineux et comme
l'appendice obligé du livre qui l'a précédée.

Il s'agit également de cartons de tapisseries dans le
mémoire de M. Théophile Lhuillier, correspondant du
Comité à Melun. M. Lhuillier a intitulé son travail :
« *Notes sur quelques tableaux de la cathédrale de Meaux.*
Jean Senelle, peintre meldois ». Les tableaux de la
cathédrale ne sont pas autre chose que des copies
d'après des peintures de Raphaël. Ces copies ont leur
histoire. M. Lhuillier vous l'a racontée avec une concision et une netteté des plus remarquables. Naturellement, il était impossible de parler des copies sans
remonter aux originaux. A l'égard de ceux-ci les informations de M. Lhuillier sont judicieusement résumées.
Puis, comme s'il se fût reproché d'avoir trop accordé à
Raphaël, M. Lhuillier est vite rentré en France, pour
compulser les archives locales sur Jean Senelle, dont il
éclaire la biographie assez enveloppée d'ombre et
signale les œuvres existantes à Meaux, à Saint-Remy la
Vanne et à Orléans.

M. Quarré-Reybourbon, délégué de la Commission
historique du Nord, analyse un document d'une importance capitale. Ceux qui ont lu l'histoire des Pays-Bas
savent que les archiducs Albert et Isabelle chargèrent,
en l'an 1600, un gentilhomme de leur maison de relever
et de dessiner les monuments représentant les princes
leurs prédécesseurs. Ce gentilhomme fut Antoine de

12

Succa, officier dans les troupes du comte de Mansfeld.
Une partie des notes et croquis recueillis par Succa
forme un album aujourd'hui conservé à la Bibliothèque
royale de Bruxelles, où M. Quarré-Reybourbon l'a
étudié avec tout le soin qu'il réclame.

Or, Antoine de Succa, le crayon à la main, a successivement inventorié les abbayes de Flines et de Saint-
Bertin, la chartreuse de Gosnay, Arras, Béthune, Lille,
Saint-Omer. Les œuvres d'art qu'il sauve de l'oubli,
verrières, toiles, sculptures, seront détruites avant le
jour où votre confrère en ressaisira les profils disparus
à l'aide du travail de Succa. Nous trouvons donc dans
cet inestimable album les plus précieuses indications,
notamment pour l'histoire du costume. Souhaitons
maintenant à M. Quarré-Reybourbon l'heureuse fortune
de découvrir la suite des inventaires d'Antoine de
Succa. Nos provinces du Nord sont hautement intéres-
sées à la publication intégrale de ces manuscrits his-
toriés.

« Pour nous persuader, c'est prendre trop de peine. »

Ce vers du poète tragique est de circonstance lorsqu'on a entendu M. Vallet, conservateur du Musée de
Bordeaux et correspondant du Comité, retracer l'odyssée
douloureuse du *Christ en croix*, de Jordaëns. Cette
peinture appartenait au Musée. En des temps très anciens,
c'est-à-dire en 1819, M. le maire de Bordeaux et M. le
préfet de la Gironde offrirent à l'archevêque le tableau
de Jordaëns pour l'église de Saint-André, en échange
d'une copie d'André del Sarte, qui prit place au Musée.
Tout le monde en cette négociation fut de bonne foi, et
c'est à la bonne foi des personnes qui auraient aujourd'hui

qualité pour annuler le contrat de 1819 que M. Vallet fait
appel. Son plaidoyer, sans amertume, sans réticence ni
sous-entendu, est une parole d'honnête homme. Le bon
sens est du côté de votre confrère. Ce n'est pas le Musée
qu'il défend, c'est la cause de l'art. Et sa défense, pleine
de modération, lui vaudra, nous l'espérons bien, d'obtenir gain de cause.

Nous terminerons l'exposé des travaux qui se rattachent au dix-septième siècle en parlant des Boësset,
surintendants de la musique du Roi sous Louis XIII et
Louis XIV. M. Hervé, membre d'honneur de l'Harmonie
des chemins de fer de l'Etat, à Saintes, est l'auteur de
la biographie des Boësset. Vous vous souvenez de la
réponse de Grétry à Napoléon qui s'était avisé de lui
dire à deux reprises : « Comment vous nommez-vous? »
— « Toujours Grétry, sire! » Il serait imprudent de
demander aux Boësset leurs noms et qualités. On passerait bien vite pour un importun ou un ignorant. Bef-
fara, Jal, Fétis, La Borde ont été, sur le compte de ces
artistes, assez renseignés, mais M. Hervé en sait plus
encore que ses devanciers, dont il rectifie quelques
erreurs. Antoine, Jean-Baptiste et Claude furent de hauts
personnages que le renom de Lulli ne doit pas éclipser.
Antoine a publié quinze recueils d'airs à plusieurs parties et vingt-quatre ballets dont M. Hervé a su parler
en érudit. Comme corollaire de ce travail biographique,
M. Hervé vous a lu quelques pages sur l'orphéoréon afin
de bien établir, ce qui était au moins superflu, que l'ins-
trumentation n'a guère de secrets pour lui. Pourquoi,
Messieurs, la musique n'entre-t-elle que pour une faible
partie dans l'ensemble de vos études annuelles ?

C'est, croyons-nous, Madame de Motteville qui repro-

chait à la Renommée d'être « une grande causeuse ».
Nous le voulons bien, mais si prodigue qu'elle soit de
ses propos, la Renommée a ses caprices. Elle est parfois
taciturne à l'égard de certains qui s'accommoderaient
volontiers d'un peu de gloriole. Ce dut être le cas du
sculpteur Jean-Baptiste Bouchardon que, par système,
la Renommée a feint de ne pas connaître. Heureusement, pour l'artiste dédaigné, M. Jolibois, membre non
résident du Comité à Albi, s'est chargé de réparer les
torts dont a pu souffrir Bouchardon le père. Ses deux
fils, Edme et Jacques-Philippe, son élève Laurent Guyard
s'opposent à ce qu'on l'oublie. C'est en leur nom, plus
qu'en considération de ses propres ouvrages, que Bouchardon est ramené à la vie par M. Jolibois.

Il ne faut médire de personne. Des critiques chagrins
avaient écrit que Boucher, premier peintre de Louis XV,
a quelque peu hâté par ses œuvres faciles et légères la
décadence de l'art. Je ne puis l'admettre ; et M. Brouillet, correspondant du Comité à Poitiers, sera certainement de mon avis. C'est François Boucher qui, le
25 décembre 1768, députa vers Poitiers Aujollest-Pagès,
un jeune homme de vingt-trois ans, élève de l'école académique, avec mission d'ouvrir une école d'art dans la
capitale du Poitou. De cette école, M. Brouillet est aujour-
d'hui le directeur, et pour prendre part à vos travaux il
s'est fait l'historien de l'institution qu'il gouverne. Son
récit n'a rien de banal. Il démontre que le fondateur de
l'école de Poitiers avait inculqué autour de lui l'amour
de l'art. Son gendre lui succéda, et ce furent les fils de
celui-ci, qui jusqu'en 1879, demeurèrent les précepteurs
de la jeunesse poitevine dans la pratique des arts du
dessin.

Jean-Baptiste Bouchardon travaille au début du dix-huitième siècle ; le peintre Gabriel-François Doyen se rattache aux premières années de la Révolution. Non que l'artiste n'ait joui d'une grande notoriété sous d'Angiviller et même sous Marigny, mais votre rapporteur est tenu d'adopter le cadre de vos travaux. Ce qui est à vos yeux le point culminant le devient pour lui. Or, M. Henri Stein, correspondant du Comité à Fontainebleau, tout en résumant avec beaucoup de charme et de finesse la vie du peintre Doyen, antérieurement à 1789, s'est appliqué à mettre en lumière le rôle considérable de son modèle dans la recherche des monuments et des objets d'art qui devaient quelques années plus tard, former le Musée des monuments français. Ce Musée, ouvert ici même, est l'œuvre d'Alexandre Lenoir. Doyen n'est pas mentionné dans les longues archives de cette collection célèbre. A cela rien de surprenant, puisque dès la fin de 1791 le peintre se rend en Russie où il séjourne jusqu'à sa mort. Mais, entre le 10 septembre 1790 et son départ de France, Doyen paraît avoir été l'homme le plus écouté, le guide le plus sûr et le plus actif de l'administration des biens nationaux. Il faudrait tout rappeler, et le temps nous presse. C'est jour par jour que M. Stein nous montre Doyen procédant au récolement d'œuvres d'art dont il est l'appréciateur plein de tact. Il convient donc désormais d'inscrire son nom sur le frontispice de toute publication relative au Musée des Petits-Augustins.

« On voit d'ordinaire, a dit un philosophe, autour des « pouvoirs nouveaux et heureux deux sortes d'hommes, « ceux qui reçoivent et ceux qui apportent ». Doyen, dont nous venons de parler appartient à la catégorie la

plus noble, la seule qui mérite de laisser une trace,
celle des gens qui apportent. Il en faut dire autant de
chacun des membres de ces « Commissions des arts
dans l'Orne pendant la Révolution » que M. Duval, correspondant du Comité à Alençon, a fait revivre devant
vous. On ne résume pas sans peine des faits innom-
brables. L'administration d'une contrée réclame, pour
être saisie dans ses résultats, de longues analyses, un
récit détaillé. Cependant, je m'en voudrais de ne pas
dire ici que les Commissions des arts dont M. Duval s'est
occupé se recommandent à l'estime par leur sollicitude
attentive, leur goût et leur modération. Rappelez-vous
ce tableau de Jouvenet, restauré par Landon, et replacé
en 1791 dans la chapelle du collège d'Alençon ; rappelez-vous les sages mesures édictées le 3 octobre de cette
même année par le directoire d'Alençon, touchant les
manuscrits, pierres précieuses, vases, toiles et statues
provenant du couvent des Cordeliers ; rappelez-vous les
nobles remontrances de la Commission temporaire des
arts de Paris au district d'Alençon, qui n'a pas su s'oppo-
ser à la vente des instruments de musique provenant de
la collection d'un émigré. De pareils actes honorent leurs
auteurs et compensent les décisions violentes, insépara-
bles des jours tumultueux. Montaigne a dit : « Les troubles sont mauvais grammairiens. » Il n'a pas dépendu des
Commissions des arts établies dans l'Orne que les troubles
ne fussent bons peintres et administrateurs avisés.

M. Soldi a épelé l'art grec dans l'espoir de dégager
des monuments anciens les lois de l'ornement. M. Despois de Folleville, poursuivant le même but, épèle la
nature. Il a circonscrit le champ de ses études dans
la flore. Le bois, le bourgeon, la fleur, le fruit, toutes

les transformations de la plante lui sont un enseignement. Ne nous étonnons pas, Messieurs, que le délégué
de la Société industrielle de Rouen, s'il sait être fidèle,
sans contention, sans parti pris, au livre qu'il consulte,
ne formule que des doctrines essentiellement logiques.
La nature est impeccable. Elle est sans lacunes. Ainsi
l'a faite son Créateur. Et l'homme qui s'instruit à ses
leçons n'est pas moins grand dans le domaine de l'art
que dans les sphères de la morale ou de la philosophie.
Tout est-il absolument nouveau dans l'interprétation de
la plante telle que l'entend M. Despois de Folleville? Les
Egyptiens et les Grecs n'ont-ils rien soupçonné des ressources que votre confrère retire de son examen réfléchi
d'une tige d'arbuste et des feuilles qui la surmontent ?
N'oublions pas que l'acanthe a été connue des Grecs.
Mais la science est un perpétuel recommencement, et
nous devons savoir gré aux éducateurs convaincus qui
ne craignent pas de remonter aux principes, et d'en
déduire, sous une forme imprévue, des préceptes susceptibles de devenir la fortune des générations de demain.

On ne refait pas les chefs-d'œuvre. Bon nombre de
conservateurs de Musées de province sont insatiables
dans leur ambition. Ils ne tendent à rien moins qu'à
créer de vastes galeries dans le but d'y recueillir des
spécimens de tous les âges et de tous les pays. Qu'ils se
rassurent. L'insuccès est au bout de leurs efforts. Un
seul Louvre suffit à la France. C'est du moins ce que
pense M. Alfred Babeau, membre non résident du Comité à Troyes. Vous l'avez entendu. « Le Musée de
« sculpture de Troyes et ses récents accroissements »
est un mémoire instructif dans sa brièveté. M. Babeau
s'est dispensé de vous rappeler ce qu'est l'Ecole des

sculpteurs troyens. Il avait conscience de votre savoir.
A quoi bon redire devant vous que les sculpteurs de
Troyes se distinguent, principalement au seizième siècle,
par la richesse des costumes dont ils ont revêtu leurs
modèles, l'extrême jeunesse et l'expression chaste de
leurs têtes de femmes ? Cette double caractéristique
vous est connue. Vous ne pouviez donc qu'applaudir
M. Babeau lorsqu'il vous a montré le Musée de Troyes
chaque jour agrandi par suite de recherches et d'acqui-
sitions ayant pour objet des sculptures troyennes. A
l'œuvre, Messieurs ! Suivez l'exemple de votre confrère.
Toutes nos provinces ont eu leurs imagiers. Recueillez
pieusement dans chaque région les œuvres dispersées
des artistes du pays. Oubliez les maîtres hors de pair.
Les dieux sont au Louvre. Ne vous inquiétez pas de
leur donner asile, mais en revanche ouvrez aux maîtres
provinciaux.

M. Chasle, délégué de la Société archéologique du
Gatinais, attaché à la Bibliothèque de la Sorbonne, vous
a dit, à l'aide des notes publiées ou manuscrites d'un
critique d'art angevin, Victor Pavie, le radieux pèleri-
nage de David d'Angers allant sculpter le buste olym-
pien de l'auteur de *Faust*. Je l'accorde, David et Gœthe
sont les personnages principaux de cette page d'histoire
écrite d'une plume enthousiaste par le compagnon de
voyage du statuaire. Mais combien nombreuses et
attrayantes les figures secondaires, épisodiques !
M. Chasle vous a parlé d'Ohmacht, de Kirstein, d'Hum-
mel et de Miçkiewicz, tous empressés autour de nos
deux compatriotes. Vous vous souvenez de cette chambre d'hôtellerie dans laquelle David voulut modeler le
profil de Miçkiewicz, à la lueur d'une lampe, pendant

que celui-ci improvisait en français les strophes immortelles du *Pharis !* Rencontres magnifiques et fécondes où tout est profit, aussi bien pour le génie du poète et de l'artiste que pour la paix durable des nations et l'éclat d'un siècle.

Le voyage de David d'Angers s'était effectué en 1829. Deux ans plustôt un jeune peintre angevin quittait Rome pour rentrer dans sa ville natale. Il s'appelait Guillaume Bodinier, et le baron Guérin, alors directeur de l'Académie de France, remettait à l'artiste une lettre au cours de laquelle il dessine d'une main délibérée son propre portrait. Écoutons-le : « Bodinier, vous dira, « Monsieur, quelle est ma situation ici. Il vous expli- « quera, s'il le peut, l'espèce de fatalité qui m'enchaîne « à un poste qui ne convient pas plus à mes intérêts « qu'à ma santé et à ma profession. C'est encore ici le « lieu d'avouer ma faiblesse en fait de résolutions et « l'empire qu'ont malheureusement exercé sur moi en « tous temps la paresse et l'habitude. »

Sachons gré à M. Abraham de la communication de ces lignes. Elles confirment ce qu'on savait sur l'irrésolution de Guérin. Elles témoignent de la sincérité de cet excellent homme, qui fut à son heure un peintre acclamé. « Géricault, Paul Delaroche, Ary Scheffer, « Léon Cogniet et le premier des graveurs de notre « temps, Henriquel-Dupont, furent ses élèves, » M. Abraham, qui évoque tous ces noms, s'empresse d'ajouter : « Guillaume Bodinier avait bien choisi son maître. » C'est aussi notre pensée.

Encore quelques lignes et votre rapporteur aura passé en revue les nombreux mémoires lus pendant cette session. M. Momméja, délégué de la Société archéologique

13

à Montauban, n'a pas suivi l'exemple de M. Abraham. Il n'a pas apporté d'autographes d'artistes à cette tribune, mais un projet l'occupe : il souhaiterait que l'on publiât les lettres d'Ingres. L'intérêt que présenterait sûrement cette publication, chacun le pressent. Nous aimons à notre époque les documents intimes. La correspondance de Delacroix, celles d'Henri Regnault, de Flandrin, de David d'Angers ont trouvé partout, auprès des lettrés et des artistes, une faveur inégale sans doute, mais réelle. Quel ne serait pas l'attrait des lettres d'Ingres, de ce maître impérieux et résolu dont le robuste esprit rappelle ces hautes régions où chaque coup de soleil fait orage ? Même après le livre plein de sève de M. le vicomte Delaborde, après l'étude anecdotique et si vive d'allure de Charles Blanc, il y a place pour l'œuvre que projette M. Momméjà et dont il a tracé l'esquisse avec non moins d'ardeur que de mesure.

Que parlé-je d'Ingres ? N'est-ce pas lui dont l'image de bronze, sculptée par l'un des chefs de l'école contemporaine, M. Guillaume, s'est dressée devant nous sur le seuil de cette enceinte? N'avez-vous pas sous les yeux l'une de ses premières pages historiques, *Romulus vainqueur d'Acron* ? Où sommes-nous donc, Messieurs, et d'où venez-vous ? Vous êtes des émigrants. On vous a vus durant onze années dans les amphithéâtres de l'antique Sorbonne, asile de la Science et des Lettres ; et vous êtes réunis aujourd'hui dans le temple de l'Art. Exode salutaire, n'en doutons pas, car cette demeure est la vôtre. Nous sommes dans la salle des aïeux. Si je regarde au-dessus de vos têtes, plus haut que les temps présents, dans la lumière et dans l'immortalité, j'aperçois debout, immobiles, muets, les grands

vieillards de toutes les écoles. Evocation superbe qui
sauvera de l'oubli le nom de Delaroche. Ictinus et
Phidias ont prêté l'oreille au discours de M. Soldi. Jean
Van Eyck, aux paroles de M. Dehaisnes, Bernard Palissy à l'étude de M. Natalis Rondot, Erwin de Steinbach
à la lecture de M. Finot, Puget à la description de sa
maison, par M. Ginoux, Nicolas Poussin aux révélations
curieuses de M. Requin sur Quentin Warin. Courage,
Messieurs, ne vous arrêtez pas dans cette voie. Trop
aisément, nous n'accordons en France qu'une place disputée aux maîtres français. Et qui de vous verrait dans
mes paroles autre chose que l'expression d'un regret
patriotique ? La plupart de nos érudits vivent de l'Allemagne. A de rares exceptions, la critique se montre
exclusivement éprise de l'Italie. Quant au livre, c'est à
de longs intervalles qu'on le voit s'occuper furtivement
de Poussin, de Le Sueur ou de Louis David, de Car-
peaux ou de Rude. En retour, on nommerait à peine un
peintre étranger, fût-il d'ordre secondaire, qui n'ait eu
chez nous son historien ! Peut-être avons-nous mieux
à faire ? Revenons chaque année dans cette salle, consoler nos grands vieillards d'un isolement immérité.
Revenons leur parler la langue maternelle. Entretenez-
vous devant eux de leurs disciples. Retracez avec amour
les luttes prolongées, et s'il le faut, le dénûment de ces
hommes au dur labeur, les artistes provinciaux. Arra-
chez à l'oubli toute page vraiment belle. Servons la
France, Messieurs, par l'éloge équitable de son génie
et de ses maîtres.

TREIZIÈME SESSION

(1889)

RAPPORT GÉNÉRAL LU LE 14 JUIN

DANS LA SALLE DE L'HÉMICYCLE

A L'ÉCOLE DES BEAUX-ARTS

M. LE PRÉSIDENT,

MESSIEURS,

« Pour être content, le goût n'a pas besoin de trouver
la perfection. Il y a un charme, un talisman qui tient aux
doigts de l'ouvrier, et partout où sera ce charme, là
aussi sera un plaisir dont l'esprit s'estimera satisfait. »
Cette parole est de Joubert. Elle nous revient à la pensée
au moment où nous sommes appelé à résumer vos travaux. Ce serait vous tromper et nous tromper nous-même
que de parler de perfection en présence de ces pages
laborieuses, écrites de bonne foi, mais à travers lesquelles, il s'en faut, vous le sentez bien, que le passé
revive sans lacunes ou sans erreurs. Tous, tant que
nous sommes, nous ébauchons l'histoire : rien de plus.
La puissance de l'homme ne va pas au delà. Le temps,
qui toujours travaille à détruire, se joue de nos efforts,
de nos recherches, de nos découvertes. Nous rappro-
chons des pierres dispersées, mais l'édifice, le monu-

---

[1] M. Anatole de Montaiglon, membre du Comité.

ment balayé par les siècles, qui le relèvera dans son intégrité, c'est-à-dire dans sa richesse et dans son éclat? Personne. Laissons donc aux çerveaux légers l'illusion de l'orgueil. Ce sentiment n'est pas digne des esprits sérieux et sincères. Mais s'il nous est interdit de nous complaire à notre œuvre, il y aurait, ce semble, quelque injustice à ne pas reconnaître ce charme, ce talisman qui tient aux doigts de l'ouvrier et dont l'empreinte est partout sensible dans vos travaux. Chaque année vous ramène fidèles, attentifs, désintéressés, enthousiastes, et le souvenir de vos études patientes, de vos discussions élevées et toujours courtoises n'est pas encore évanoui, que vous rentrez dans l'enceinte avec de nouveaux trophées. Vous vous entretenez à demi-voix de maîtres inconnus, de ruines délaissées, d'institutions utiles ou superbes dont les origines n'avaient pas eu d'historiens.

Cette puissance de ressources, cette fécondité que rien n'épuise, vous font honneur. Mais ce n'est cependant pas là qu'est le talisman. Où donc est-il? Devons-nous le chercher dans la forme que revêtent vos études? Non, car vous ne voulez être que des sauveteurs de renommées ou de monuments , et quiconque procède au sauvetage rapide, urgent, d'un être aimé ou d'une œuvre rare s'inquiète peu du geste ou de la parole dont il use à l'heure d'un péril.

Mais si votre labeur prolongé n'assure pas la pleine reconstitution du passé, si vos écrits, sous leur forme souvent improvisée, ne sont 'pas invariablement marqués au coin d'une langue irréprochable, où donc sera le talisman? Il est dans l'unanimité spontanée de l'effort, il est dans l'accord tacite avec lequel, sans vous être

concertés, vous tendez passionément au même but ; il est
dans ce culte inflexible que vous professez pour l'art de
votre pays, à toute heure, en toute circonstance, au nord
aussi bien qu'au midi et au centre de notre grande nation,
culte vivacè, idéal et patriotique dont vos congrès
annuels sont les manifestations éloquentes. Le talisman
qui tient aux doigts de l'ouvrier, Messieurs, c'est ce joyau
que, sans y songer peut-être, vous fixez pieusement à la
couronne de la France.

Quel est ce personnage mystérieux que vous présente
M. Charles de Grandmaison, correspondant du Comité à
Tours ? « Godo Pictor », répond l'inconnu, et sa voix
nous parvient à travers une avenue de siècles. Godo vit
dans l'abbaye de Marmoutiers en 908. Il appartient à
cette célèbre École de Saint-Martin dont les maîtres
anonymes nous ont légué la Bible de Charles le Chauve.
M. de Grandmaison vous l'a dit. Il est permis de penser
que l'artiste dont il parle et qui se qualifie *presbyter
atque pictor* fut un maître de haut mérite. Quelques manuscrits ornés de miniatures portent peut-être ses initiales. Ne désespérons pas d'en apprendre plus long sur
ce glorieux revenant de l'époque carlovingienne.

M. Momméja, de la Société archéologique de Tarn-et-
Garonne, a tracé l'histoire de l'Hôtel-de-Ville de Saint-
Antonin. Or, ce ne sont pas des chartes écrites qui ont
le plus sûrement guidé l'historien. Quelques plats
émaillés, incrustés dans la muraille, ont éveillé l'attention de M. Momméja. Il s'est demandé comment ce décor,
peu français, avait été importé dans le Quercy, et en procédant avec sagacité, avec goût, à l'enquête qu'il s'était
imposée, votre confrère est parvenu à fixer la date de
construction de ce logis, devenu plus tard la maison

consulaire. Il vous a nommé le maître de céans, le donzel
Archambauld, croisé à la fin du onzième siècle, et qui,
de retour dans sa province, y rapporta quelques vestiges
de la céramique orientale dont il fit l'ornement de sa
demeure. C'est en historien et en critique que M. Momméja est entré dans la maison d'Archambauld, dont il a
su dire l'aspect, la distribution, la richesse intérieure,
les hôtes successifs.

C'est l'érudit qui se manifeste chez votre confrère,
lorsqu'il pose le pied dans un autre monument du Quercy,
le château de Bioule. M. Momméja, qui avait effleuré le
chapitre des croisades en parlant d'Archambauld, a omis
de vous dire que lui-même était un croisé de l'année
1889. C'est le 27 mars dernier que la Société archéologique de Tarn-et-Garonne partait en guerre, la plume
au poing, contre les infidèles qui s'étaient cru permis
en des temps barbares de couvrir de mortier les peintures murales de la chapelle de Bioule. Vos collègues
de l'ancienne Aquitaine, Messieurs, ont remporté la victoire. J'en appelle au témoignage de M. Momméja, l'an-
naliste consciencieux de cette guerre sainte et toute pacifique. Dix-neuf compositions, dont le sujet est tiré du
Nouveau Testament, ont été mises à jour dans la chapelle. Et l'écrivain nous révèle que ces tableaux se distinguent par la clarté des scènes, l'ordonnance des groupes, l'expression, l'attitude et le geste des personnages.
Mais l'intérêt que présente le château de Bioule n'est pas
limité aux peintures de la chapelle. La salle d'armes
réclame ses droits. Des preux de haute allure décorent
ses murs. Ces guerriers légendaires sont à cheval. Ils
se nomment Ogier, César, Hector, Charlemagne, et leur
pose majestueuse n'a pas varié depuis cinq cents ans!

Nous devons savoir gré à la Société archéologique de Tarn-et-Garonne de ses révélations imprévues, du sauvetage de ces grands vieillards de la salle des Preux, mais les auteurs heureux de pareilles découvertes restent redevables envers le monde des arts d'une reproduction fidèle des peintures exhumées, à l'appui de leur texte explicatif.

Que parlais-je, il n'y a qu'un instant, de joyaux et de pierres précieuses? M. Déchelette, correspondant du Comité à Roanne, est un expert plein de prestige. Reliquaires, pyxides, croix processionnelles, flambeaux d'autel richement ouvrés ont été l'objet de son étude, et M. Déchelette n'a eu pour composer son mémoire qu'à ouvrir les yeux. Ce sont les pièces d'orfèvrerie conservées dans les églises de l'arrondissement de Roanne qui ont attiré l'attention de votre collègue. S'il m'en souvient à la dernière session, nous applaudissions M. Jadart, de Reims, lorsqu'il parlait des œuvres d'art des églises rurales de son arrondissement. Cette succesion de travaux dont le cadre est similaire est un indice. Un auteur moderne a fait un chef-d'œuvre dans le *Voyage autour de ma chambre*. Imitez-le. Faites votre chef-d'œuvre en parcourant à pas comptés et l'œil ouvert chaque bourgade de votre canton si, par impossible, l'arrondissement vous effraye.

Nous ne cessons pas de remuer les joyaux et les perles rares avec M. Advielle, correspondant du Comité à Arras. Jehan du Vivier, orfèvre de Charles VI et de « Madame la Royne Ysabeau » veut bien, à l'instigation de M. Advielle, ouvrir devant nous ses livres de comptes. Ce ne sont que verges d'or fin garnies d'argent blanc, petites croix d'ambre enrichies de diamants, anneaux de précieux métal payés par le Trésor. Devenu l'hôte de Jehan du Vivier, M. Advielle nous fait entrer à sa suite chez l'orfèvre en titre de la Couronne et ne tarit pas en renseignements de toute nature sur ce maître trop peu connu. L'entrevue, pour brève qu'elle ait été, nous laisse de précieux souvenirs.

Quelles relations existent entre ce du Vivier, originaire de Carcassonne, et les Duvivier de Liège qui, deux siècles après leur homonyme, viendront en France et rempliront, à leur moment, la fonction recherchée de graveurs à la Monnaie de Paris? Aucunes, si ce n'est que les seconds, comme les premiers, ont été d'habiles artistes. Ce titre leur donnait droit à la bienveillance de M. Advielle, qui a reconstitué leur histoire au prix d'un labeur énergique et prolongé. Votre collègue, vous ne l'avez pas oublié, avait soumis à votre appréciation, l'an passé, une monographie développée des Roëttiers. Son étude sur les Duvivier ne le cède pas à son précédent travail par l'ampleur du cadre, la variété des informations, l'audace dans le jugement. Jean et Benjamin sont au premier plan du tableau, mais combien de figures secondaires se détachent sur le fond, grâce à la mise en œuvre de pièces d'archives, d'inventaires, de quittances, d'actes d'état civil coordonnés ou analysés avec une juste mesure. Les Duvivier ainsi replacés au point précis qu'ils doivent occuper dans l'école française, ces habiles artisans de gloire qui frappèrent de leur vivant tant d'effigies reçoivent à leur tour leur médaille aux vives arêtes des mains de M. Advielle.

M. Natalis Rondot, membre non résident du Comité à Lyon, s'est occupé, devant vous, d'un sculpteur dont le

nom n'avait pas encore été prononcé dans cette enceinte :
Jacques Morel.

Qu'est-ce que Jacques Morel ? Certains artistes sont
des maîtres, mais Jacques Morel est un très grand
maître. On est encore loin de le bien connaître. Il est
l'homme d'un passé que les érudits cherchent à scruter
en étudiant les textes et les monuments. Chaque jour,
de nouveaux faits demeurent acquis à la science ; d'autres
nous échappent et seront la conquête de demain. Deux
choses importent chez les maîtres : leur personne et
leur œuvre. La personne de Morel se dégage désormais
dans une suffisante lumière. On avait cru à l'origine
languedocienne de l'artiste, c'était une erreur. Morel est
lyonnais. M. Rondot l'a prouvé. Ce n'est qu'accidentellement que le maître a fait un séjour dans la ville de
Montpellier. Né à Lyon, Morel y demeure, il y travaille,
il y fait probablement école, et plus tard il s'en va mou·
rir à Angers, en 1459, au service du roi René, après
avoir été aux ordres du Chapitre de l'église primatiale
de Lyon, du duc de Bourbon et peut-être du roi de
France.

Voilà pour l'homme : parlons de l'œuvre.

On a dit de Jacques Morel qu'il était bourguignon de
doctrine. Sur ce point, il faut s'entendre. A l'époque où
travaille Morel, l'art flamand a pénétré sur la terre de
France, et la Bourgogne est, pour ainsi parler, le quartier général des tailleurs d'images les plus célèbres.
Cette situation est ancienne. Après la disparition de
notre École nationale de sculpture, qui est dans sa
splendeur au douzième et au treizième siècles, les rois de
France avaient demandé aux Flamands d'être des éducateurs pour nos artistes. Beauneveu, appelé par le

monarque, Marville et surtout Claux Sluter, sculpteurs
du duc de Bourgogne, avec des tempéraments divers,
firent accepter par nos imagiers les tendances, l'esprit,
le style flamands. Cette révolution fut l'œuvre du quatorzième siècle. Claux Sluter, génie mâle et un peu
fruste, disparaît au début du quinzième siècle ; mais
ses disciples lui survivent et leur ciseau ne le cédera
pas à celui du maître. Ils auront le secret d'une souplesse que Sluter, Flamand robuste et volontiers réaliste,
paraît avoir dédaignée. Bref, au point de vue de l'exécution, l'Ecole de Dijon, au début du quinzième siècle ;
est en progrès. Elle atteindra son apogée vers 1450, et
trente ans plus tard on constatera son déclin. Dire que
Jacques Morel est un bourguignon de doctrine, ou, en
d'autres termes, un artiste imprégné de l'esprit flamand,
à une époque où cet esprit gouverne, où sa prépondé-
rance est partout sensible, c'est être dans le vrai, si
l'on veut, mais la personnalité de Morel disparaît et
reçoit une forte atteinte de cette insuffisante constatation. Nous disons insuffisante afin de bien marquer que
le brevet décerné dans ces conditions à Jacques Morel,
s'il est exact, ne l'est pas complètement et avec honneur. L'éloge auquel a droit Jacques Morel, c'est précisément d'avoir secoué le joug de l'école de Bourgogne
dont il parle la langue, d'être sorti du rang, d'avoir
fait preuve d'indépendance avec mesure, avec goût,
avec la supériorité d'un maître.

Il est à Lyon. Dijon ne l'a pas vu dans ses ateliers.
Le Chapitre de l'église primatiale de Lyon se préoccupe
d'élever le tombeau du cardinal de Saluces. Jacques
Morel, ou mieux Maître Jacques, c'est ainsi qu'on l'appelle, jouit d'une grande réputation. Architecte et

sculpteur, Jacques est maître de l'œuvre de la cathédrale de Lyon. C'est à lui que s'adresse le Chapitre. Le
monument sculpté par Morel sera détruit en 1562. Regrettons-le, car cette disparition nous empêche de dire
à quel degré s'est élevé l'artiste dans l'exécution. Mais
un document subsiste. M. Rondot vous a parlé du contrat intervenu entre le Chapitre et l'imagier lyonnais.
Ce contrat renferme les plus minutieux renseignements
sur la composition du tombeau de Saluces. Or, ceci est
capital, l'ordonnance, la disposition générale, les détails, rien dans le monument du cardinal de Saluces
ne rappelle les tombeaux classiques de l'Ecole de Dijon.
Morel est donc à tout le moins un indépendant. S'il
était permis de le confondre avec les disciples de Claux
Sluter, comment se fût-il affranchi de la coutume à
laquelle ses contemporains de Bourgogne étaient impuissants à se soustraire ?

Mais ce n'est pas seulement la composition, c'est
avant tout le style qui décide de la personnalité d'un
maître. Si le style du tombeau du cardinal de Saluces ne
nous est pas connu, l'église de Souvigny a protégé le
monument du duc Charles de Bourbon et d'Agnès, sa
femme. C'est encore Jacques Morel qui l'a sculpté. Ici,
toutefois, l'ordonnance générale se rapprochera de
celle des tombeaux de Dijon. Mais, ne l'oublions pas,
Agnès de Bourbon est la fille de Jean sans Peur, et la
petite-fille de Philippe le Hardi. Les monuments des
terribles ducs décideront, par leur forme, de celle qu'il
convient d'adopter pour le tombeau d'Agnès. Ainsi
s'explique la concession, toute fortuite, de Morel, aux
principes en honneur chez les Bourguignons. Mais le
style, l'accent, l'idiome sont des qualités innées qui

toujours trahissent la personnalité et révèlent un être
supérieur. Maître Jacques l'a bien prouvé dans les
sculptures de Souvigny. Là encore il est indépendant.
La langue qu'il parle est plus pure, plus sobre, plus
élégante que celle dont se servent les imagiers de
Dijon. A la forme ramassée, si familière aux disciples
de Sluter, Maître Jacques fait succéder une forme plus
juste dans ses proportions, empreinte d'un caractère de
grandeur et de simplicité qui va devenir l'un des signes
distinctifs de notre sculpture nationale prête à renaître.
Quoi ! Morel s'est-il donc dérobé sans retour à l'influence des Flandres ? Non pas. C'eût été trop lui demander. Mais ce dernier trait va vous le peindre. Par une
sorte d'anachronisme, promptement pardonné d'ailleurs,
Maître Jacques a traité la jupe d'Agnès de Bourbon dans
le style des Van Eyck. En vérité, Morel est un maître
étrange. Son style interdit qu'on le confonde avec ses
comtemporains, et s'il lui plaît d'emprunter un détail
de ses statues à l'art des Flandres, ce n'est ni Marville,
ni Beauneveu, ni même Claux Sluter qu'il interroge, il
va d'un bond se retremper aux sources les plus pures
de l'école flamande, chez ses primitifs les plus au-
gustes, les Van Eyck.

Morel a-t-il fait école ? On a lieu de le supposer. Une
statue d'Agnès Sorel, conservée à Loches, est d'une
main moins habile que celle de maître Jacques, mais
elle semble inspirée de très près par la statue d'Agnès
de Bourbon.

Morel a-t-il travaillé pour la Couronne ? Le fait est
possible. Le Chapitre de la cathédrale de Lyon, le duc
Charles de Bourbon, le roi René sont des clients qui
laissent supposer que Maître Jacques fut en possession

d'une grande renommée. Il n'est pas téméraire de penser que certaines œuvres commandées par les Valois lui seront peut-être restituées un jour avec certitude, sur la foi de documents précis qui restent à lire.

Découvrez donc, Messieurs, ces pièces attendues, et parachevez ainsi le travail remarquable de M. Natalis Rondot, l'un de nos historiens d'art les plus entendus et les plus fertiles, l'un des continuateurs de Léon de Laborde, dont il s'honore d'avoir été l'ami. M. Rondot vous a présenté les lettres de naturalité de Jacques Morel, que l'école de Dijon, à son apogée, ne peut enrôler, que la Renaissance qui s'annonce ne pénètre pas de ses effluves amollis, un artiste solitaire, puissamment doué, personnel, un précurseur de notre art national dans son évolution décisive et durable, un maître de forte stature et de haute taille.

Il vous souvient du caprice étrange de Pierre de Médicis, frère puiné du deuxième grand-duc de Toscane. Ce prince despotique et violent exigea, dit-on, de Michel-Ange, au cours d'un hiver rigoureux, que le sculpteur façonnât des statues de neige. Michel-Ange obéit, et Baccio Bandinelli, informé de cette injonction bizarre, se contenta de dire : « Je ne conçois pas Homère écrivant l'*Iliade* sur le sable. Le génie doit produire pour les siècles ». Une fois n'est pas coutume : Bandinelli avait tenu un propos sensé. Les soixante et un peintres, les vingt-sept verriers, les dix-sept miniaturistes avignonnais dont vous a parlé M. l'abbé Requin, correspondant du Comité, ont suivi le précepte de Bandinelli. Tous ont travaillé pour les siècles. Certains de leurs ouvrages subsistent encore après cinq cents ans, et, pour n'en citer qu'un seul, nous nous inclinons devant le retable des Chartreux de Villeneuve-lez-Avignon. Des générations successives avaient balbutié en face de ce chef-d'œuvre les noms à jamais respectés dans l'Ecole de Jean Van Eyck et de Jean Fouquet. M. Requin nous apprend, pièces en mains, que cette page hors de pair est due à Enguerrand Charonton, originaire du diocèse de Lyon et fixé dans la ville des papes. A la vérité, les nombreux artistes dont s'est occupé avec tant de patience et de saine érudition M. Requin n'ont pas tous le précieux avantage échu au peintre des Chartreux de Villeneuve. Nous ne connaissons pas une verrière ou un manuscrit qu'il soit permis d'attribuer avec certitude à chacun d'eux. Mais, patience ! on ne parle des batailles qu'après avoir nommé les chefs qui les ont livrées. M. Requin, et il faut l'en remercier, a évoqué devant vous tout un état-major de maîtres d'œuvres. Leur identité, leurs aptitudes sont désormais à l'abri de toute discussion, les commandes qu'ils ont reçues de leurs contemporains nous rassurent sur la suite de l'enquête que vous aurez à cœur de reprendre et d'achever. M. Requin ne nous a pas dit qu'aucun des maîtres qu'il a nommés ait dû passer ses heures à pétrir la neige. Pierre de Médicis, espérons-le, n'a pas eu d'adeptes dans le Comtat.

On ne s'avise pas de tout. C'est, je crois, Buffon qui veut que l'homme se tienne droit et debout ; « cette attitude, ajoute le Naturaliste, est celle du commandement ». Soit. Mais Buffon n'avait pas soupçonné les obstacles qu'aurait à vaincre M. Léon Giron, membre non résident du Comité au Puy, pour ressaisir dans leur ensemble les peintures murales de la Haute-Loire. M. Giron, doué d'une persévérance vraiment remarquable, vous confiait, il y a quelques années, qu'il avait dû passer de longs mois penché sur des échafaudages incommodes, cherchant à suivre entre les nervures de coupoles en ruines les profils altérés de personnages évanouis. N'en déplaise au Naturaliste, tout penché qu'il demeurât, votre confrère conservait encore, ce me semble, l'attitude du commandement. Cette année, M. Giron, fidèle à son œuvre de prédilection, vous a dit quelques mots de la chapelle du château de Siaugues-Saint-Romain. Ici, les échafaudages seraient superflus. Je laisse parler l'auteur.

« Dans cette partie de la Haute-Loire qui appartint « jadis à l'ancienne Auvergne, s'élève une croupe de « montagne boisée de pins grêles, qui domine une « plaine vite fermée par un horizon de puys volca-« niques. Cette croupe porte le vieux château de Saint-« Romain, aux courtines renversées, aux chemins de « ronde rompus et qui n'a gardé que deux tours aux « murs de basalte et aux machicoulis de lave : la tour « des censives et la tour de la chapelle. Celle-ci, « ronde à l'extérieur et tranchée à l'intérieur jus-« qu'au couronnement où elle complète sa forme cir-« culaire, renferme au premier étage l'oratoire. C'est « ce qui explique que cet oratoire est en cul-de-four. « On y entre par une porte basse en se courbant ! »

Ainsi parle M. Giron. Le voilà tenu de prendre une attitude nouvelle. Mais qu'importe ? Pour gênante que soit la pose, elle n'enlève rien à l'autorité du coup d'œil, à la précision et à la vigueur du pinceau. Et quand votre confrère sortira, demi-rampant, de l'oratoire du château de Siaugues-Saint-Romain, il ira suspendre, tout heureux, au Musée du Puy, quinze effigies

15

d'apôtres ou de saints personnages, peintes il y a cinq
cents ans par quelque maître anonyme.

Marivaux que son historien appelle un « écrivain ai-
« mable et profond », constatait, un jour, que ses pièces
avaient rarement réussi de prime-abord. « Leur succès,
« disait-il, n'est venu que dans la suite, et je l'aime bien
« mieux de cette manière-là! » C'est en effet, la bonne
manière, mais elle n'est pas à la portée de tout le
monde. Les meilleurs esprits, les talents les plus vrais
n'atteignent pas toujours, sans y être aidés, à la réputation qui leur est due. En revanche, il faut reconnaître
que les peintres, les orfèvres ou les statuaires trouvent
chaque année dans vos rangs, Messieurs, des hommes
de savoir et d'abnégation secourables aux méconnus.
Mgr Dehaisnes n'en disconviendra pas. Son étude très
sérieuse, très fouillée, sur les volets du retable de Saint-
Bertin, conservés au Palais-Royal de La Haye, a pour
objet la révélation de deux noms d'artistes qui, à
l'exemple de Marivaux, ont eu le droit de se plaindre du
succès trop lent à venir. Enfin il est venu, et désormais
l'orfèvre Steclin, le peintre Marmion ne seront plus
dépossédés de la gloire tardive, mais assurée, dont ils
sont redevables à l'un de vous. C'est vers 1459 que ces
deux artistes de Valenciennes exécutaient le somptueux
retable dont l'histoire vous a été racontée par Mgr Dehaisnes. Aux prix de quelles recherches, de quelles
confrontations, de quelles inductions votre confrère,
correspondant du Comité à Lille, est-il parvenu à réfor-
mer un si grand nombre d'arrêts portés avant lui par
des historiens d'art qui s'étaient égarés sur de fausses
pistes? Il serait superflu de vous le rappeler. Certains
noms en disent plus que de longs commentaires, et l'au-

teur de l'*Art dans les Flandres, l'Artois et le Hainaut*, est
connu par ses œuvres de longue haleine où la moelle
circule à pleine page.

Ce n'est pas la moelle du document, mais le tour
d'esprit, la pénétration et l'originalité de la pensée qui
distinguent le travail de M. Marcel Reymond, correspondant du Comité à Grenoble, sur Donatello et la
sculpture italienne. M. Reymond s'est d'abord approprié les nombreux écrits publiés sur Donatello ; puis,
passant les Alpes, il est allé devant les œuvres mêmes
de son modèle et les a scrutées dans tous les sens. Or,
il est apparu à votre confrère que l'on pouvait, sans
blesser la raison, classer les ouvrages de Donatello
d'après une chronologie nouvelle, quelque peu différente de celle que l'on accepte aujourd'hui. Trois
manières, trois périodes successives demeurent saisis-
sables dans l'œuvre de l'artiste italien. Il est tour à tour
disciple, praticien et penseur. Disciple, on le voit marcher dans le sillon de ses prédécesseurs immédiats ;
l'antique ne l'attire pas. Praticien, le nu le séduit, et,
par une sorte d'opposition, la fantaisie dans l'ajuste-
ment ne lui est pas moins chère que le nu : à cette
période correspond l'exécution la plus serrée, la plus
fine. Penseur, il poursuit l'expression dramatique dans
les traits du visage, dans le geste, dans la pose de ses
personnages, dans les défectuosités voulues d'une forme
violemment réaliste.

Telle est la classification critique des œuvres de
Donatello par M. Reymond. Sans nul doute, on peut
demander raison à l'écrivain des opinions qu'il émet ;
on peut lui réclamer ses preuves. Il vous répondra
que nul n'est comptable de sa propre foi. Croire est un

don. M. Reymond a vu, il a réfléchi, apprécié, comparé
et jugé. Son travail, pour n'être point appuyé de pièces
d'archives, est digne d'attention. Les pièces qui sont à
la source de l'étude de M. Reymond, ce ne sont rien
moins que les œuvres de Donatello. Certes, ce n'est pas
devant vous, Messieurs, qu'on oserait parler avec irrévérence du document. Mais, dites-moi, les hellénistes,
les archéologues les plus experts ont-ils découvert une
ligne écrite par un contemporain de Lysippe sur la
Vénus de Milo ? Je ne le crois pas. Or, ce silence du
document nous rend-il moins précieuses les études de
Quatremère, de Clarac ou de Saint-Victor sur le marbre
inestimable trouvé en ce siècle par Dumont d'Urville
dans une île de l'Archipel ? Vous ne le pensez pas.
D'ailleurs, en toute discussion, c'est aux tribunaux
compétents qu'il faut recourir. Et le juge par excellence,
en matière de critique, Sainte-Beuve, a dit avec non
moins de tact que de profondeur : « Le danger de l'érudition serait, si l'on y abondait sans réserve, de trop
dispenser le critique de vues et d'idées, et surtout de
talent. Moyennant quelques pièce inédite qu'on produi-
rait, on se croirait dispensé d'avoir du goût. L'aperçu,
cette chose légère, courrait risque d'être étouffé sous le
document. » C'est précisément, Messieurs, l'aperçu,
cette chose légère, ce coup d'œil rapide jeté sur les
divers points de l'horizon, que M. Reymond commu-
nique à son lecteur. Le document est une base, l'aperçu
un sommet. L'un n'exclut pas l'autre, il s'en faut, et
lorsqu'on voit passer ensemble, se prêtant un mutuel
appui, ces deux êtres d'essence différente, l'esprit se
sent satisfait; mais si par aventure ils se promènent
isolément, c'est, je crois, l'aperçu que l'on préfère ren-

contrer. Avec lui, du moins, la causerie est toujours neuve.

L'action de l'art sur les mœurs de l'Artois et la réaction du milieu social sur l'art de cette province, du douzième au dix-neuvième siècle, tel est le vaste tableau qui a tenté M. Paul Marmottan, correspondant du Comité du Nord. Son étude est un chapitre d'histoire dans lequel se trouvent condensés des événements sans nombre, esquissés des profils très divers. M. Marmottan ne se laisse pas rebuter par les enquêtes les plus longues et les plus étendues. Le compte rendu de la session renfermera le mémoire plein de faits de votre confrère. Chemin faisant, l'auteur a pris soin de signaler les portraits de Bellegambe, de Vogiel, de Maître David, que leur valeur iconique protège contre l'oubli. Ces effigies précieuses, je parle surtout de celle qui nous rend l'image du « maître des couleurs », méritent que les visiteurs de la galerie des portraits d'artistes, installée dans le pavillon Denon, au Musée du Louvre, entreprennent résolument le voyage de la Flandre wallonne, sous peine de lacunes regrettables dans leurs souvenirs.

Ai-je tort, Messieurs, de signaler ainsi à votre attention quelques portraits énumérés au hasard par un écrivain qui avait à parler d'œuvres sans nombre? Vous ne le pensez pas. Le portrait jouira toujours en France d'une vogue dont le secret tient aux fibres les plus intimes de notre tempérament, de notre génie. Les races latines sont naturellement curieuses de pénétrer la personne. L'art grec avait pour terme l'idéal, c'est-à-dire un être impersonnel. L'art romain est un art iconique. De là l'intérêt qu'éveille en nous l'individualité,

soit qu'elle se révèle dans une page écrite, sur une toile
ou un marbre. Cette popularité s'étend jusqu'aux
ouvrages des iconographes. Le Père Lelong, M. Soliman
Lieutaud et, plus près de nous, M. Bouchot, l'auteur de
ce livre excellent que nous ouvrons tous, les *Portraits
aux crayons des seizième et dix-septième siècles,* bénéficient
à juste titre de l'attrait que nous trouvons dans l'étude
d'une tête historique.

M. Albert Jacquot, correspondant du Comité à Nancy,
n'a pas oublié cette tendance de l'esprit français. Traversant le village de Saint-Benoît, voisin d'Hatton-
Chatel, M. Jacquot fut frappé par un petit bas-relief du
seizième siècle, en forme de médaillon, encastré dans
la paroi extérieure d'une maison particulière. La Vierge
tenant l'Enfant Jésus trône dans une gloire. Deux personnages agenouillés sont en adoration auprès du trône.
Ils portent l'habit bénédictin et tiennent l'un et l'autre
la crosse abbatiale. Les têtes vivent et respirent. Nous
sommes en face de deux portraits. Reconstituer l'histoire de cette sculpture était un jeu pour M. Jacquot.
L'œuvre, en pierre de Meuse, porte le millésime
de 1527. Convient-il d'attribuer cet ouvrage au vieux
Claude Richier ou au jeune Ligier ? Sur ce point le doute
subsiste. Mais ce que l'on sait pertinemment désormais,
c'est que le médaillon provient de l'ancienne abbaye
de Saint-Benoît sur Woëvre, que des deux religieux
agenouillés, celui de gauche dont la tête est entourée
d'un nimbe, symbolise le fondateur des Bénédictins,
mais doit être le portrait de quelque abbé décédé ;
quant à celui de droite, il n'est pas douteux qu'il
rappelle les traits de l'abbé qui commanda ce travail
et en dota le monastère. Le nom de ce religieux est

connu et ses armoiries sont sculptées sous les pieds
de la Vierge.

Mais M. Jacquot ne me pardonne pas de tarder
comme je le fais à vous rappeler son étude sur les graveurs lorrains. Ici, ce ne sont plus que des créateurs
d'effigies. On croirait à une joûte de maîtres portrai-
tistes. L'eau-forte, le burin, le ciseau, la pointe, l'ébauchoir sont au service d'une légion d'hommes infati-
gables et supérieurs. Les médailles, les planches qu'ils
jettent à profusion sous les yeux surpris et charmés de
leurs contemporains portent les signatures de Nicolas
Briot, Julien Maire, Saint-Urbain, Woeiriot. Béatrizet,
Callot, Silvestre, et de Nicolo della Casa, qui était allé
dans la ville des Médicis porter le défi, de la Lorraine
aux habiles médailleurs de la Renaissance italienne.
M. Jacquot a donc une fois de plus, par ce bon travail,
bien mérité de sa province natale.

M. Roman, correspondant du Comité à Embrun, s'est
fait, devant vous, l'historien de Pierre Bucher, sculpteur
du seizième siècle. Le personnage était connu, mais on
le savait magistrat. Les protestants avaient essuyé ses
rigueurs. Contraste curieux, cet homme au cœur dur
maniait l'argile d'un doigt léger. S'il était prudent de
hasarder une remontrance à Pierre Bucher, on lui
reprocherait de trop affiner ses reliefs. L'artiste
manque un peu, semble-t-il, de cette fougue, de cet
emportement qui le faisaient redoutable lorsqu'il sié-
geait. Mais les sculptures de Pierre Bucher ont été
destinées par lui à l'ornement de sa demeure. Au surplus, une seule pièce subsiste de l'œuvre du magistrat
imagier. Cet ouvrage, un médaillon, aujourd'hui déposé
au Musée de Grenoble, aurait excité l'admiration de

Henri IV. A cela, rien de surprenant. La pièce n'est
point banale. Bucher, avec plus de loisirs dans ses fonctions, plus d'assiduité dans l'exercice d'un art difficile,
eût conquis sa place parmi les artistes de son temps,
et ce n'est pas peu dire, car Pierre Bucher vit au seizième siècle. M. Roman a droit à votre gratitude pour
son nouveau travail, œuvre de justice, de critique et de
bonne foi.

Les sculpteurs sont vraiment des hommes privilé-
giés, à ne les observer que dans cette enceinte. Vous
leurs faites, Messieurs, l'honneur qu'ils méritent, honneur que le grand public leur refuse trop souvent.
M. de Mély, correspondant du Comité au Mesnil-Germain, s'intéresse à la mémoire de Jehan Soulas, sculpteur de Paris, fixé en 1519 dans la paroisse de Saint-
Jean-en-Grève. Soulas est l'auteur de compositions
remarquables placées dans la cathédrale de Chartres.
D'autre part, un bas-relief anonyme est conservé au
Louvre. M. de Mély reconstitue l'histoire de cette sculpture peinte en 1543 par un artiste nommé Le Tonnelier.
Votre confrère propose de voir dans le bas-relief du
Louvre une œuvre de Soulas. Les textes, et plus encore
les déductions critiques que M. de Mély a fait entrer
dans son travail sont de nature à lui concilier les esprits.
La persuasion d'autrui sera peut-être avant peu la ré-
compense de l'auteur. A l'heure actuelle, il est permis
d'hésiter encore sans être taxé d'hérésie, mais l'histoire
de l'art ne peut que gagner aux investigations réflé-
chies, subtiles même si l'on veut, mais en fin de
compte personnelles et fécondes, encore que les arrêts
portés ne soient pas toujours sans appel.

M. Godard-Faultrier, membre non résident du Comité,

est un archéologue doublé d'un lettré. Membre de la
Société d'agriculture, sciences et arts, héritière de l'ancienne académie d'Angers, M. Godard possède, à n'en
pas douter, son La Fontaine sur le bout du doigt, car
voilà de longues années que cet érudit prend part aux
travaux de votre Section et invariablement, il reste fidèle
au conseil du Fabuliste. C'est en effet La Fontaine qui a
dit : « A quoi sert de courir ! » Pénétré de la sagesse de
cet adage, M. Godard-Faultrier se borne chaque matin
à franchir le seuil du Musée d'antiquités fondé par lui
voilà près d'un demi-siècle. Et cette inépuisable collection lui fournit à chaque heure un sujet d'étude.
Tantôt, c'est une sculpture, et tantôt une peinture
ancienne. Aujourd'hui, c'est un vitrail qui l'attire.
L'œuvre n'est pas sans lacunes au point de vue du dessin. Mais on peut certifier que le verrier du seizième
siècle qui a trouvé cette composition n'était pas un
homme dominé par l'esprit de routine. Je n'en veux pour
preuve que cette image de Satan venant réclamer l'âme
d'un moribond. Satan a le crâne empenné, des oreilles de
chien, et un bec de cigogne. Singulier assemblage. Déjà
M. Godard-Faultrier vous avait entretenus, à l'une de
vos précédentes sessions, d'une *Revanche de la danse
macabre*, sculptée sur bois au seizième siècle. Il semble
que l'on trouverait au Musée d'antiquités d'Angers de
bien curieux spécimens des sujets funèbres, tels que
les ont compris, dans nos provinces, les maîtres de la
Renaissance.

Décidément l'histoire est à refaire. On nous avait dit
que Puget, grand artiste s'il en fût, avait été victime de
la jalousie de Le Brun. Cette légende s'est évanouie à
l'étude impartiale des documents. Mais comme il fallait

16

que l'auteur du *Milon* ne fût point dépossédé de l'au-
réole du martyre, on s'est rejeté sur Colbert. C'est Colbert l'homme de marbre, *vir marmoreus*, ainsi que
l'appelle Gui Patin, qui aurait été le tourmenteur du
maître provençal. M. Caffaréna, de l'Académie du Var,
pris de pitié pour ce pauvre Puget, s'est mis à lire des
papiers inédits du ministre de Louis XIV. Et voilà que,
pièce par pièce, croule l'accusation de despotisme et de
cruauté portée contre Colbert. La sculpture des vaisseaux,
plus coûteuse, plus gênante que profitable à la manœu-
vre des navires, subit, durant la seconde moitié du dix-
septième siècle, de profondes modifications. Pujet fut
invité à restreindre ses plans. Prières inutiles. L'homme
altier ne se pliait pas aux prescriptions du ministre, et
c'est de cette résistance mal fondée à des ordres raison-
nables que des écrivains superficiels ont fait un titre à la
pitié de l'avenir, au profit de Puget. M. Caffaréna ne permet pas à l'erreur de se perpétuer, et le soin qu'il a pris
d'éclairer la question qu'il s'était posée lui fait honneur.

L'esprit humain se plaît aux oppositions et aux con-
trastes. L'antithèse est l'une des forces du discours.
Lors donc que vous entendez parler des origines
modestes d'un homme ou d'une institution, tenez
pour certain que l'homme a grandi, que l'œuvre a
prospéré. On ne s'attarde pas aux sources du ruisseau; les enfances prolongées n'ont pas d'historiens.
M. Castan, membre non résident du Comité à
Besançon, s'est fait le narrateur bien informé des
débuts de l'Académie de France à Rome. A l'heure
où M. Castan mettait en œuvre des documents puisés à
bonne source, M. de Montaiglon, membre du Comité,
publiait pour le compte de l'État la correspondance in-

tégrale des directeurs de l'Académie de France. Ces
travaux parallèles, signés des noms autorisés de
M. de Montaiglon et de M. Castan, sont une défense
éloquente de l'œuvre de Louis XIV, de Colbert et de
Le Brun. Que les premiers jours de l'institution aient
été précaires, qu'il y ait eu des obstacles à surmonter
par Charles Errard, notre ambassadeur, pour les questions d'art et d'enseignement, au delà des monts, ne le
regrettons pas. On ne signale à la distance de deux
siècles que les périls traversés. Le mémoire de M. Castan,
d'où la polémique est bannie, répond cependant par
l'exposé des faits qu'il renferme aux attaques qui, de
temps à autre, sont dirigées contre l'Académie de
France, mais heureusement sans l'atteindre.

M. Th. Lhuillier, correspondant du Comité à Melun,
nous invite à le suivre à Combes-la-Ville, dans la Brie,
chez l'une des filles de Jean Jouvenet, Mme Lordelot.
Cette dame a trois sœurs qui mourront célibataires. Le
foyer de Mme Lordelot est un centre pour ces trois
femmes, et M. Lhuillier, que ses recherches ingénieuses
ont conduit dans la maison de Combes-la-Ville, observe
dans leur intimité les filles du peintre. Le travail de
M. Lhuillier est une page rectificative de l'étude sommaire de M. Houël, un appendice précieux et inattendu
au livre de M. Leroy et à la notice de Jal.

Le cardinal de Richelieu, traçant le portrait du connétable de Luynes, nous dit qu'il fut atteint par la mort
lorsque « sa fortune n'avait fait encore que de le saluer
et n'avait pas eu le loisir de se reposer auprès de lui ».
C'est la destinée de bien des gens. Les Delavente,
peintres virois sur lesquels M. Sabatier, correspondant
du Comité à Vire, s'est livré à d'utiles recherches, ont

eu le sort du connétable. Leur fortune n'a fait que de les saluer de leur vivant. Est-ce remords chez l'insaisissable déesse? Aurait-elle le dessein de se reposer auprès de la mémoire des artistes normands qui furent dans leur province les plus fidèles et les plus habiles continuateurs d'Eustache Restout? Nous le croirions volontiers, car une coïncidence toute flatteuse pour les Delavente se produit. Au moment où M. Sabatier s'occupait de ces braves artistes, M. le marquis de Chennevières, membre de l'Institut et directeur honoraire des Beaux-Arts, leur consacrait une étude 'primesautière et nourrie dans la *Revue de l'art français*. N'en doutons plus, c'est la fortune repentante qui s'annonce et revient vers les peintres virois.

Comme les Delavente, les Anguier sont d'origine normande. Michel, François et Guillaume, trois frères et tous les trois artistes! M. Henri Stein, correspondant du Comité à Fontainebleau, a consacré aux frères Anguier une monographie étendue et très complète. Guillaume, le peintre, est le moins célèbre. M. Stein le place au second plan. Michel, le sculpteur du Val-de-Grâce et de la porte Saint-Denis, jouit d'une haute renommée. Votre confrère s'est borné à condenser avec non moins de tact que de savoir les titres de Michel Anguier à l'estime de la postérité. C'est François, l'auteur principal du tombeau du dernier connétable de Montmorency, à Moulins, que M. Stein s'est principalement appliqué à faire bien connaître de son lecteur. Des dates importantes, des faits précis et nouveaux sont présentés à l'appui d'une critique et de considérations toujours élevées. Les Anguier méritaient à tous égards l'hommage que leur rend M. Stein. Ce furent des hommes bien doués, que leur éducation aurait pu entraîner hors du droit sentier. Ils avaient grandi sous la tutelle d'artistes entachés à l'extrême de l'esprit de réaction contre les grâces affectées de la descendance de Germain Pilon. Mais à réagir sans mesure on risque d'outrepasser le but qu'on voulait atteindre. Les éducateurs des Anguier étaient tombés dans la lourdeur et la gaucherie. L'honneur de François et de Michel Anguier est de se reprendre au sentiment qui caractérise les ouvrages de la seconde moitié du seizième siècle, sans renoncer tout à fait à la vigueur familière aux artistes du règne de Henri IV et de Louis XIII. C'est ainsi que les Anguier, Michel surtout, préparent cette sculpture un peu molle, mais noble et solennelle, dont la tradition se perpétue avec Girardon et la pléiade de solides praticiens que stimule Le Brun durant trente années. M. Stein a donc bien fait de s'arrêter à l'étude de ces maîtres sages, pondérés, personnels, précurseurs immédiats des sculpteurs de Louis XIV, sur lesquels ils ont influé par l'exemple.

C'est évidemment en songeant au dix-septième siècle, où l'art du décor a jeté un si vif éclat que M. Charvet, membre non résident du Comité à Lyon, s'est senti pressé de vous entretenir des moyens qui seraient de nature à développer un art décoratif national. Nous nous inclinons devant les hommes d'expérience. Ici l'érudition perd ses droits et nous avouons sans peine que la portée des propositions émises par M. Charvet nous échappe. Des questions nombreuses sont effleurées par votre collègue. Plusieurs ont trait à l'enseignement. Fontanes, pressé par Napoléon de faire dans l'enseignement des lettres certaines réformes de nature à développer en France le génie poétique, crut

pouvoir répondre : « Sire, on ne décrète pas le talent ! »
C'était en somme, l'avis des anciens. L'un d'eux n'a-t-il
pas dit : « *Nascuntur poetæ ?* » S'ils naissait à la France
quelque décorateur puissant, les progrès entrevus par
M. Charvet seraient bien près d'être réalisés.

« Beauvarlet et l'école abbevilloise au dix-huitième
siècle », tel est le titre du mémoire que vous a lu
M. Delignières, correspondant du Comité à Abbeville.
Tout le monde connaît l'estampe de ce graveur représentant Mlle Clairon dans le rôle de *Médée.* M. Delignières a fait l'historique de cette gravure. Pénétrant
ensuite au foyer de l'artiste abbevillois, il vous l'a
montré se mariant trois fois, et, ce qui est rare, épou-
sant en secondes noces la veuve de son beau-père !
Deux femmes de Beauvarlet ont tenu le burin et colla-
boré à diverses planches signées de son nom. M. Delignières, très informé sur les graveurs de sa région,
n'a-t-il point cédé, dans ses jugements critiques sur
Beauvarlet, a un sentiment d'excessive bienveillance ?
Après tout, il est fort difficile de parler des maîtres du
dernier siècle et de leurs traducteurs en gardant la
note juste, par ce motif, au moins péremptoire, qu'en
pareille matière chacun a son diapason différent de celui
du voisin. Les maîtres du dix-huitième siècle sont de
petits maîtres, mais beaucoup ont le charme. Comment
tomber d'accord si l'un mesure la taille tandis que
l'autre se laisse prendre au tour d'esprit et à la grâce ?

Les gens avisés écrivent leurs mémoires. C'est une
façon de se survivre. Le peintre Michel-Hubert Descours, dont M. l'abbé Porée, correspondant du Comité
à Bournainville, a reconstitué l'histoire, fut un fin Normand. On l'a vu peindre des tableaux d'églises, des

portraits, copier des dessus de portes de Carle Vanloo, des toiles de Lancret, mais il sut trouver le temps de se peindre lui-même dans une autobiographie. M. Porée a découvert les mémoires de l'artiste bernayen. Ce manuscrit a éveillé l'intérêt de votre collègue, et voilà que de deux côtés, à un siècle de date, Descours reçoit en public l'éloge qu'il ambitionnait. Un écrivain de goût le fait revivre et les pages essentielles de son propre journal trouvent éditeur.

Un contemporain de Descours, l'architecte Nicolas Durand, a été l'objet de l'étude de M. Lumereaux, membre de la Société d'agriculture, sciences et arts de la Marne. Aucun des édifices construits par Durand, à Châlons, à Reims, à Juvigny, à Chaumond, à Verzenay, n'a été passé sous silence par le nouveau biographe de l'architecte champenois. La physionomie du laborieux artiste se détache auprès de celle de l'intendant Rouillier d'Orfeuil, protecteur de Durand. Au second plan apparaît le profil perdu de l'ingénieur Coluel. Le mémoire de M. Lumereaux ne laisse pas d'être instructif.

Mais, si nombreux, si dignes d'attention que soient les travaux dont nous venons de parler à grands traits, il est permis, sans en diminuer le mérite, de constater qu'ils ne présentent dans leur ensemble qu'une cohésion de hasard. Ce sont des monographies, des études séparées, composées sous l'influence de préoccupations diverses. C'est ce que les bibliographes classent au chapitre des Mélanges, tant il est malaisé de rapprocher sous un même titre des lambeaux de pourpre et des fragments de javelots. Dans les études que nous avons essayé de résumer, vous vous êtes placés en face d'un maître, d'un monument, d'une doctrine. Il en est

parmi vous, Messieurs, qui ont obéi à une tendance d'un
autre ordre. On les a vus se placer en face d'une époque.
Historiens autant que critiques, ils se sont souvenus
des jours retentissants de la Révolution dont l'année
présente marque le centenaire. C'est la première fois,
Messieurs, depuis l'origine de vos Congrès, que vous
vous êtes tracé un programme de cette nature. Mais le
talisman qui tient aux doigts de l'ouvrier devait vous
prémunir contre toute déception. Il était dans votre
destinée de réussir, quelque direction que vous prissiez,
à travers le domaine élargi et inexploré où allait s'exer-
cer votre activité. J'en appelle à MM. Pérathon, Lex et
Martin, Duhamel, Ginoux, Jadart, Durieux, Leymarie,
Guillaume, Foucart et Parrocel. L'épreuve est faite et le
pressentiment de votre réussite est dépassé par l'ampleur et la nouveauté de votre succès.

La première chose à laquelle on songe lorsqu'on a
souci de l'intelligence d'un peuple, c'est l'école.
MM. Lex et Martin, correspondants du Comité, vous
ont dit les origines de l'École de dessin de Mâcon.
Fondée à la veille de la Révolution, sur l'initiative des
Etats du Mâconnais, elle eut pour directeur l'architecte
Lenot, assisté d'un élève de Suvée, le peintre Baillot.
Rien de plus large, de plus insinuant que les programmes répandus par le directeur de l'école. Il y est
démontré que la connaissance de la géométrie est utile
au lapidaire ; l'étude de la figure et de l'architecture
nécessaire à l'argenteur, à l'éventailliste et à l'orfèvre;
la pratique de la peinture de fleurs et d'ornement précieuse à l'arquebusier au brodeur, au joailler et au
tapissier. On ne pouvait marquer plus de sollicitude,
plus d'entente raisonnée des besoins de l'ouvrier d'art

que ne le fit Lenot, et nous remercions MM. Lex et Martin de nous avoir révélé le sens pratique de ce bon serviteur.

Sous le titre modeste « Notes relatives à quelques artistes aubussonnais », M. Cyprien Pérathon, correspondant du Comité à Aubusson, raconte les débuts de l'École centrale ouverte dans cette ville. Mais l'école d'Aubusson, fondée en 1795, ne fut qu'une héritière. Elle prit la place d'une école plus ancienne où Jean et Jacques Barraband, François Picquaux, Nicolas-Jacques Juliard avaient enseigné avec profit. Un peintre du Roi était attaché à la manufacture. L'institution disparut avec l'avènement d'un pouvoir nouveau, mais lorsque la Convention nationale eut décrété la création d'une École centrale au chef-lieu de chaque département, une exception fut faite dans la Creuse. Guéret, que son titre de ville principale désignait pour être le point sur lequel serait ouvert le lycée projeté, en fut privée. Aubusson l'obtint. Et, par une attention toute particulière dont on ne trouverait sans doute pas un second exemple, ce fut l'enseignement du dessin que l'on voulut placer en tête des programmes de l'École centrale. C'était rendre hommage aux écoles spéciales disparues. C'était bien comprendre les besoins intellectuels de la population laborieuse d'Aubusson ; mais cette condescendance si désintéressée, si sage, ne fait-elle pas grand honneur à la Commission de l'instruction publique alors en fonctions ?

Avant même que les Écoles centrales eussent été ouvertes, la grande galerie du Louvre, déjà riche de chefs-d'œuvre, était accessible au public. Un Musée, c'est encore l'École, mais ici plus de programmes : des maîtres, et pour disciples le peuple.

17

M. Duhamel, correspondant du Comité à Avignon,
vous a dit les origines du Musée de cette ville. Megnet,
ancien chanoine coadjuteur de Saint-Agricol, fut le premier conservateur du Muséum. Megnet publiera en l'an X
la notice explicative des tableaux confiés à sa garde.
Mais le traitement qu'il reçoit est pris sur le Trésor : les
instructions auxquelles il se conforme lui viennent du
ministre. Le Musée d'Avignon, durant un quart de
siècle, est une collection nationale. M. Duhamel rend
justice en termes excellents aux fondateurs de « cette
œuvre considérable accomplie — c'est votre collègue qui
parle — au milieu des circonstances les plus difficiles
et les plus tragiques par des hommes aussi dévoués
qu'obscurs : l'architecte Bondon, le chanoine Néry, le
conservateur Megnet, le peintre Beissier, qui surent se
rappeler en des temps de luttes ardentes que le patriotisme éclairé par l'amour de l'art trouve assez de forces
pour s'élever au-dessus des partis. » Vous savez le reste.
En 1810, le docteur Calvet, amateur, archéologue et
numismate, abandonna ses collections à la ville. Sa
munificence l'a fait illustre. Le Musée d'Avignon
porte aujourd'hui le nom de Musée Calvet.

Vous avez entendu l'éloge de Megnet ; le digne
homme compte un émule dans un Cambrésien nommé
Pierre-Joseph Houillon. C'est, vous le pensez bien,
M. Durieux, membre non résident du Comité, l'infatigable et fertile historiographe de sa province, qui a
réclamé l'honneur de vous faire pénétrer dans le Musée
national du district de Cambrai. « Houillon, écrit
M. Durieux, était l'homme à tout faire et faisait tout
bien. » L'éloge est sans réplique. N'allez pas croire, toutefois, que tant de conscience et de zèle ait mis le con-

servateur du Musée à l'abri des vicissitudes humaines.
Destitué, remis en fonctions, incarcéré, le loyal administrateur subit ces divers traitements sans trop s'émou-
voir. A une certaine date on lui adjoignit un peintre,
Louis Saint-Aubert. C'est à peu près tout ce que nous
savons. La personne de ces citoyens dévoués se dérobe.
Vous souvenez-vous du mot de Paul-Louis Courier :
« J'écris en grec sur mes carnets les plans de mes ouvrages, et ainsi je n'ai pas à craindre qu'on me les vole. »
On pourrait soupçonner les organisateurs du Musée
national de Cambrai d'avoir noté dans une langue mystérieuse et dont la clef nous échappe les mécomptes
de leur vie de travail. Seule, leur œuvre subsiste.
M. Durieux vous l'a fait connaître. Le journal intime de
Houillon et de Saint-Aubert, c'est le Musée de Cambrai,
et c'est un livre d'une lecture facile : ses auteurs ont
eu soin de l'écrire en bon français.

La nature, vous le savez. Messieurs, ne procède que
par gradation, et l'homme a bien quelques affinités
avec la nature. M. Ginoux, correspondant du Comité à
Toulon, s'est proposé de vous entretenir du Musée de
peinture de cette ville. Le sujet était fait pour séduire
un peintre doublé d'un chercheur et d'un écrivain. Mais
on ne commence pas un livre par l'épilogue; M. Ginoux
s'en est promptement aperçu. Or, le Musée de peinture
de Toulon compte un aîné dans le Musée maritime.
Félix Brun, maître sculpteur de l'arsenal, est le créateur
du Musée de marine de Toulon, dont le succès fit naître
l'idée de doter le Louvre d'une collection du même
caractère. « C'est en 1796, écrit M. Ginoux, dès qu'il fut
nommé maître titulaire de l'atelier de sculpture du port,
que Brun fit enlever, des mansardes de la Corderie où

elles avaient été reléguées, les meilleures des sculptures ayant autrefois servi à décorer les vaisseaux et les galères. Après avoir tiré de la poussière et de l'oubli ces glorieuses épaves d'un art aujourd'hui délaissé, notre artiste les avait fait disposer contre les murs de son atelier, dans le but d'exciter l'émulation des ouvriers sculpteurs qu'il dirigeait. » Certes, on ne peut guère concevoir de débuts plus modestes. Nous sommes en présence d'une sorte de Musée scolaire, d'une collection industrielle, et c'est d'une pareille source que sortira le Musée de marine de Paris. Au reste, il ne faudrait pas que cette humble naissance nous donnât le change sur le mérite sérieux, l'attrait réel de l'institution toulonnaise. M. Ginoux a dressé le catalogue des sculptures du dix-septième siècle que renferme le Musée de Toulon. Le nom de Puget n'est nulle part écrit sur ces précieux modèles, mais le coup d'ongle, la griffe du lion, le souffle puissant du maître demeurent visibles sur les saillies violentes des tritons, des cariatides et des naïades conçus par le fier Provençal. Ne soyons pas surpris, après cela, que par une gradation toute naturelle la ville de Toulon ait ouvert, sans trop tarder, un Musée de peinture.

M. Jadart, correspondant du Comité à Reims, s'est attaché à faire revivre Nicolas Bergeat, chanoine et dernier vidame du Chapitre, puis premier conservateur du Musée de sa ville natale. Pourvu d'un canonicat dès l'âge de seize ans, Bergeat, dix ans plus tard, était nommé vidame, c'est-à-dire chargé de la gestion des intérêts temporels des chanoines. Ces fonctions prirent fin en 1790. A cette date, Bergeat avait soixante-trois ans. Dédaignant l'inaction, l'ancien vidame mit ses forces, son intelligence, son esprit de méthode au service des pouvoirs publics, Tableaux, sculptures, tapisseries, médailles, il sauve tout ce qu'il trouve en péril et, au bout de peu d'années, Reims possède un Musée. Bergeat dresse l'inventaire de ses collections, il rédige et publie des catalogues populaires, puis, par une attention tout à l'honneur de ce conservateur modèle, Bergeat s'astreint à modifier chaque semaine l'aspect des galeries du Musée en disposant les œuvres d'art dans un ordre nouveau, de nature à plaire au public ! On ne dira pas que Bergeat fut un homme de routine. Hélas ! le Musée de Reims offrait évidemment trop de séductions. Ses trésors éveillèrent des convoitises. Une mitre du cardinal de Lorraine, un ciboire en or signé de l'orfèvre Germain et donné par Louis XVI à l'occasion de son sacre, soixante-trois médailles furent subitement enlevés. Bergeat, que sa haute loyauté plaçait d'ailleurs à l'abri de tout soupçon, ne se consola point d'un vol aussi préjudiciable. Il fit accepter sa démission et mourut en 1815, dans une situation voisine de la pauvreté. « Le grand homme, aurait dit Montaigne, labeur et douleur résument sa vie ! »

Les Ecoles, les Musées ne constituent pas dans son ensemble l'effort élevé des bons citoyens durant la période révolutionnaire. M. Leymarie, correspondant du Comité à Limoges, s'est demandé quels pouvaient être les spécimens de la porcelaine fabriquée dans sa ville à l'époque dont nous parlons. Votre confrère a découvert sans peine ce qu'il cherchait, mais les produits céramiques de Limoges ne portent pas, comme ceux de certaines autres manufactures, les emblèmes, les devises alors en honneur; on ne les trouve pas décorés du por-

trait des hommes célèbres du moment. Qu'est-ce à dire?
Nous ne pensons pas nous aventurer beaucoup en expli-
quant cette sorte d'immobilité, au milieu de l'agitation
générale, par la date récente à laquelle avait été fondée
la manufacture de Limoges. Cet établissement ne comp-
tait pas vingt années lorsque éclata la Révolution. Peu
avant 1789, un enseignement classique avait prévalu.
Ses traditions, écrit M. Leymarie, se perpétuèrent pendant quarante ans. Il est donc permis de penser que les
directeurs de la manufacture estimèrent prudent de
maintenir les céramistes placés sous leurs ordres dans
la voie où ils essayaient de produire, sous peine de les
dérouter et de compromettre l'entreprise si ces artisans,
encore à peine formés, étaient subitement abandonnés
à leur inspiration personnelle et à leurs caprices.

Nous parlions tout à l'heure des œuvres d'art sau-
vées de la destruction à Avignon, à Reims, à Toulon, à
Cambrai. M. l'abbé Guillaume, correspondant du Comité
à Gap, nous invite à prendre acte du transport dans cette
ville, en 1798, du tombeau de Lesdiguières. On connaît
ce monument sculpté par l'un des Richier. Le connétable est représenté demi couché. Halte fugitive d'un
vaillant soldat, car il est en armure, prêt à se relever,
son bâton de commandement à la main, si le duc de
Savoie s'avisait de manquer à sa parole. Nous compre-
nons que les administrateurs des Hautes-Alpes se soient
préoccupés de la conservation de ce mausolée, qu'ils
aient négocié son enlèvement du Glaizil pour abriter à
Gap une page de sculpture deux fois précieuse par le
sujet traité et le nom du maître qui l'a composée.
M. Guillaume, archiviste des Hautes-Alpes, n'a pas
voulu demeurer en reste avec les fonctionnaires d'il y

a cent ans, et votre collègue, par le mémoire qu'il vient d'écrire, ajoute, dans une certaine mesure, au renom du tombeau de Lesdiguières.

« Faut-il opter ? écrit La Bruyère, je ne balance pas : je veux être peuple. » Et si La Bruyère avait pu vivre il y a cent ans, il eût dit, je crois, je veux être peuple à Valenciennes. C'est qu'en effet, M. Paul Foucart, correspondant du Comité à Valenciennes, vous a présenté le séjour dans cette ville à l'époque de la Révolution sous les couleurs les plus séduisantes. Les fêtes qui sont le luxe du peuple et que seul le concours populaire a le don de faire éclatantes, se multiplièrent chez les concitoyens de Froissart et de Watteau, avec une entente, une prodigalité de grand aloi presque sans exemples. De merveilleux metteurs en œuvre offrirent alors leurs services à la cité. M. Foucard les nomme : « Cadet de Beaupré, nous dit-il, modela des maquettes, Momal peignit des figures, Coliez brossa des ornements, monta des chars et disposa des groupes ». Je n'ai pas le loisir de rappeler les cortèges, les cérémonies funèbres, les plantations d'arbres de la liberté, les serments échangés sur l'autel de la Patrie et les réjouissances légales en l'honneur de la Jeunesse, des Epoux, des Vieillards, de l'Agriculture, de la Reconnaissance, que sais-je encore ? Aucune ville peut-être ne s'est montrée plus fidèle que Valenciennes à la célébration des anniversaires, à l'hommage toujours dû aux défenseurs de la France. Et, je ne vous l'apprends pas, c'est au bruit des canons ennemis, c'est sous la menace des obus autrichiens que plusieurs des théories, des marches triomphales ou funèbres auxquelles je fais allusion, se sont développées à travers les rues et sur les places de Va-

lencienne. Il était juste que M. Foucart n'oubliât point
l'artisan le plus adroit et le plus fécond de ces fêtes.
Adrien-Albert-Joseph Coliez fut cet artisan. Fils d'un
« mulquinier » ou tisseur des linons impalpables qui
depuis cinq siècles ont contribué à la prospérité de
Valenciennes, le peintre Coliez, débutant comme Watteau, qui dut brosser dans sa jeunesse des décors
d'opéra, ne cessa durant la période révolutionnaire
d'ajouter à l'imprévu et à la richesse des fêtes populaires par ses ingénieuses compositions et les ressources
de sa palette. M. Foucart a sauvé de l'oubli le nom,
les œuvres, la vie publique et privée de ce peintre provincial. Et les pages les plus neuves de son travail,
votre confrère les doit au fils du peintre, à M. Désiré
Coliez, ancien médecin de l'hôpital militaire de Phals-
bourg, toujours debout.

Ai-je fini, Messieurs? Pas encore. Les Ecoles sont
ouvertes à l'adolescent, les Musées sont visités par
l'homme mûr, les fêtes publiques, je l'accorde, appellent
les citoyens de tous les âges à confondre leurs
rangs, mais les fêtes sont intermittentes. Il y a donc
des jours où l'art a chômé, où l'esprit de la nation s'est
replié sur soi-même, insouciant et fatigué ? M. Parrocel,
membre non résident du Comité, m'interdit de penser
de la sorte. La Provence, et plus spécialement Marseille, n'ont jamais cessé pendant les jours les plus
troublés de la Révolution de prendre souci des intérêts
de l'art. Ce n'est pas une monographie que M. Parrocel
vous a présentée, ce sont des éphémérides, c'est le
calendrier superbe et pacifique d'une grande province,
d'une cité généreuse et ardente,

De Marseille la grecque, heureuse et noble ville,

ainsi que l'appelle l'un de nos poètes. Sociétés d'art,
Ecoles, Musées, fêtes populaires, médailles commémoratives, fontaines monumentales, Marseille crée, or-
donne, érige, avec une activité qui ne connaît pas
d'obstacles, tout ce qu'elle juge susceptible de tenir les
esprits en haleine et de faire honneur à la contrée. A
parcourir ces notes concises et des plus diverses, puisées par M. Parrocel aux archives de la ville ou du
département, à voir passer Topino Lebrun, Renaud,
Chardigny et cent autres artistes dans ces tableaux réduits et rapides, on est conduit à se demander si, par
un privilège inexpliqué, Marseille n'a pas joui de la
paix la plus profonde durant les dernières années du
dix-huitième siècle! Que le travail de M. Parrocel soit
aride, il n'en demeure que plus consultable, plus clair
et plus précieux. On parle quelquefois de l'éloquence
des chiffres. Le mémoire que j'essaye de résumer se
recommande par une éloquence d'un autre genre : celle
des dates.

Ma tâche est terminée, mais une pensée me poursuit
et je veux vous la dire. La France célèbre en ce moment un centenaire. Il y a un siècle, des hommes de
bonne volonté quittaient leurs provinces et s'achemi-
naient vers la métropole. Vous aussi, Messieurs, vous
êtes accourus des points les plus opposés du territoire.
Les hommes d'il y a cent ans tinrent des assemblées.
Vous aussi vous vous êtes réunis. Vos Etats généraux
touchent à leur fin. Nos pères étaient porteurs de mémoires, de notes, de cahiers dont le contenu servit
d'aliment à leurs discussions. Vous aussi vous teniez à
la main, ces jours passés, des mémoires de tout format
rédigés dans vos départements. Ce sont vos cahiers

18

de 1889. Nous savons ce qu'ils renferment : vous les
avez lus à cette tribune. Phénomène remarquable, aux
doléances des cahiers d'autrefois vous avez fait succéder
des paroles apaisées, instructives, élogieuses pour l'école
française. Vos écrits si variés de forme offrent dans
leur ensemble une merveilleuse unité ; on dirait d'une
acclamation régulière et prolongée sur les pas de la
Patrie.

Le secret de cette harmonie, Messieurs, est tout
entier dans l'objet de vos travaux. *Ars longa*, l'art éternel, tel est le pôle immuable vers lequel vous tenez
orienté votre esprit. Vous avez le culte du Beau. Faut-il
s'étonner après cela de la sérénité de vos études ? Une
seule chose peut vous troubler : la crainte de ne pas
épuiser le vaste sujet dont vous êtes épris. Il est vrai,
les anciens n'avaient pas plutôt dit : *ars longa*, qu'ils
s'empressaient d'ajouter avec mélancolie *vita brevis!*
Et je pourrais, hélas ! marquer dans cette enceinte telles
places occupées pendant la session dernière et vides pour
jamais ! M. Henri Chevreul, correspondant du Comité à
Dijon, M. l'abbé Cheyssac, correspondant à Laroche-
Chalais et d'autres encore, naguère assis sur ces bancs,
ont disparu. Leur absence me fait souvenir de cette
devise toujours vraie dont votre président, M. de Montaiglon, lorsqu'il acheva de publier le dernier tome des
Archives de l'art français, faisait suivre sa signature :
« De jour en jour en apprenant, mourant !... »

Mais nous ne pouvons pas nous séparer sur une parole de deuil. Le premier centenaire de 1789 sera suivi
dans un siècle d'un bicentenaire. Et, de même que les
cahiers de nos pères nous sont familiers, nous avons
lieu de penser que nos neveux ouvriront nos propres

cahiers. Les délégués des Sociétés des Beaux-Arts, en 1989, tiendront ici leur cent treizième session. Souhaitons-leur un programme aussi bien rempli que celui de la session qui s'achève. Au surplus, depuis que la science moderne a si profondément abrégé la durée qu'exigeaient autrefois les voyages, l'échange des pensées ou de la parole, les anciennes notions du temps se trouvent modifiées. Les siècles, espérons-le, vont devenir plus courts. Ne vous semble-t-il pas que la convocation des Etats généraux date de la veille ? Il demeure évident que grâce aux découvertes, aux applications scientifiques, au mode d'existence qui est nôtre, l'horizon s'est élargi, l'homme embrasse plus de choses à la fois, et les chances d'oubli, menace perpétuelle pour l'esprit humain, sont, en fait, diminuées. Je n'oserais affirmer que certains d'entre vous prendront part au bicentenaire, bien que... mon Dieu !... vous savez le proverbe : il ne faut jurer de rien. Mais, en toute occurrence, je me persuade que la session de 1989 ne saurait avoir lieu sans qu'il y soit question de vous. Vos labeurs passés, vos restitutions souvent heureuses, votre pénétration, votre critique, cette opiniâtreté vaillante avec laquelle vous ne cessez de poursuivre une mémoire oubliée, de défendre une page méconnue, un chef-d'œuvre en péril; votre patriotisme ardent et désintéressé vous ont créé des droits à l'estime, peut-être à l'admiration, mais sûrement à la sympathie profonde de la France intellectuelle du siècle qui commence. Acceptez donc, Messieurs, comme ils vous sont offerts, ces innocents présages d'immortalité.

QUATORZIÈME SESSION

(1890)

RAPPORT GÉNÉRAL LU LE 30 MAI

DANS LA SALLE DE L'HÉMICYCLE

A L'ÉCOLE DES BEAUX-ARTS

MONSIEUR LE PRÉSIDENT[1],

MESSIEURS,

On raconte que Diogène enfant eut un jour la curiosité de pénétrer chez un philosophe de Corinthe. Le maître, entouré de disciples, professait. Apparemment, Diogène avait mal choisi son heure, car ce jour-là le philosophe, cédant à son pessimisme, parla durement de l'homme. L'enfant se sentit troublé. La pensée ne lui était pas venue que, si jamais il devait faire appel aux sentiments généreux de ses semblables, il pût essuyer le moindre refus. La parole amère du philosophe lui ouvrit les yeux. Quittant l'école, il prit le chemin du temple de Neptune bordé de statues d'athlètes. Là, l'enfant s'arrêta, l'œil suppliant, et la main tendue vers les marbres impassibles de l'avenue. Un passant voulu savoir ce qu'il faisait. — « Je demande l'aumône aux statues, répondit l'enfant, afin de moins souffrir lorsque l'homme se montrera sourd à ma prière. »

[1] M. Eugène Müntz, membre du Comité.

Que faut-il penser, Messieurs des trésors d'art de
Corinthe ? Les statues de marbre et de bronze y étaient
sans nombre, formant, selon l'expression de Chateaubriand, « un peuple immobile au milieu d'un peuple
agité » ; on admirait, non loin d'une fontaine dans
laquelle les Corinthiens trempaient leur cuivre au sortir
de la fournaise, une peinture murale rappelant le combat d'Ulysse contre les pretendants de Pénélope ; les
temples étaient parés de tentures opulentes sur
lesquelles la soie et l'or mêlaient leur fils éclatants.
Toutes ces œuvres étaient sans lacunes. Mais si l'historien de Diogène a dit vrai, nous pouvons supposer que
les images peintes ou tissées devaient, à l'exemple des
statues, se montrer fort indifférentes aux supplications
des humains. Eh bien, le croirez-vous ? cette indolence
me gâte les chefs-d'œuvre de Corinthe. Vivent les
marbres modernes, les tapisseries françaises des derniers siècles, nos peintures d'hier, nos monuments de la
Renaissance, autant d'œuvres prêtes aux révélations,
fécondes en enseignements, propices aux chercheurs !
Loin de nous, certes, la pensée qu'il faille jamais souscrire aux préceptes humiliants du philosophe ancien.
Mais, à supposer que nous eussions à faire le dur
apprentissage auquel Diogène enfant crut devoir s'exer-
cer, votre session le prouve, ce n'est point aux chefs-
d'œuvre que nous irions tendre la main pour être
refusés. Les travaux apportés depuis quatre jours à cette
tribune en témoignent : l'art français, Messieurs, vous
est hospitalier. Les grandes mémoires, les ombres
illustres, les ruines même n'ont pas de secrets pour
vous. Diogène, sous notre ciel, eût désappris le refus du
Beau.

Mais, n'allez pas croire, je vous en prie, que vous soyez exceptionnellement favorisés. Non, Messieurs. Vos aînés, vos guides dans la carrière de l'histoire de l'art et de la critique ont goûté, les premiers, ces joies de l'esprit dont vous êtes fiers. La sentence du moraliste, qui interdit de parler des absents, n'a pas son application dans cette enceinte. Ce sont, au contraire, les absents, les disparus qu'il convient de nommer avec respect lorsque, chaque année, nous faisons l'appel des hommes de haut labeur. Votre Comité, Messieurs, a perdu depuis la session dernière, trois hommes éminents à des titres divers : Champfleury, Eugène Véron et le sénateur Édouard Charton, c'est-à-dire un initiateur, un philosophe et un délicat.

Initiateur, Édouard Charton l'a été par la fondation, déjà lointaine, du *Magasin pittoresque,* la part importante qui lui revient dans la mise au jour de *l'Illustration,* l'impulsion variée qu'il sut donner à la *Bibliothèque des Merveilles* et au *Tour du Monde,* deux publications dont on ne saurait trop louer le mérite et dans lesquelles l'art tient une si large place. Les vastes recueils dont je parle honorent grandement ceux qui en ont conçu le cadre, mais la gloire des tacticiens ne fait pas ombre à celle des capitaines. Les premiers tracent les plans de batailles, les seconds engagent l'action et décident du succès. Au surplus, Edouard Charton fut tout ensemble, durant un demi-siècle, le tacticien et le capitaine du *Magasin pittoresque* créé par lui en 1833. Combien d'entre nous ont épelé, aux jours de leur enfance, les chefs-d'œuvre de l'art national dans les gravures sur bois de cette précieuse revue; combien se souviennent encore des pages anonymes consacrées à nos maîtres, à nos monuments

les plus dignes de souvenir par une plume bien
informée, vive d'allure et discrète, celle d'Edouard
Charton !

Philosophe, Eugène Véron a su l'être. Son livre
l'Esthétique est une œuvre personnelle, très distincte des
publications de Cousin, de Jouffroy, de Lamennais dont
il combat le plus souvent les principes. Le livre demeure
soumis à la critique. Celle-ci aura, ce semble, d'autant
plus de droits sur le travail d'Eugène Véron que ses
doctrines s'écartent plus fréquemment des idées cou-
rantes. On est, à l'ordinaire, assez exigeant envers les
hommes de pensée qui cherchent une voie nouvelle.
Mais, que dure la critique ? Si le chemin tracé est droit
et sûr, ce n'est qu'une question d'heures, on s'y enga-
gera tôt ou tard. « La science du Beau chez les modernes
« est toute récente. » C'est une parole d'Emile Saisset.
Or, si les sciences pratiquées depuis les temps anciens,
sont encore l'objet de discussions ardentes parmi nous,
faudra-t-il s'étonner que l'esthétique, dont les premières
formules sont ébauchées d'hier, soit pour longtemps
encore livrée aux controverses ? Mais Eugène Véron
a été autre chose qu'un philosophe. Lui aussi a rempli
les devoirs du publiciste. Durant de longues années il
dirigea le journal *l'Art*. Tous ceux qui ont approché
l'homme ont apprécié sa courtoisie, sa bienveillance et
sa droiture.

Délicat, telle est la caractéristique qu'il convient de
donner à Champfleury. Du romancier, nous n'avons
point à parler ici, mais nous rappellerons les *Peintres de
la réalité sous Louis XIII*, les études sur la caricature
antique et moderne, l'*Histoire des faïences patriotiques*,
les recherches sur l'imagerie populaire, les pages humo-

ristiques inspirées par le graveur Bresdin dont Champfleury a raconté la vie misérable sous le titre de *Chien-
Caillou*. Victor Hugo proclama l'auteur de *Chien-Caillou*
un poète réaliste de premier ordre. Lamartine ou Fétis
auraient certainement applaudi à une nouvelle de
Champfleury où le réalisme n'a rien à voir et qui, je
vous l'assure, n'est point inférieure à *Chien-Caillou*. Je
veux parler des *Quatuors*, récit plein de vivacité, de
coloris, de finesse, publié jadis dans la *Revue de Paris*.
Ce récit renferme une peinture exquise, et le narrateur
ne paraît pas s'être douté qu'il allait faire œuvre de critique. Son but est de rendre sensibles, à l'aide d'images,
les phases successives d'un quatuor instrumental. Il lui
semble que quatre voyageurs ont fortuitement lié connaissance à une table d'auberge. Tous les quatre sont
appelés dans la même direction. Ils se lèvent de bon
matin, boivent un petit coup et descendent vers la
plaine. Il soufffe un vent frais. L'alto trouve le site
admirable. Il s'exclame. Le violon, surpris, veut savoir
ce qui frappe son compagnon. Les saillies se croisent.
Le rire devient général. C'est l'*allegro*. Mais les grands
spectacles inclinent le violon à la mélancolie. Le voilà
qui cède à son penchant. Il se prend à raconter à ses
amis quelque drame intime. On s'arrête. Le second
violon pose des questions. L'alto souligné chaque détail
de l'histoire mélancolique qui lui est familière. Le vio-
loncelle, de sa voix grave, se mêle à la conversation.
C'est l'*adagio*. Puis, tout en devisant, la tête basse et
le cœur serré, les quatre amis ont repris leur marche.
On fait trève aux souvenirs pénibles. La causerie, toujours tempérée, a cependant recouvré le ton du badinage.
La route est bonne. Sans qu'on y prenne garde, le pas

devient plus rapide. Quel est ce village qu'on aperçoit à
l'horizon? A qui le manoir dont on côtoie les limites?
La gaieté reprend ses droits. C'est le *scherzo*. Mais tout
à coup le chemin bifurque. Nos voyageurs sont des gens
pratiques. Leurs affaires les réclament. Adieu l'aimable
rencontre, les gais propos, les coupes vidées, le rire
éclatant, les souvenirs partagés! On se serre la main, on
se sépare, et chacun reprend sa route. C'est le *finale*.
Cette page que je dépare en la revêtant de ma prose
pour ne pas vous retenir outre mesure, ne révèle-t-elle
pas, sous une forme charmante, ce qu'était le critique
d'art chez Champfleury dans ses bons jours?

De ce crayon léger, tracé par l'un de nos contemporains, aux miniatures peintes vers 1540, sur le cartulaire de l'abbaye de Marchiennes, la distance paraît
grande, et cependant nous y voilà. C'est à M. Quarré-
Reybourbon, membre de la Commission historique du
Nord, que nous sommes redevables de la description de
ces vélins de haut style commandés par Dom Jacques
Coëne, qui fut abbé de Marchiennes durant quarante
ans, de 1501 à 1542. Le cartulaire, objet de l'étude de
M. Quarré, appartient au baron Lallart de Gommecourt.
Les miniatures sont au nombre de quatre. Elles ont un
caractère historique. Dom Coëne s'y trouve représenté.
Dans l'une des peintures, l'abbé de Marchiennes fait
hommage au Très-Haut du cartulaire où se trouvent
inscrits les actes de son priorat. Le second tableau nous
montre Jacques Coëne aux pieds de Jules II; dans une
troisième scène, l'abbé reçoit, assis et couvert, un arrêt
de l'officialité d'Arras rendu en faveur de son couvent;
plus loin, nous pénétrons avec Dom Coëne chez le
gouverneur de la province, suprême représentant

de l'autorité séculière. Dom Coëne n'étant point allé
à Rome, la vérité historique se trouve offensée par la
scène où l'abbé de Marchiennes nous apparaît en face
de Jules II ; mais ce sont là licences d'artistes, et personne, en présence d'un chef-d'œuvre, ne songe à
réclamer bien haut au nom de l'histoire. Or, les miniatures dont s'est occupé M. Quarré sont d'une rare beauté.
Pourquoi le maître qui les a composées se dérobe-t-il
aux recherches les plus patientes? Antoine Prouveur y
a mis moins de façons. Prouveur est l'orfèvre qui a ciselé
la reliure du cartulaire. Celui-là du moins a levé sa
visière. Il y gagne. Tout artisan qu'il est, il éclipse, en
se nommant, l'enlumineur anonyme dont il n'a été que
l'humble auxiliaire. M. de Linas, un érudit artésien,
avait signalé le cartulaire de Marchiennes. M. Quarré ne
s'est pas borné à une indication sommaire. C'est une
monographie complète qu'il a voulu faire, et l'histoire
de l'art au seizième siècle s'est ainsi enrichie d'un nouveau chapitre.

Je ne sais, Messieurs, si tous vous avez descendu la
Loire. Il ne dépendra pas de M. Godard-Faultrier, membre
non résident du Comité à Angers, de vous décider à visiter l'Anjou. Que d'amorces, je pourrais dire que de
présents, le fondateur du Musée d'antiquités d'Angers
ne vous envoie-t-il pas périodiquement, afin de vous
attirer vers sa province, cette « douce terre angevine »,
si bien chantée par Du Bellay ! Aujourd'hui, M. Godard
vous fait admirer quatre crosses abbatiales. Deux se
rattachent à l'abbaye Toussaint, et les deux autres à
celle de Fontevrault. On vous a dit la richesse de ces
œuvres d'art. L'Archange saint Michel, un dragon cruci-
fère, une fleur épanouie encombrant de ses feuilles

capricieuses la volute du bâton, un serpent replié sur
lui-même et décrivant des courbes concentriques, tels
sont les ornements qui différencient les crosses soumises
à votre appréciation. Mais la nomenclature à laquelle je
m'arrête est oiseuse. L'art a des séductions dont le secret
n'est pas traduisible par la parole. Les crosses abbatiales
du Musée d'Angers méritent d'être admirées dans leur
cadre, sous le jour favorable des trois nefs de la salle
Saint-Jean, construite par les soins du roi d'Angleterre,
Henri II, comte d'Anjou. C'est là que se trouvent placées aujourd'hui les collections archéologiques dont
M. Godard est le gardien. Laissez-vous tenter par
l'attrait d'une excursion studieuse au milieu de ces
trésors.

Voilà qu'un remords me poursuit. Nous parlions ensemble, tout à l'heure, de quatre virtuoses, et personne
parmi vous n'a demandé quel pouvait être le nom du
luthier qui leur avait fourni leurs instruments. Incon-
cevable négligence ! M. Albert Jacquot, correspondant
du Comité à Nancy, vous eût certainement renseignés.
C'est à tort que certains d'entre vous se sont souvenus
de Jean Kerlin, le luthier breton dont on connaît un
violon portant le millésime de 1449 ; c'est imprudemment que d'autres ont évoqué les noms d'Amati et de
Stradivarius. Rendons-nous à l'évidence. Le quatuor
dont s'est occupé Champfleury a été sûrement exécuté
sur des instruments fabriqués à Mirecourt. Compulsez
avec M. Jacquot le « rôle des bourgeois contribuables
et non contribuables de la ville ». Vous y lirez les
noms de cinq cents luthiers. Et n'oubliez pas que le
« rôle » des percepteurs a souffert. Au temps des sanglantes rencontres de René II et de Charles le Témé-

raire, les archives de Mirecourt ont été dévastées. Que penser de leurs révélations précieuses si ces vieux parchemins n'avaient pas en partie brûlé au quinzième siècle ? Combien de dynasties harmonieuses s'ajouteraient aux Montfort, aux Waltrin, aux Trévillot, aux Wuillaume, aux Chanot, orgueil légitime de Mirecourt! Faute d'avoir songé à lire attentivement les archives de cette ville, de bons auteurs inclinaient à croire que Mirecourt avait renfermé dans ses murs à peu près cinquante familles de luthiers. La vaillante cité avait droit à plus de justice. M. Jacquot vient d'acquitter envers elle la triple dette de l'art, de la richesse nationale et de l'histoire.

Philidor, l'émule de Monsigny, l'auteur acclamé de maint opéra-comique, le joûteur incomparable aux échecs, ne jouait, dit-on, d'aucun instrument. Homme de réflexion solitaire, Philidor écrivait peu. M. Goovaerts, de la Société archéologique du Gatinais, a donc droit à notre gratitude pour avoir exhumé des Archives générales de Belgique plusieurs lettres intéressantes de Philidor. Ajoutez à cette bonne fortune la découverte d'une correspondance de Gossec, et vous vous rendrez compte de l'intérêt inattendu que revêt le travail de M. Goovaerts. Le sujet de ces lettres n'a pas une importance exceptionnelle. Il s'agit d'un opéra représenté en Belgique. *La reine Berthe*, tel était son titre, « Berthe au grand pied », disaient nos ancêtres en parlant de la mère de Charlemagne. Il ne paraît pas que le libretto de Regnard de Plainchêne, mis en musique par Gossec, Philidor, Botson et Vitzthumb ait été grand par aucun point. De cet ouvrage, il n'est plus question. Mais qu'importe, si les dessous d'une collaboration dramatique, déjà vieille de plus d'un siècle, nous sont révélés par les lettres de Philidor et de Gossec? Au surplus, on a reproché à Philidor d'être un joueur d'échecs incorrigible et d'avoir gagné, à Londres notamment, des sommes considérables en se livrant à ce jeu. Modérons notre colère. Les lettres mises au jour nous apprennent que Plainchêne ne paya pas le compositeur qu'il avait fait travailler. Pour peu que Plainchêne ait eu beaucoup d'imitateurs, Philidor est peut-être excusable de s'être procuré par le jeu des ressources que des collaborateurs sans conscience lui refusaient avec trop de désinvolture.

Il est, je crois, heureux que Philidor n'ait pu voir, lorsqu'il était enfant, la salle capitulaire de Notre-Dame du Puy, dont M. Léon Giron, membre non résident du Comité, vous a décrit certaines peintures. Là aussi, nous retrouvons des joueurs d'échecs, et l'un deux, « aux traits fins et jeunes, à l'expression rusée » — c'est M. Giron qui le dépeint de la sorte — est fait pour détourner de la passion du jeu. Par surcroît, notre personnage est d'origine mauresque. La couleur de son visage ajoute encore au caractère astucieux qui le distingue. Après tout, son adversaire est à sa taille. Il s'appelle Charlemagne, le fils de «Berthe au grand pied» dont il vient d'être question. Qui nous assure que ce soit bien là Charlemagne? C'est votre confrère, Messieurs, et les raisons qu'il donne à l'appui de son dire paraissent péremptoires. La peinture en cause date du douzième siècle. Auprès des joueurs d'échecs on aperçoit les remparts d'une ville et les tentes d'un camp. La ville, c'est Saragosse; le camp, celui de Charlemagne. Quant à la source où a puisé l'auteur de cette décora-

tion, c'est la *Chanson de Roland*. Mais quel est le sens de
cette partie d'échecs ? M. Giron n'est pas éloigné de
penser que le peintre a voulu mettre en regard le roi
Marsille, défenseur de Saragosse, et l'empereur Charlemagne, afin de montrer, sous une forme allégorique,
les difficultés du siège engagé par celui-ci. L'attitude
assurée, légèrement ironique du roi maure, l'expression
pensive, l'hésitation qui caractérisent Charlemagne en
disent plus que bien des pages sur l'inégalité de situation entre les deux lutteurs. Cette version n'a rien
que de très plausible. D'ailleurs, M. Giron n'est pas
homme à redouter d'être contredit. Il a relevé, selon
sa coutume, ces peintures à demi détruites. Vous trou-
verez, Messieurs, au Musée du Puy, le fac-similé de ce
fragment de frise, et il ne tient qu'à vous de rouvrir le
débat. Les pièces du procès demeurent à la portée de
tous, car les décorations murales de la Haute-Loire, en
dépit des siècles trop prompts à détruire, renaissent une
à une de leur poussière par une sorte de prodige dont
le secret est dans la patience, le talent, le désintéressement et l'amour de l'art.

Le Musée du Puy s'accroît des dons de M. Giron. Le
Musée de Poitiers doit à M. Babinet d'être riche. Il est
donc juste que l'on songe à écrire l'histoire de ce Musée.
M. Brouillet, correspondant du Comité, vous a dit le
passé récent des galeries poitevines dont la garde lui
est confiée. Les vicissitudes traversées, les accroissements successifs, les *desiderata* qui demain seront réalisés, M. Brouillet a consigné toutes ces choses avec précision, avec mesure, dans un mémoire où la statistique
a sa place. Saint-Simon dit quelque part d'un homme
possédant bien son sujet : « Il sait profondément et

agréablement. » On pourrait tracer le mot de Saint-Simon au-dessous du nom de M. Brouillet, sur la feuille de titre de son étude.

Ce n'est pas entre les murs d'un Musée, si vaste soit-il, que M. Momméja, de la Société archéologique de Tarn-et-Garonne, a voulu circonscrire son travail. Il lui faut l'espace et la durée, Votre confrère embrasse d'un regard toute la région montalbanaise, c'est-à-dire plusieurs départements. Il condense l'histoire de quatre ou cinq siècles, tels que les lui révèlent les édifices, les peintures murales, les sculptures, le mobilier. Comment vous donner un aperçu de cette étude dans laquelle l'auteur, épris de sa tâche, et bien préparé, semble impatient de tout raconter en peu de mots ? Je m'en voudrais de faire un choix entre les monuments ou les œuvres dont s'est occupé M. Momméja, puisque lui-même paraît caresser d'un amour égal tout ce qui constitue le trésor d'art de sa province. « Si jamais, a dit un Ancien, tu vois passer devant ta porte l'Indifférence, garde-toi bien de l'arrêter, car c'est une étrangère au langage perfide. » L'auteur de l'*Essai sur l'art dans la région montalbanaise* a dû rencontrer plus d'une fois sur son chemin l'étrangère aux suggestions dangereuses, mais on l'a vu presser le pas et elle ne lui a rien dit.

Voltaire prétend que le czar Pierre ne pouvait, dans sa jeunesse, passer un pont sans frémir. C'est, apparemment, que le czar Pierre n'avait pas songé à s'aguerrir contre la crainte en posant un pied tranquille sur le pont Notre-Dame, à Mende. Il est vrai qu'au temps du czar Pierre, M. André, correspondant du Comité, n'avait pas encore rédigé la notice qu'il a préparée à

votre intention sur ce monument vénérable de la ville
où il réside. L'arche ogivale du pont Notre-Dame décrit sa courbe brisée depuis le moyen âge. Des parchemins mentionnent, en 1229, cette passerelle curieuse.
Un oratoire a été construit au quinzième siècle sur
l'avant-bec de l'une des piles. Le Lot, humilié sans
doute de passer éternellement sous le joug, s'est rué à
maintes reprises contre la pierre. Vaines révoltes. Il
est vrai, la chapelle a disparu, mais le pont résiste, et
la Commission des monuments historiques a fait à cette
construction, sept ou huit fois séculaire, l'honneur de
la classer au nombre des vieux témoins de notre art
national.

Une *Vie de saint Benezet*, ouvrage posthume de M. de
Saint-Venant, le mathématicien célèbre, est tombée
entre les mains de M. Massillon-Rouvet, membre de la
Société académique du Nivernais. Saint-Benezet, patron
des ingénieurs, a construit au douzième siècle le pont
d'Avignon. Le fait ne paraît pas douteux. Mais convient-il de voir dans le pont qui subsiste aujourd'hui
l'œuvre authentique de Benezet ? Les parties les plus
anciennes du monument, actuellement visibles, sont-
elles antérieures au treizième siècle ? M. Massillon-Rouvet se refuse à l'admettre. Et l'homme d'art, le spécia-
liste, fournit à l'appui de son opinion les raisons les
plus diverses. Je craindrais de m'aventurer, à la suite
de votre confrère, dans ses déductions savantes, ser-
rées, et, en fin de compte, vraisemblables. Il y a deux
sortes d'initiés : ceux qu'une étude profonde autorise à
formuler des dogmes obscurs et ceux qui, à l'appel
d'autrui, ont le pressentiment de la vérité, mais ne
sauraient l'atteindre. Si M. Massillon-Rouvet a sa place

dans le premier groupe, d'autres, plus modestes, se
rattachent à la seconde catégorie.

Les visiteurs du Musée de sculpture comparée seront
reconnaissants à M. Coüard-Luys, correspondant du
Comité à Versailles, d'avoir dressé la généalogie des
colonnes provenant de « l'Hôtel des Trois-Piliers ».
Cette maison, digne d'attention, ouvre sur la Grande-
Place à Beauvais. Elle servit d'Hôtel-Dieu au douzième
siècle, mais les piliers auxquels elle doit son renom
datent du seizième, et ce n'est pas sans désillusion que
les touristes constatent le peu de respect de nos contemporains à l'endroit de ces nobles appuis. Une façade
sans caractère pèse lourdement sur des chapiteaux décorés de fleurs de lis et de rinceaux délicatement
fouillés. Le sort de ces colonnes exquises fait songer aux
Ilotes que les Spartiates amenaient de Messénie et con-
damnaient chez eux aux tâches écrasantes. Parfois, il
advenait qu'un homme indépendant élevait la voix en
faveur des captifs. On l'entendait retracer les phases
glorieuses de l'histoire de ses clients. Et lorsqu'il savait
être éloquent, il obtenait l'affranchissement de quelques
Ilotes. M. Coüard-Luys aura été le défenseur des colonnes humiliées du Beauvaisis. De son côté, la Commission des monuments historiques les a tirées de servitude en leur assurant une retraite honorable au
Trocadéro.

Mme Despierres, correspondant du Comité à Alençon,
nous permet d'assister aux préliminaires du travail des
menuisiers-sculpteurs de sa région, en 1531. Jean Jul-
liotte et Guillaume Gruel acceptent de faire exécuter
une statue en pierre. Tous deux sont des menuisiers.
Auraient-ils indifféremment sculpté la pierre et le bois ?

S'il en était ainsi, la ville d'Alençon aurait vu deux corps de métiers, ailleurs très distincts, ne former dans ses murs qu'une seule corporation. Et nous sommes en Normandie ! Qui donc prête aux Normands une humeur peu conciliante ? Mais Juliotte et Gruel ne sont pas les seuls imagiers dont Mme Despierres ait tiré les noms de l'oubli. Jacques et Guillaume Pissot travaillent, avec leur père, aux stalles et à la clôture du chœur de Notre-Dame d'Alençon. Mme Despierres vous a présenté le devis de ces ouvrages qui durent être exécutés « à l'antique ». Telle était la prescription rigoureuse, la formule courante : « A l'antique ! » Nous éviterions aujourd'hui de demander aux plus habiles d'entre nos maîtres de se mesurer avec l'antique ! On ne s'approprie pas les chefs-d'œuvre : on les goûte, on s'en nourrit, on les admire et c'est tout. Conclusion, Messieurs, nous professons à l'égard de l'antiquité une déférence que nos artisans du seizième siècle ne soupçonnaient pas. A défaut d'une puissance créatrice bien marquée, nous avons du moins une juste notion de la distance esthétique, et nos ouvriers d'art se gardent bien de penser aujourd'hui que le Marais soit un faubourg d'Athènes.

Les poèmes, les romans, le journal ne comportent pas de notes au bas des pages. Cette absence de commentaires en petit texte, hérissés de dates, de noms et d'italiques, rend l'aspect du roman plus propret que celui du livre d'histoire. Mais combien les savants se font honneur de ces paragraphes serrés, où tout est moelle, où rien n'est parure ! M. Dangibeaud, de la Société des archives de Saintes, ne dédaigne pas les notes. Sa communication sur la chapelle des Tourettes et l'oratoire de Saint-Just est-elle autre chose qu'une pièce justificative à classer sous la rubrique « Saintonge », à la suite du maître-livre de M. Léon Palustre : *la Renaissance en France ?* Si bref qu'il soit, le paragraphe de M. Dangibeaud a son intérêt.

« Jusqu'à ce qu'un homme ait lu tous les livres « anciens, dit Usbech dans les *Lettres persanes,* il n'a « aucune raison de leur préférer les nouveaux. » MM. Lex et Martin, correspondants du Comité à Mâcon, ne seraient pas très hostiles à cette doctrine, qu'ils appliquent, non pas aux livres, mais aux monuments. L'odyssée du mausolée du duc de Bouillon est à peu près connue. Je dis « a peu près », car si tout le monde sait qu'une décision du Parlement interdit au début du dix-huitième siècle l'érection du monument de Frédéric-Maurice de la Tour d'Auvergne, duc de Bouillon, frère du maréchal de Turenne, chaque jour apporte des révélations nouvelles sur l'emplacement actuel des membres dispersés de cette sculpture. Chaque jour on découvre des pièces écrites où il est parlé de cet important ouvrage. MM. Lex et Martin ont mis la main, aux Archives du département de Saône-et-Loire, sur un mémoire étendu de Jean-Baptiste Demiège, ancien ingénieur des ponts et chaussées des Etats du Mâconnais, qui s'est fait l'historiographe du monument de Bouillon. Presque à la même heure, la chapelle de l'hôpital et le Musée lapidaire de Cluny permettaient à vos deux confrères de reconnaître des fragments inaperçus du tombeau dont ils appellent la prompte inauguration. Et c'est ainsi que le livre ancien, je veux dire le mausolée du duc de Bouillon, sur lequel Alexandre Lenoir, MM. Guiffrey et Anatole de Montaiglon nous ont donné plus d'une page curieuse, est l'objet, de la part de deux érudits, d'une reconstitu-

tion continuée. Mais il manque encore au volume plus
d'un feuillet disparu.

Il n'est pas nécessaire qu'un témoin soit âgé pour
inspirer confiance. Nous venons de voir l'ingénieur
Demiège parler avec autorité, sous la Restauration, d'un
monument du siècle dernier. Un certain Gabori, tenant
la plume au nom de l'Administration municipale de
Loches, nous renseigne, à la date du 19 brumaire an V,
sur le tombeau d'Agnès Sorel, œuvre du quinzième
siècle, bien digne de respect. C'est à M. Charles de
Grandmaison, correspondant du Comité à Tours, que
vous devez de connaître la déposition de Gabori. Que
raconte ce témoin ? Un acte de vandalisme. Passons.
Les témoins à charge font toujours peine à entendre.
Mais M. de Grandmaison, défenseur dans l'affaire,
requiert le préfet d'Indre-et-Loire. Nous sommes au
10 nivôse de l'an XIV, c'est-à-dire en langue vulgaire,
au 31 décembre 1805. A cette date, le préfet d'Indre-
et-Loire est un général de division nommé de Pommereul. Que va-t-il dire ? Il va dire en patriote et en artiste
de quelle sollicitude il s'est épris pour le monument
d'Agnès Sorel. Il en a fait transporter les fragments à
Paris. Le sculpteur Beauvallet a été chargé de restaurer
ce mausolée, qui va revenir incessamment à Loches. Un
crédit est ouvert à M. le sous-préfet pour solder les
frais de restauration. Mais le général-préfet ne s'en tient
pas là. Les inscriptions qui devront décorer le monument l'occupent. Il en compose le texte avec un
sentiment de délicatesse et de poésie d'une saveur
particulière.

Je suis Agnès, vive France et l'amour !

Tel sera le cri gravé dans la pierre du fronton... C'est du moins ce que décide M. de Pommereul. Mais les années passent et les préfets se succèdent. Le baron Lambert rapportera l'arrêté de l'an XIV. Des inscriptions plus modestes, plus sévères que celles dictées par le général de Pommereul, ornent aujourd'hui, dans le donjon de Loches, ce mausolée que M. Natalis Rondot, vous ne l'avez pas oublié, attribuerait assez volontiers à Jacques Morel, le puissant imagier dont il a si bien parlé, ici même, à la session dernière.

Le jubé de l'église de Saint-Aubert de Cambrai, dont s'est occupé M. Durieux, membre non résident du Comité, est moins ancien que le tombeau d'Agnès Sorel. Mais le temps n'y fait rien. Alors que pour les uns la fortune est lente, pour d'autres les événements se précipitent. C'est en 1538 que le jubé de Saint-Aubert a été sculpté. Deux siècles s'écoulent, et l'on s'en prend à cette œuvre de bon style que l'on déconstruit pour la reporter au bas de la nef et en faire la partie décorative de la tribune des orgues. Les visiteurs de l'église de Saint-Aubert ne manquent point de trouver quelque étrangeté à la tribune des orgues ainsi enrichie de sculptures d'une rare élégance, en complet désaccord avec les ornements qui les entourent. M. Durieux a donc raison de prendre en main la cause d'un monument dont la malice des hommes a fait un « déclassé ». Le mot n'est pas de toute jutesse : car à l'humiliation du contact avec une muraille et une porte dont je ne veux rien dire, le jubé de Saint-Aubert a vu s'ajouter l'affront de mutilations importantes. Nous savons maintenant, grâce à M. Durieux, quelle fut l'existence difficile de cette sculpture ancienne et de bonne facture.

Nous avions déjà les *Métamorphoses d'Ovide*. M. Babeau,
membre non résident du Comité à Troyes, vous a revélé
les *Métamorphoses* du curé Mutel. Mais cette fois nous
ne sommes pas en présence d'un livre. Les *Métamorphoses* de l'abbé Mutel, curé de Saint-Mards-en-Othe,
dans l'Aube, témoignent cependant d'une certaine puissance d'imagination. C'était à l'époque de la Terreur.
L'abbé Mutel avait ouï dire que les statues qui ornaient
son église étaient autant d'œuvres de prix. Il résolut de
les sauver. On le vit se livrer à une méditation profonde.
Puis, soudain, en possession d'une idée qu'il avait lieu
d'estimer heureuse, il s'approcha de l'image d'une
Martyre tenant la palme emblématique. Vite, un peu de
glaise et un ébauchoir ; la palme devient une pique. La
sainte portait un livre : le livre devient une couronne
civique, et sur la plinthe de l'œuvre transformée l'abbé
Mutel inscrit le mot « Liberté ». L'idée était ingénieuse ;
le desservant-artiste l'appliqua dans de larges proportions. Le *Précurseur* troqua la coquille à l'aide de laquelle
il puisait l'eau du Jourdain contre une grappe de raisin,
et reçut le nom de « Vendémiaire ». Un *Ange adorateur*
s'aperçut tout à coup que ses mains étaient chargées de
roses et qu'il avait reçu le nom de « Flore ». Un second,
pliant sous le faix d'une corbeille de fruits, s'appela
« Pomone ». Efforts inutiles ! Le stratagène échoua : les
statues périrent en dépit de leurs attributs de circonstance. Comment ne pas plaindre le sculpteur complai-
sant et fertile de Saint-Mards-en-Othe ? Il se peut, au
surplus, qne les statues si curieusement affublées par
l'abbé Mutel aient été des œuvres de grande valeur. La
tradition désignait leurs auteurs, et les noms de Girardon, de Dominique Florentin étaient parfois prononcés

à Saint-Mards-en-Othe. Or, c'est un devoir de le rappeler ici, M. Babeau, il y a quatorze ans, à la première session des Sociétés des Beaux-Arts, a fait applaudir une étude remarquable sur Dominique Florentin. Le récit des *Métamorphoses* de l'abbé Mutel est donc l'appendice naturel du premier travail de votre confrère.

Simon Vouet, Premier Peintre de Louis XIII, est un maître, mais il ne paraît pas avoir été très sociable. M. le marquis de Chennevières, au cours d'un travail solide et brillant sur Charles Le Brun, publié dans l'*Artiste* ces jours passés, tente d'expliquer comment il se fait que Simon Vouet se soit tenu en garde et même en hostilité contre les fondateurs de l'Académie de Peinture, au mois de février 1648. « Il faut se souvenir, écrit M. de Chennevières, que « Vouet mourut l'année suivante, d'une maladie qui déjà sans doute paralysait son esprit. » L'hypothèse est vraisemblable. Nous pardonnerons donc à l'avenir au maître de Le Sueur et de Le Brun de ne pas les avoir suivis dans leur courageuse entreprise. Mais voilà que le mauvais génie de Simon Vouet s'acharne après lui. Que vous a raconté M. Dutilleux, correspondant du Comité à Versailles? Une peinture d'Aubin Vouet est de temps immémorial attribuée à Simon. Ce tableau représente un *Christ en croix, la Vierge, saint Jean et les saintes Femmes*. Il décore le prétoire de la Cour d'assises de Versailles. L'œuvre n'est point sans mérite. Elle est signée « A. Vouet, 1626 ». Or, M. Dutilleux vous l'a dit. Simon Vouet eut une existence nomade. Il ne revit la France, pour s'y fixer, qu'en 1627. La date inscrite sur la toile, à défaut du style de l'ouvrage et de l'initiale du prénom, était de nature à donner l'éveil. Ce détail n'a pas

échappé à M. Dutilleux. Et voilà, dûment restituée à
Aubin, une toile que Simon lui avait enlevée avec la
complicité de plus d'un personnage officiel. Car les
pièces ratifiant le délit ne manquent pas. Mais, c'est
chose faite, et justice est rendue, en Cour d'assises, a
Aubin Vouet.

Il y a un peu plus de deux siècles, la marquise du
Plessis-Bellière confiait à Le Brun la décoration de sa
résidence de Charenton. Là, le futur peintre des *Batailles*
multipliait les scènes religieuses. Et la châtelaine demandait au maître de la représenter en *Artémise*. Cette page
curieuse à plus d'un titre, vantée par Nivelon, est
actuellement dans l'ancien château de Bussy-Rabutin,
que possède la comtesse de Sarcus. Le nom de Plessis-
Belllière n'est pas éteint. Vous avez entendu M. Delignières, correspondant du Comité à Abbeville. Vous
savez maintenant que le château de Moreuil en Picardie,
propriété de la marquise du Plessis-Bellière, renferme
une collection de 500 peintures ou dessins soigneusement décrits dans un livret imprimé qui nous a rappelé,
par l'abondance des renseignements de toute nature, les
notices du Louvre signées de Frédéric Villot. M. Delignières ne s'est pas laissé éblouir par tant de richesses.
Il est allé d'un pas résolu vers David et vers Ingres,
c'est-à-dire le maître et le disciple. Du portrait de Louise-
Adélaïde Piscatory, marquise de Pastoret, fondatrice des
salles d'asile en France, que puis-je vous dire sans
atténuer le charme des révélations que vous a faites
M. Delignières? Ce portrait, ébauché par David, en 1791,
ne fut point terminé. Mais ce n'en est pas moins une
œuvre achevée. Je n'entre pas dans le menu des détails.
Toutefois, un berceau se trouve à la gauche du person-

nage. Dans le berceau dort un enfant. C'est Amédée-David, marquis de Pastoret, né en 1791, mort en 1857, père de Mme du Plessis-Bellière. M. Delignières vous a dit ce qu'il pense du portrait d'Amédée de Pastoret peint par Ingres. Aurais-je la tentation de suivre notre guide à travers les collections de Moreuil? Non, Messieurs, je craindrais de justifier ce mot d'un homme de goût : « Rien ne m'est plus familier que l'entrée des Musées, « mais ce que je ne trouve jamais sans effort, c'est la « .porte de sortie. »

Michel Particelli, sieur d'Emery, contrôleur général des finances en 1643, avait coutume de dire que « les surintendants ne sont faits que pour être maudits ». Surintendant lui-même, en 1648, il devait savoir à quoi s'en tenir. Quoi qu'il en soit, son mot a fait fortune, et M. Victor de Swarte, correspondant du Comité à Melun, n'ignore pas la boutade du sieur d'Emery. Cependant il n'en a pas tenu compte. Tout au contraire, c'est à bien penser des financiers que s'applique M. de Swarte. Ne l'en blâmons pas. Dans toute catégorie de citoyens il y a des degrés. D'Emery avait créé des charges de contrôleurs de fagots ; mais Jean Grolier, trésorier de l'Ile de France au seizième siècle, l'ami d'Alde Manuce et d'Erasme, s'était créé une bibliothèque fameuse. D'Emery a institué les jurés vendeurs de foin ; mais Colbert, l'un de ses successeurs, a développé le Cabinet du roi, fondé l'Académie de France à Rome, l'Académie des Inscriptions, celle d'Architecture, décoré Versailles et le château de Sceaux. D'Emery est l'inventeur des conseillers crieurs de vins ; mais Claude de Guénégaud recherchait les peintures de Le Sueur, tandis qu'en son château de Plessis-Belleville, Le Brun, Loir, Cotelle et

Michel Anguier multipliaient les peintures murales ou les stucs modelés. Le contraste est trop frappant. Plaignons d'Emery aiguillonné par Mazarin et sans cesse aux abois, mais honorons Grolier, Colbert et Guénégaud. Ainsi a pensé M. de Swarte, et, prenant la plume, il a tracé le cadre prestigieux d'une étude attachante sur les financiers amateurs d'art. Le livre est à faire, mais les sources consultables, trente figures de second plan qu'il importait de ne pas omettre, M. de Swarte a pris souci de vous offrir sous une forme succincte tous ces éléments d'information que ne renferment pas, avec la même netteté, les ouvrages réunis de Pierre Clément, de Dumesnil et de Clément de Ris. Ne l'oublions pas, ces sortes d'études ont leur importance sociale. Pour bien connaître les mœurs d'une nation, disait Juvénal, il suffit d'étudier avec soin une seule famille, *Sufficit una domus*. Or, voilà que depuis une heure nous sommes en passe de mieux juger la grande famille des financiers.

François-Placide de Baudry de Piencourt, évêque et seigneur de Mende, de 1677 à 1707, et de plus comte de Gévaudan, aurait droit à une page élogieuse si l'on écrivait l'histoire des prélats français amateurs d'art. M. André nous avait rappelé, il y a trois ans, que Baudry de Piencourt fit élever le palais épiscopal de Mende. On nous l'a montré protecteur des peintres Antoine Bénard et Jean Lacour. Votre confrère nous révèle aujourd'hui que, se sentant vieillir, le 10 avril 1706, l'évêque de Mende commanda huit pièces de tapisseries à Mᵉ Antoine Barjon, marchand de la ville d'Aubusson. Le contrat passé entre le prélat et le manufacturier marchois a son intérêt. Outre les indications techniques qu'il renferme, il ajoute à la physionomie du comte de Gévaudan, également em-

pressé à faire appel aux architectes, aux peintres et aux
tapissiers. Il est à souhaiter que M. André poursuive ses
recherches. L'évêque de Mende est trop artiste pour
n'avoir pas fait travailler à son heure des sculpteurs et
des lapidaires.

Patience, Messieurs. Nous ne sommes guère qu'à mi-
chemin. Je m'en excuse. Mais le moyen d'aller vite
dans un salon où chacun vous arrête! L'auditeur, je le
sais, ne s'accommode pas de longs discours ; mais, par
contre, l'auteur est en droit de réclamer contre une
analyse trop brève de son travail. Et, si je ne me trompe,
je parle devant un auditoire d'auteurs. Mission délicate
s'il en fût! C'est, je crois, Diogène Laërce qui raconte le
supplice d'un prêtre de Cybèle, condamné à être lapidé
pour s'être oublié à laisser tomber l'encens à côté de
l'encensoir ! Un pareil châtiment n'est pas fait pour
rassurer les secrétaires de Comités.

Maintenant, Messieurs, nous abandonnons les œuvres
peintes ou sculptées dont les auteurs pouvaient échap-
per à nos recherches ; nous nous éloignons des monuments pour entrer chez les maîtres. Le chemin qui
nous reste à suivre ressemble assez à l'avenue du
temple de Neptune dont je parlais en commençant,
avenue peuplée de hautes effigies. Remontons les âges.

Au sortir de ce siècle, je rencontre une figure de
connaissance. Joseph-Charles Roettiers, que M. Advielle
avait introduit au milieu de vous, en 1889, rentre de
nouveau dans cette enceinte, conduit, cette fois, par
M. Tancrède Abraham, correspondant du Comité à
Château-Gontier. Le graveur-général des monnaies
n'a rien de bien important à nous apprendre, mais il est
en veine de confidences et, dans sa naïveté, le digne

homme nous révèle que sa garde-robe renferme une
« redingote d'espagnolette grise, une veste de drap d'or
brodée de paillettes d'argent, une veste de satin cra-
moisi » et vingt autres habits de gala. Ce que nous
confie Roettiers est exact. M. Abraham en a la preuve.
L'inventaire après décès du graveur-général, dressé
par Me Trubert, en 1779, contient une nomenclature de
tous points conforme aux révélations de l'aimable
artiste. Pénétrer de la sorte chez les gens d'un autre
siècle a son attrait. En écoutant l'étude intime de
M. Abraham, je me représentais Roettiers fredonnant
l'*Epître à mon habit* de son contemporain, l'artiste-
poète Michel-Jean Sedaine.

M. Marionneau, membre non résident du Comité à
Bordeaux, nous retient. Claude Francin, que votre confrère vous avait présenté il y a sept ans, n'a pas jugé
qu'on eût fait valoir tout son mérite. Francin réclame,
et, cette année, M. Marionneau lui consacre une notice
substantielle, très étudiée, sagement écrite et entourée
de pièces justificatives comme un château-fort de courtines et de douves. La défense est assurée. On ne négli-
gera pas désormais de rendre bonne justice à Francin.
Au surplus, ce maître a quelque droit d'être exigeant :
on lui doit le respect. Neveu de Coyzevox et de Guillaume Coustou, gendre de Pierre Lepaultre, émule de
Jean-Baptiste Le Moyne, Francin, par son talent personnel, à la fois viril et distingué, veut qu'on lui porte
une sérieuse déférence. C'est lui qui décora le piédestal
de la statue de Louis XV, exécutée par le Moyne pour
la place Royale de Bordeaux. Ses deux bas-reliefs, représentant la *Bataille de Fontenoy* et la *Prise de Port-
Mahon*, existent encore, et M. Paul Mantz, un bon juge.

a dit de ces pages modelées : « C'est du Parrocel sculpté. »
Le mot est exact. Francin mérite qu'on le loue de la
sorte, car il n'oublia jamais de mettre en pratique le
précepte de Falconet recommandant à ses disciples
« la légèreté de l'outil. » A son tour, M. Marionneau
s'est approprié ce sage conseil. C'est d'une plume
légère, mais bien taillée, que l'historien de Victor Louis
et de Brascassat vient de parachever le profil de
Francin.

« Ce commencement de maison me plaît fort, on n'en
voit point la source », écrivait Mme de Sévigné à Bussy,
le 22 juillet 1685. Après deux siècles, l'aimable femme
pourrait faire de ces lignes l'épigraphe du mémoire de
M. Foucart, correspondant du Comité à Valenciennes.
L'étude de M. Foucart a pour titre l'*Origine de la famille
Dumont*. Pierre, François, Jacques, Edme, puis Jacques-
Edme et enfin Augustin Dumont, telle est la succession
des membres de cette dynastie qui a donné à la France
cinq sculpteurs et un peintre. Pierre est l'aïeul, mais
les historiens se sont mépris sur son acte de naissance ;
ce qu'ils croient être son acte de baptême, à la date
de 1670, concerne, selon toute vraisemblance, un
homonyme. Menus faits, penserez-vous ! Non, Messieurs.
Rien n'est indifférent lorsqu'il s'agit de nos maîtres. La
gloire est un patrimoine sur lequel les mains étrangères
n'ont aucun droit. Le consciencieux auteur du livre
*Augustin Dumont, notes sur sa famille, sa vie et ses
ouvrages*, M. Vattier, bibliothécaire au Conseil d'Etat,
saura certainement gré à M. Foucard des renseignements complémentaires qu'il lui apporte de bonne grâce.
Mais l'ombre plane encore sur certains points généalo-
giques. Ne nous désolons pas. M. Foucart s'est évidem-

ment souvenu que « l'une des lois de tout écrivain qui
veut tenir en éveil son lecteur est de garder toujours
quelque chose en réserve. » Votre confrère se ménage
le plaisir de dissiper tous les doutes à une session prochaine.

Avez-vous remarqué, Messieurs, que Pierre Dumont
nous a fait pénétrer à sa suite dans le dix-septième
siècle ? M. Henri Stein, correspondant du Comité à Fontainebleau, s'est occupé des ascendants de l'ébéniste
André Boulle, et c'est également au dix-septième siècle
que se rattache la découverte faite par M. Stein. Il
s'agit du contrat dressé le 12 septembre 1616, à l'occasion du mariage de Pierre Boulle, « tourneur et menuisier du Roy ». Cet artiste épouse une fille de Pierre
Bahuche, marchand lyonnais, marié avec la veuve de
Jacob Bunel. On ne savait guère de Pierre Boulle que
sa profession et son nom. Le jour se fait. Voilà que
nous connaissons ses alliés ; mieux encore, son origine.
Le père de notre artiste était mort à « Verrière au comté
de Neuchastel en Suisse ». Ce détail ne pouvait échap-
per à M. Stein. « De tous les grands ébénistes dont on
connaît les noms, a-t-il dit, nous en voyons peu qui
n'aient pas, au début de leur vie d'artiste, franchi quelqu'une de nos frontières. Domenico Cucci est né à Todi,
près de Rome ; les Caffieri descendent d'une famille napolitaine ; Jean Oppenord a vu le jour dans la ville de
Gueldre aux Pays-Bas ; Oeben vient d'Allemagne ; Rié-
sener, bien que né à Paris, est sûrement d'origine
étrangère, et il en faut dire autant de Laurent Stabre,
autre ébéniste, contemporain de Pierre Boulle, logé
comme lui aux galeries du Louvre. » Ai-je tort, Messieurs, d'emprunter ces lignes au travail de M. Stein ?

Non. Sous l'érudition, je découvre un éloge et je m'en empare. Cette énumération de maîtres étrangers qui se sont fixés chez nous n'est-elle pas à l'honneur de notre pays? Nous montrer une France hospitalière au talent, c'est mettre en belle lumière la spontanéité généreuse et toujours élevée de notre tempérament national.

S'il est vrai que les peuples heureux n'aient pas d'histoire, il en est de même des individus. Le malheur, et c'est chose naturelle, a plus de retentissement que la fortune dans la mémoire des hommes. C'est en vertu de cette tradition que Jean Lacour, peintre mendois, né vers 1637 et mort en 1721, doit exciter notre intérêt. M. André, correspondant du Comité, ouvre la notice, d'une concision lapidaire, qu'il a consacrée à Jean Lacour, par rappeler la totale destruction des peintures de cet artiste, placées dans l'ancien palais épiscopal de Mende. Vous vous souvenez, Messieurs, de l'incendie de 1887. Le palais épiscopal, devenu l'hôtel de la préfecture, a disparu! Le mal était sans doute réparable. Un édifice peut être relevé. Mais ses peintures d'autrefois où les reprendre? On ne songe point à en retrouver l'illusion. Quant à l'équivalent, on n'est pas même certain de l'obtenir. C'est alors que les curieux s'obstinent à rechercher les pages dispersées de ces maîtres qu'une force aveugle dépouille soudainement de leur gloire modeste, lentement acquise. Ainsi a voulu faire M. André. Ainsi feriez-vous tous, empressés à mettre en pratique le beau mot de Virgile : *Miseris succurere disco.*

Un chef d'empire du siècle dernier, le soir d'une bataille, vit s'avancer vers lui l'historiographe de ses conquêtes qui lui demanda s'il convenait de nommer dans le récit officiel de la journée l'un des généraux qui s'étaient distingués par leur bravoure. Et le prince de répondre : « Non, pas un, mais tous : la valeur des lieutenants, loin de porter ombrage à la gloire du capitaine, la grandit. » Ainsi aurait parlé Puget, et M. Ginoux, correspondant du Comité à Toulon, qui est un peu l'historiographe attitré du sculpteur provençal, a nommé devant vous tous les lieutenants de Puget : Christophe Veyrier, Bernard Toro, Nicolas Levray, Langueneux, Pierre Turreau, Maucord, disciples ou descendants d'un maître audacieux et magnifique. Entre temps, ces artistes occupent leurs loisirs à sculpter une fontaine, à travailler dans quelque église des environs ; mais le « gros de l'arbre », pour eux, c'est la décoration des vaisseaux. Et M. Ginoux a deux fois raison de multiplier ses mémoires, ses notices sur une catégorie d'œuvres disparues avec les poupes opulentes que ne comportent plus les cuirassés de notre époque. Ne laissons rien perdre de la vie ou des travaux de ces hommes déjà lointains dont le ciseau prodigue fut plus d'une fois ébréché par la mitraille de l'ennemi. L'art en plein air, que dis-je, en pleine immensité, affrontant la tempête avec ses dieux souriants sculptés à l'avant du vaisseau, l'art abordant, au nom de la France, à tous les rivages, telle fut, Messieurs, la fortune enviable des sculpteurs toulonnais que M. Ginoux a fait revivre.

Avec M. Finot, correspondant du Comité à Lille, nous nous trouvons en face, non plus seulement de quelques lieutenants, mais d'un état-major de peintres, de sculpteurs, d'architectes, de brodeurs, de tapissiers, de musiciens, subventionnés par les gouverneurs des Pays-Bas. Nous quittons la Provence pour les Flandres.

Puget et Bernard Toro cèdent la place à Rubens et à Van Dyck. Mais Pourbus le jeune, Raphaël Coxie, Henry Meerte, Antoine de La Barre, Josse de Beckbergen, Jean Raës, Charles Caulier, Jean Tichon et cent autres me défendent presque de nommer ici Rubens et Van Dyck. Car M. Finot les appelle à la lumière et le bonheur de vivre s'empare d'eux. Ils sont exigeants tous ces hommes de bon labeur, distingués par leurs princes à l'époque de Philippe II ou de ses successeurs, et que la postérité n'a pas su honorer d'une gloire bien gagnée. M. Finot a voulu venger de l'oubli partiel dans lequel ils étaient tombés ces artistes flamands dont les titres de noblesse existent aux Archives du Nord. « Ne tiens jamais ton écrin fermé, on ne croirait pas à ta richesse ». C'est une maxime de l'Anthologie. M. Finot le prouve amplement par l'abondant mémoire qu'il vous a lu ; il entend bien que les Archives du Nord ne soient pas entre ses mains un écrin fermé.

M. Joseph Denais, de la Société archéologique du Maine, a récemment exhumé des manuscrits de la Bibliothèque nationale les *Poésies de Colin Bucher*, un frère jumeau de Clément Marot. Mais, afin qu'on ne pût se méprendre sur la fidélité qu'il entend garder à l'archéologie et à l'art, votre confrère s'eŝt empressé de se joindre à vous. Il vous a entretenus de deux peintres oubliés dont les toiles décorent l'église de Beaufort, en Anjou. Antoine Talcourt est l'auteur d'une *Annonciation*. Les armoiries de Mme de Montespan occupent un angle du tableau. Le personnage principal de la composition serait un portrait de la célèbre favorite. Talcourt, né à Beaufort, y voulut mourir. Plus nomade peut-être fut Nicolas Lagouz, dont M. Denais vous a

signalé une *Adoration des Mages* datée de 1636. Les
Lagouz sont nombreux ; mais, entre tous, Nicolas met
quelque coquetterie à se dérober. On sait peu sur son
compte. M. Célestin Port incline à penser que ce fut
bien Nicolas qui, en 1623, prit le chemin de Rome, muni
d'une lettre de Peiresc découverte et publiée dans le
Livre d'or de nos artistes, je veux dire les *Archives de
l'art français*, par M. Müntz, président de cette séance.
L'hypothèse est admissible, mais M. Müntz a cependant
hésité à se prononcer. Peiresc recommande à son ami
Jérôme Leander « il signore Lagouz, pittore ». Peiresc
a omis le prénom de son protegé. *Dormis Lagouz ?*
Éveille-toi. Vois, l'heure est propice. Ne fais plus le
mystérieux. Révèle-nous la vie, bon peintre !

Les *Artistes angoumoisins depuis la Renaissance jusqu'à la fin du dix-huitième siècle*, tel est le cadre étendu
dans lequel a voulu se mouvoir M. Biais, correspondant
du Comité, à Angoulême. Vous ne le demandez pas, le
chef du chœur, cette fois, c'est Jacques d'Angoulême,
dont l'éloge, sous la plume de certains narrateurs,
touche à l'hyperbole. Il ne s'ensuit pas que la vie du
célèbre artiste soit encore bien connue. M. Biais en
convient sans peine, car il vous a dit avec la sincérité
d'un chercheur difficile à satisfaire que « la monnaie
sonore des suppositions n'a pas cours forcé chez les
historiens ». Yrvoix, le peintre, Delaigle, le musicien,
Massias, l'orfèvre, Jacques Inard, l'architecte, et vingt
autres forment, je ne dirai pas un bataillon, mais un
cercle aimable. M. Biais entre dans certains détails
d'une intimité charmante sur les hommes dont il parle.
Le peintre Monteilh est portraitiste et amateur d'estampes. A-t-il eu quelque défiance du souvenir que lui gar-

derait la postérité ? On pourrait le supposer. Dans le
but d'obvier à l'oubli on l'a vu écrire sur la marge de
chaque planche dont ses portefeuilles étaient gonflés :
« Je suis à Monteilh ». Viennent après cela les disper-
sions ; souffle le vent des enchères, et sur tous les
points, dans le château, dans la mansarde, chez l'icono
phile ou l'érudit, mainte petite voix grêle de répéter
sans cesse : « Je suis à Monteilh ». Massias, orfèvre et
graveur, est poète. Les Lemaistre, serruriers d'art,
sont collectionneurs. Joseph Nicollet dessine des feux
d'artifice et des catafalques. Il y a vraiment plaisir à
fréquenter chez les clients de M. Biais. Ce sont tous
gens de goût et de ressources.

Les Jacques, sculpteurs rémois, ont acquis une juste
renommée. Condenser les données certaines, élucider
les questions douteuses sur la famille des Jacques, était
une tâche délicate. M. Jadart, correspondant du Comité,
à Reims, a résolu de la remplir. Avec quelle patience et
quel tact votre confrère s'est acquitté de sa mission,
vous le savez. On avait prétendu que les Jacques
étaient frères. M. Jadart établit que Pierre Jacques est
l'ancêtre, Nicolas Jacques Ier son fils, François Jacques
son petit-fils, et Nicolas Jacques II son arrière petit-fils.
Ces bases précises une fois posées, M. Jadart s'applique
à suivre dans leur vie les quatre maîtres qui l'occupent.
Il aborde ensuite l'examen de leur œuvre à Reims.
Dans une troisième partie, l'historien des Jacques étudie les ouvrages qu'on leur attribue hors de Reims.
Cela fait, votre confrère a consolidé son édifice à l'aide
de contreforts, je veux dire de pièces justificatives et
de sources bibliographiques des plus nombreuses. A la
bonne heure ! voilà qui est solide et durable. M. Jadart

a pris soin de nous prévenir. Il ne sait pas tout sur les
Jacques. Certains chapiteaux de la nef qu'il vient de
construire demeurent frustes ; il est des coins de murs
qui attendent le pinceau ; mais c'est bien là qu'on trouvera désormais tous les éléments de contrôle, les
sources d'informations, les pages de critique sobre
qu'il convenait de réunir à l'honneur des Jacques.
« Bonne souche m'attire » ; disait Pierre d'Hozier.
M. Jadart a subi l'attraction. Les Jacques sont de bonne
souche.

Nous avançons, Messieurs. Jacques d'Angoulême nous
a fait entrer chez les maîtres du seizième siècle. Plusieurs des imagiers dont vous a parlé M. de Mély, correspondant du Comité, à Mesnil-Germain, appartiennent
à cette brillante époque. M. de Mély s'est fait l'hôte
studieux de la cathédrale de Chartres. Il en subit le
charme, il en retrace les séductions. Pour un peu, les
tailleurs d'images qui ont décoré le pourtour du
chœur sortiraient de leur poussière afin de renseigner
sur un point discuté le critique attentif épris de leurs
œuvres. Bertrand Prieur, Mathurin Delorme, Nicolas
Guybert, Thomas Boudin, Jean De Dieu, Simon Ma-
zières, passent tour à tour, cette fois, dans le tableau
tracé par M. de Mély. Des faits, une analyse patiente,
des opinions fondées, ainsi peut être résumé ce nouveau chapitre de l'histoire de l'art qui ne le cède pas
aux études du même auteur précédemment goûtées
dans cette enceinte. « Rien n'est plus malaisé que de
reconnaître, sans se tromper, les essences cultivées par
un devancier ». C'est un mot du jardinier de Louis XIV.
Il ne paraît pas que M. de Mély ait éprouvé en face des
sculptures anonymes infiniment variées, dont il n'est

certes point le contemporain, les perplexités de La
Quintinie. Ses lecteurs y gagneront.

M. Castan, membre non résident du Comité, à Besançon, a voulu scruter l'histoire de l'architecte Hugues
Sambin. Bourguignon par résidence, Franc-Comtois par
naissance, Sambin, l'homme aux facultés multiples, à
la fois ingénieur, sculpteur, architecte et menuisier,
aurait vu le jour près de Salins, peu avant 1530. A
cette date lointaine, la Franche-Comté n'était pas une
terre française. Sambin serait donc pour nous un
étranger ? Oui, sans doute, légalement parlant ; mais
M. Castan nous rassure. « Sambin, dit-il, fut un des
maîtres qui travaillèrent et réussirent à donner l'accent
français aux importations de la Renaissance italienne ».
M. de Chennevières, il y a déjà de longues années, a
éloquemment parlé du *Jugement dernier*, sculpté sur la
façade de l'église de Saint-Michel de Dijon. Ce bàs-
relief est signé « Hugues Sambin ». Toutefois, en critique comme en chicane, il faut tout prévoir. La signature n'est point autographe. Elle atteste la présence
d'une main étrangère. Les lettres n'ont pas l'ancien-
neté du relief. Qu'est-ce à dire ? Voudra-t-on prendre
acte de cette signature apocryphe pour déposséder
Sambin du fronton de l'église de Saint-Michel ? M. Castan s'y oppose. A l'aide de raisons judicieuses il con-
vainc ses auditeurs du sens vrai qu'il convient d'attacher à la signature en discussion. Elle est, selon toute
apparence, l'hommage des descendants de Hugues
Sambin rendu à ce grand artiste. M. Castan a parlé avec
amour d'un maître de fière allure dont il a pénétré la
vie et analysé les travaux. Or, Sambin a tenu la plume,
et, à la première page du livre qu'il a laissé, l'architecte-

écrivain formule naïvement sa crainte de « tumber au
sépulcre d'inutilité ». Crainte mal fondée, ce nous semble. L'homme qui a créé de belles œuvres et dont l'existence, à trois siècles de date, occupe des écrivains
d'art tels que MM. de Chennevières et Castan, n'a rien
à voir avec ce qu'il appelle « le sépulcre d'inutilité. »

Nous sommes entrés plus d'une fois déjà chez les
tapissiers de la Marche, à la suite de M. Pérathon,
correspondant du Comité, à Aubusson. La conversation
ne languit jamais avec ces dignes artisans. Nous voilà
de nouveau réunis. Et l'entretien roule sur les entraves
apportées jadis par les tapissiers de Bordeaux et de
Paris au libre commerce, dans ces deux villes, des
fabricants d'Aubusson. Le Châtelet se montra favorable
aux Aubussonnais, mais les jurés de Paris ravivèrent
longtemps le débat. Ils voulurent être des protec-
tionnistes à outrance. La révocation de l'édit de Nantes
acheva de jeter la perturbation parmi les tapissiers-
rentrayeurs. Un grand nombre durent s'expatrier.
Plaignons-les ; plaignons aussi les petites gens trop peu
fortunés pour remplacer de prime-saut une tenture
entière, et qui recouraient aux bons offices des rentrayeurs. M. Pérathon vous l'a dit : « L'art de la rentrai-
ture s'appliquait à deux sortes d'ouvrages : la restauration
du coloris d'une tapisserie, et le remplacement des
portions de panneau qui étaient détruites. » A ce compte,
les rentrayeurs ne tenaient pas grande place. Ne
pouvait-on les ménager ? Il n'est personne, je le gage,
qui, en apprenant aujourd'hui les tracasseries dont
furent abreuvés ces ouvriers modestes, ne regrette
intérieurement de n'avoir pas été commissaire au
Châtelet, il y a deux cents ans, pour les bien défendre !

Nous voici chez les maîtres du quinzième siècle.
Dunois, le Bâtard d'Orléans, nous précède. De sa vaillance
Jeanne d'Arc est garant. De sa culture littéraire, sa
bibliothèque et ses lettres nous sont la preuve. De son
goût dans les arts, M. Jarry, correspondant du Comité, à
Orléans, se porte caution. L'étude de M. Jarry est
d'une saveur particulière. On éprouve une sorte de
fierté à suivre un homme de guerre, épris d'architecture
et dirigeant Nicole du Val, maître des œuvres de
Châteaudun et de Longueville. Les peintures que
Dunois fait exécuter dans la Sainte-Chapelle de Châteaudun par Piètre André et Raoul Grymbault, les orgues
commandées par le rude capitaine à Pierre de Montfort,
prieur de Saint-Porchaire de Poitiers; l'Aigle de cuivre
sorti des ateliers du fondeur parisien Adam Morant, à la
demande du Bâtard, projettent sur son armure comme
un rayon de beauté dont la douceur contraste avec la
voix sonore, l'allure martiale et l'œil plein d'éclairs du
vainqueur des Anglais en Normandie et en Guyenne.
M. Jarry m'invite aux digressions. Je pourrais l'accom-
pagner chez le peintre Grymbault, maître d'école à
Parthenay. Mais ne nous laissons pas détourner du
sujet principal. Tenons notre regard fixé sur Dunois,
protecteur de l'art à son époque, et justifiant par sa
conduite, après l'avoir lue peut-être, la parole du poète
grec : « Il sied bien à un homme armé à jouer de la
lyre. »

M. Natalis Rondot vous avait conviés, l'an passé, à
suivre la trace formidable d'un imagier de génie,
Jacques Morel. M. l'abbé Requin, correspondant du
Comité, à Avignon, a retenu le conseil de M. Rondot.
L'existence de Jacques Morel se démêle. A Toulouse, en

1429, où probablement il épousa sa première femme, Jeanne Bonnebroche, Morel se rend à Avignon la même année, pour y exécuter six statues en argent fin. Béziers, Montpellier, Rodez, le posséderont ensuite, puis Avignon le reverra. Bientôt après, nous le surprendrons à Souvigny et plus tard à Angers, où il mourut. Morel est nomade, mais ses stations diverses sont marquées par un égal nombre de commandes importantes. A Rodez, par exemple, le portail de la cathédrale, dont l'exécution paraît lui avoir été confiée, devait être décoré de plus de cent statues ! C'est à peine si, après avoir entendu M. Requin, nous attachons maintenant le même intérêt qu'autrefois aux œuvres classiques de Jacques Morel, je veux dire les tombeaux de Charles de Bourbon et d'Agnès de Bourgogne. Il nous semble que mainte page sculptée par ce mâle ouvrier de pierre vive doit incessamment sortir de l'ombre. Nous parviendrons sous peu, il faut l'espérer, à reconstituer l'œuvre du maître. M. Requin s'est appuyé, presque à chaque ligne de sa monographie, sur des actes notariés ou des pièces d'archives. Foin des hypothèses ! Des faits, encore des faits, et toujours des faits. Je ne sais si Jacques Morel n'a pas, de son vivant, payé sa dette à la douleur. La gêne s'est quelquefois assise à son foyer. Mais aujourd'hui, du moins, Morel est un favori de la fortune.

Ce n'est pas trop dire ; Jacques Morel a tous les bonheurs. Rappelez-vous, Messieurs, le portrait d'Antoine Le Moiturier tracé par M. Requin. Quel est ce nouveau venu ? Prenons garde de ne le pas connaître, car Michel Colombe a parlé de lui et l'a qualifié de « souverain tailleur d'imaiges ». Voilà, certes, un éloge qui vient de

23

haut ; mais les statues des «gisants» du tombeau de
Jean-Sans-Peur et de Marguerite de Bavière, aujourd'hui
au Musée de Dijon, sont des œuvres de Le Moiturier et
justifient la louange qu'il s'est attirée. Michel Colombe
s'étant expliqué, M. Requin prend la parole. Il nous
apprend d'abord le nom familier de Le Moiturier, qu'on
appelait en son temps « maître Anthoniet ». Ce n'est pas
tout. Le Moiturier est d'Avignon. Il est né dans cette
ville vers 1425. Mais voilà qui est plus précieux encore :
Le Moiturier paraît être le neveu et l'élève de Jacques
Morel. Avais-je donc tort d'avancer que ce Jacques Morel
a tous les bonheurs, à moins que ce ne soit M. Requin !
Mais il s'agit bien de cela ! Maître Anthoniet s'impatiente.
Il sent le besoin de nous apprendre qu'il a travaillé pour
sa ville natale, puis à l'abbaye de Saint-Antoine en
Viennois, puis à la Chartreuse de Dijon, en 1464, où il
a sculpté les « gisants » dont nous parlions tout à l'heure
et qui lui furent payés en 1470. Maître Anthoniet vivait
encore vers la fin du quinzième siècle. Quoi ? deux grands
hommes, deux géants dans une même famille et à la
même heure ! Décidément la personne de ces imagiers
se confond avec les colosses qu'ils façonnaient de leurs
mains puissantes.

Sainte-Beuve ayant à parler de Fontenelle et de
Pascal, a écrit dans ses *Causeries* que « Pascal sentait
avec effroi la majesté et l'immensité de la nature, tandis
que Fontenelle semble n'en épier que l'adresse ». Ce
mot nous revient à l'esprit au moment où après nous
être occupé de Jacques Morel et de maître Anthoniet,
nous sommes invité par M. Roman, correspondant du
Comité, à Embrun, à rapprocher de ces grands noms
celui de l'orfèvre Jean de Gangoynieriis. Les deux

maîtres que nous quittons ont la haute stature de
Pascal. L'habile orfèvre avignonnais, pour être le compatriote et le contemporain d'Anthoniet, n'atteint guère
qu'à la taille de Fontenelle. Jean de Saints venait d'être
nommé évêque de Gap. C'était en 1404. Les nouveaux
diocésains de Jean de Saints avaient plus d'un motif de
lui être agréables. Ils résolurent de doter la table épi-
cospale d'une « nef » ou « surtout » finement ouvré. Où
trouver à Gap l'artisan de ce joyau? On ne songea pas à
le chercher, et le consul Jean Thomas fut chargé de se
rendre à Avignon, où il fit marché avec Gangoynieriis
pour l'exécution de la « nef » qui fut payé 115 florins et
quelques gros. Evidemment l'orfèvre avignonnais était
en renom. La somme élevée qu'il reçut en échange de
son travail nous l'indique. Saluons donc ce nouvel
arrivant de la grande famille des artistes du Comtat dont
la gloire nous est chère à si juste titre.

> « Je suis Symon Marmion, vif et mort,
> Mort par nature, et vif entre les hommes ! »

Ainsi Jean Molinet, chanoine de Valenciennes et chroniqueur de l'archiduc Philippe le Beau, a-t-il supposé
que dût s'exprimer Marmion. Mgr Dehaisnes, correspondant du Comité, à Lille, vous a lu un mémoire définitif
sur ce maître, dont le chanoine Molinet avait tracé l'épitaphe légèrement subtile et alambiquée. Avec M. Dehaisnes
nous n'avons pas à redouter la recherche ou la subtilité.
Simon Marmion, sous la plume de votre confrère, se
révèle a nous dans sa vie et dans ses ouvrages avec une
éloquente sincérité. Il n'est pas une des peintures de
Marmion que son nouveau biographe n'ait décrite fidèlement, sans perdre jamais le sens de la mesure. Le

diptyque conservé de nos jours au château de Chantilly
est à son rang dans l'œuvre du maître, soigneusement
analysé par M. Dehaisnes. Mais, ô désillusion! Simon Marmion, dont on nous avait dit le dénuement, a vécu
presque riche! Comment faire désormais pour le plaindre?
Simon Marmion, dont on nous avait dit la misanthropie,
fut un homme d'humeur douce! Comment faire désormais pour ne pas l'aimer? Ah! le digne artiste de
l'école flamande-bourguignonne à une bonne époque!
Comment faire, dites-moi, pour ne pas lui être obligé des
échappées sur le mouvement de l'art à Amiens et à
Valenciennes, à Cambrai et à Dijon, que l'étude de
son existence laborieuse a suggérées à M. Dehaisnes?
Voilà, certes, à jamais vérifié le vers de son épitaphe :

« Mort par nature, et vif entre les hommes! »

Nous touchons au port, Messieurs. Je n'ai plus qu'une
halte rapide à faire dans le quatorzième siècle pour
vous entretenir de Guillaume Arrode, orfèvre de
Charles VI. L'historiographe de cet artiste est M. Advielle, correspondant du Comité, à Arras. Les comptes
de l'hôtel du Roi ont fourni à M. Advielle de très nombreuses mentions concernant Arrode, et il y a lieu de
conserver avec soin ces transcriptions de toute sorte
relevées pour notre enseignement. Peut-être, cependant, M. Advielle y a-t-il mis trop de discrétion?
L'homme disparaît derrière l'artisan dans ce volumineux
et utile dossier où les chiffres abondent. Ferdinand Seré
et l'abbé Texier ont l'un et l'autre, à des dates diverses,
publié la liste des gardes de l'orfèvrerie de Paris depuis
1337 jusqu'en 1710. Or, parmi les gardes de l'année 1387

figure un certain Guillaume Enode, et en 1396 nous
nous trouvons en face d'un Guillaume Aronde. Enode,
Aronde ne seraient-ils point notre Arrode ? M. Advielle
incline à penser que l'orfèvre de Charles VI quitta
l'Ile-de-France en 1408 et ne dut pas laisser de descendance. Soit. Il convient cependant de se souvenir de
l'orfèvre Guillaume Arondelle mentionné dans les
comptes de la Couronne en 1571, Arondelle ne serait-
il point de la lignée d'Aronde? Le prénom et la profession sont les mêmes. Les deux hommes travaillaient à
leur moment pour le Roi. Mais M. Advielle s'est surtout
appliqué à montrer l'étendue de la tâche d'Arrode.
Rude métier que celui d'orfèvre de la Cour au temps de
Charles VI. Combien de bassins, de chaufferettes, de
cuillers et de menus objets réparés par l'artiste docile !
A la vérité, Arrode pouvait faire plus et mieux. Le comte
de Laborde dans son ouvrage *Les Ducs de Bourgogne*,
le désigne, à la date de 1391, comme étant chargé de
« rappareiller et de mettre à poinct un petit tableau d'or
de Madame Isabel de France, auquel il a esmaillé
l'Annonciation Nostre-Dame et sainte Marguerite ».
C'est lui encore qui a façonné les « broches et crampons
d'argent » du costume que portait le Roi lors de son
voyage à Amiens, à l'occasion du traité de paix. Puis,
au lendemain du 5 août 1392, quand le prince a laissé
sa raison dans la forêt du Mans, Arrode reçut la mission
d'émousser la pointe des couteaux dont on faisait usage
à la Cour, afin d'empêcher Charles l'Insensé de blesser,
s'il en avait le caprice, ceux qui prenaient place à sa
table. Avouons, Messieurs, que la physionomie d'Arrode,
pour obscure et mal connue qu'elle soit encore, ne
laisse pas d'être attachante.

Un seul mot, et je termine. Votre session a été
brillante. Si l'on excepte la réunion de 1888, particulièrement féconde en communications, l'assemblée qui
va prendre fin dans quelques instants aura été la plus
remarquable des quatorze sessions tenues par vous, soit
à la Sorbonne, soit dans cette salle des Aïeux où tout,
jusqu'aux parois décorées par Ingres et Delaroche,
semble une invitation à bien parler des maîtres. Jusqu'à
ce jour, votre Section, demeurée jeune, a bénéficié des
années sans en connaître le poids. Or, ce qui constitue
la grandeur du travail de l'homme, c'est la durée dans
l'effort, l'élévation du but, le succès de l'entreprise.
Conditions difficiles à bien remplir. Mais, à votre
approche, Messieurs, tout obstacle disparaît. La persévérance vous l'avez eue, et cette vertu des forts vous
sera toujours chère. Votre but est le plus noble, le plus
désintéressé qui se puisse concevoir. Vous êtes des
envieux de gloire, non pour vous-mêmes, certes, mais
pour cet être aimé que les cœurs bien nés ne délaissent
jamais, que les intelligences vraiment douées placent
au-dessus de toute ambition privée, dans une sphère
supérieure aux intérêts les plus sacrés des foyers, je
veux dire la Patrie, j'ai nommé la France. Votre succès,
Messieurs, ce n'est plus moi qui l'atteste. Un penseur
de ce siècle, Victor Cousin, dont la moindre parole a sa
portée, a dit un jour avec mélancolie : « L'oubli va vite
dans la famille des hommes ! » Je n'en crois rien. Le
mot attristé du philosophe revêt dans cette enceinte et
à cette heure un caractère d'ironie. Les quarante mémoires lus par vous à cette tribune sont une protesta-
tion superbe et irréfutable contre l'arrêt de Victor
Cousin. Non, dans la famille des hommes dignes de

mémoire l'oubli n'a plus qu'une place étroite et disputée ; il devient un fâcheux que vous réprimandez avec véhémence, un importun que vous entravez sans merci. Je me trompe, l'entrave est la barrière d'un jour, et c'est trop peu pour vous que le triomphe d'un moment. On ne vous a pas surpris transigeant avec l'oubli. Vous l'avez chassé, bien chassé de mainte demeure d'artiste où il s'estimait chez lui. Encore vingt ans d'étude, d'investigations, de découvertes, de courageuse publicité, et c'en sera fait de cet hôte incommode : vous l'aurez banni à tout jamais de l'École française. Telle est la lutte volontairement assumée par vous ; telle la victoire qui s'annonce et se dessine ; tel sera le succès décisif dans un avenir prochain.

Il y a un peu plus de cent ans, sous le règne de Charles IV, roi des Deux-Siciles, à quelques pas de l'amphithâtre de Pompéi, récemment exhumé de ses ruines, non loin de la porte de Nocera, la pioche d'un ouvrier mit au jour un marbre sculpté. Ce marbre, très mutilé, n'était plus, à vrai dire, qu'un fragment Il représentait un *pied d'homme* adhérent à un débris de socle. Sur l'une des faces du socle on pouvait lire : *Arte, quies et honos !* Avec l'art et par l'art, le repos et l'honneur !

Quelle sentence, Messieurs ! Comme le maître anonyme, mort depuis vingt siècles, qui a gravé ces paroles sous son pied durable, a bien pensé ! *Arte, quies et honos !* La douce contemplation du beau, l'étude prolongée de la vie d'un Simon Marmion, d'un Hugues Sambin, d'un Lagouz, d'un Guybert, d'un Francin, d'un Jacques Morel, d'un Guillaume Arrode, des financiers amateurs d'art, vous le diriez mieux que moi, ont été pour vous la source fréquente de joies paisibles ; *Arte, quies!* Quant à l'honneur que le maître de Pompéi avait recueilli de son vivant, et dont il laissait aux temps à venir l'authentique et vibrant témoignage en leur léguant sa propre statue, vous l'avez acquis à cette Section des Beaux-Arts qui est votre œuvre collective, et les esprits délicats susceptibles de s'intéresser aux problèmes dont vous vous êtes épris reportent à qui de droit, n'en doutez pas, le mérite des solutions données par chacun de vous. *Arte, quies et honos.* Ce fut la devise d'un sage, et c'est la vôtre.

QUINZIÈME SESSION

(1891)

RAPPORT GÉNÉRAL LU LE 26 MAI

DANS LA SALLE DE L'HÉMICYCLE

A L'ÉCOLE DES BEAUX-ARTS

Monsieur le Président[1],

Messieurs,

Un philosophe de notre siècle, commentant l'œuvre de Platon, observe combien sont nombreux les interlocuteurs de Socrate dans le *Banquet*. Apollodore de Phalère et son ami, Agathon, Phèdre, Pausanias, Eryximaque, Aristophane, Alcibiade, prennent tour à tour la parole au cours de cet immortel dialogue sur l'Amour. Par contre, le *Phèdre* est un entretien discret entre deux penseurs. Mollement étendus sur l'herbe épaisse qui borde l'Ilissus, Socrate et Phèdre devisent, durant une journée, de l'essence et des caractères du Beau. Leurs pieds nus baignent dans l'eau du fleuve. Le ciel pur de l'Attique les enveloppe de ses chauds effluves ; un platane les abrite de son ombre ; le chant des cigales, amantes des Muses, se mêle à leur paisible débat, et les nymphes, filles d'Achéloüs, s'approchent de la rive pour mieux saisir les paroles alternées de

---

[1] M. Henry Houssaye, membre du Comité.

Socrate et de son disciple. Le philosophe dont je parle, frappé du contraste que présentent le *Phèdre* et le *Banquet*, en tire cette conclusion : « La science du Beau est le partage de quelques rares esprits ; plus rares encore sont ceux qui possèdent le privilège d'initier leurs semblables à cette science réservée. »

Que faut-il penser, Messieurs, de cette fière maxime ? Elle émane d'un philosophe. J'étais donc, je l'avoue, très enclin à tenir pour exacte une sentence tombée des lèvres du sage. Je ne songeais point à m'élever contre le jugement d'un esprit supérieur. Il me semblait que l'axiome formulé par le commentateur de Platon était l'expression juste de la vérité. Mais il m'a suffi de pénétrer dans cette enceinte pour me convaincre de mon illusion. C'est qu'en effet, ici, les Flandres, la Franche-Comté, la Bourgogne, la Provence, le Comtat, l'Anjou, toutes nos provinces françaises se montrent initiées à ce haut dialecte qui permet de parler couramment de l'architecture d'un portail, du style d'un triptyque, de l'origine d'un mausolée, du mérite esthétique d'une verrière ou d'une statue. Et si j'embrasse du regard votre assemblée, si je me reporte vers votre passé, les députés de nos provinces, habiles à parler du Beau, ne sont pas réduits, ainsi que l'avait annoncé le philosophe, à ne former qu'un groupe de quelques hommes. Les députés de nos provinces de France, qui prennent annuellement la parole à cette tribune sur l'essence ou les caractères du Beau, formeraient une légion. Auprès d'eux, les interlocuteurs de Socrate dans le *Banquet,* les convives d'Agathon, ne sauraient être mis en parallèle, tant leur nombre est restreint. On ne s'avise pas de tout. Les meilleurs esprits ne sont point à l'abri d'une déconvenue. Notre philosophe en est l'exemple. Il s'est évidemment trop hâté de rendre un arrêt contre lequel réclament votre nombre, vos travaux, l'éclat de la session qui s'achève. On ne peut que vous donner acte d'un appel si brillamment motivé. Oublions donc une sentence entachée d'erreur. Une fois de plus, Messieurs, l'Administration des Beaux-Arts est heureuse de vous souhaiter la bienvenue.

Pourquoi faut-il que je cherche inutilement dans cette réunion le franc visage de l'un de vos aînés, Eudoxe Marcille? Il était l'hôte assidu de cet Hémicycle aux Congrès précédents. Homme excellent, chercheur laborieux et délié, Eudoxe Marcille semble avoir partagé sa vie entre Orléans et Paris; mais y a-t-il partage où l'effort, la persévérance, s'appliquent au succès d'une même cause? Orléans est redevable pour une large part à Eudoxe Marcille de l'éclat de son Musée de peinture. Paris a vu votre confrère organiser l'exposition des œuvres de Prud'hon pour venir en aide à une noble infortune. Orléans a eu le dernier souffle, les dernières paroles de l'amateur dévoué qui, vous vous en souvenez, présidait, quelques heures avant de mourir, la Société des Amis des Arts. Paris s'était honoré, voilà douze années, à l'issue de la troisième session des Sociétés des Beaux-Arts, en attachant la croix de la Légion d'honneur sur la poitrine de cet homme de cœur, épris du beau, enthousiaste du bien. A ce titre, Messieurs, Eudoxe Marcille était notre vétéran. Son souvenir restera pour nous celui d'un ami.

« Je viens de chez Corot, je n'ai pu lui parler; il était enfermé dans son cabinet, occupé à composer une toque à la Sicilienne. »

J'extrais cette boutade d'une comédie longtemps
jouée au Théâtre-Français vers la fin du premier Empire. Ce Corot, tout occupé à préparer une toque à la
Sicilienne, « modiste » de la Cour, n'est autre que le
père de Jean-Baptiste-Camille Corot, l'interprète radieux de l'âme des sites.

M. Paul Mantz, directeur général honoraire des Beaux-
Arts, raconte que, dans la *Double méprise*, un roman de
Mérimée paru en 1833, l'auteur met en scène une
jeune femme qui a besoin d'une jolie robe, et, « comme
elle connaît les magasins à la mode, elle va l'acheter
chez Burty ». Ce Burty, marchand d'étoffes, n'est autre
que le père de Philippe Burty, membre du Comité des
Sociétés des Beaux-Arts, décédé le 10 juin 1890.

Je ne sais si j'ai raison d'évoquer le souvenir de
Philippe Burty dans cette salle de l'Hémicycle, car
M. Paul Mantz, au cours de sa notice sur son cama-
rade, parlant de certaines soirées romantiques dans la
rue du Petit-Banquier, où se retrouvaient MM. Claudius
Popelin, Bracquemond, Giacomelli, Jacquemart, rappelle que « Burty n'était pas le dernier à décocher sa
flèche contre l'École des Beaux-Arts ». Mais qui de nous
n'a pas été jeune ? Burty a été l'ami de Paul Huet,
l'avocat de Théodore Rousseau, à une époque où Rousseau avait besoin d'être défendu ; Burty a été l'éditeur
des lettres de Delacroix, le biographe de Froment-Meu-
rice, qu'il qualifie d'argentier de la ville de Paris, en
donnant un sens tout moderne au titre que Jacques
Cœur garde dans l'histoire. Il convenait donc de rappeler ici ces divers ouvrages, auquel le critique d'art, trop
longtemps captif du journalisme, méditait, quand la mort
l'a surpris, d'ajouter un livre définitif sur l'art japonais,

« L'étude des maîtres ne peut se séparer entièrement de leur biographie; mais c'est surtout la biographie morale et pittoresque qu'il importe au critique de connaître. Cette parole vous appartient. C'est votre confrère, M. Bougot, doyen de la Faculté des lettres, professeur d'histoire de l'Art à l'École des Beaux-Arts de Dijon et membre non résident du Comité, qui l'a formulée dans son *Essai sur la critique d'art*. Ne vous demandez pas si M. Bougot est resté fidèle à son principe lorsqu'il eut résolu de tracer quelques pages sur François Devosge, le premier maître de Claude Ramey, de Naigeon, de Petitot, de Prud'hon et de Rude. Observez, Messieurs, que j'appuie sur le cadre restreint dans lequel s'est volontairement renfermé M. Bougot. Ce n'est pas une biographie complète de Devosge que le doyen de la Faculté de Dijon est venu lire à cette tribune, ce ne sont que quelques pages. Et cependant, dès les premières lignes, l'auteur parle de son modèle en des termes qui ne laissent aucun doute sur la profondeur et l'étendue de son étude. Il définit Devosge « l'homme de bien, l'administrateur intelligent, le professeur dévoué, l'artiste consciencieux et correct qui sut comprendre, semble-t-il, ce qui lui manquait ». L'esquisse est achevée. On se sent en présence d'un historien maître de son sujet. Les divisions principales sont indiquées; les nuances n'ont pas échappé à l'œil pénétrant du philosophe. A vrai dire, le chapitre détaché, le fragment de la vie de Devosge que M. Bougot vous a communiqué constitue un ensemble. Il est l'histoire du prix de Rome à Dijon, de 1776 à 1787. Nous assistons aux épreuves, aux succès des pensionnaires des Etats de Bourgogne. Le tableau ne laisse pas d'être instructif et attachant. Mais

Devosge domine les concours qu'il prépare ; il intéresse plus encore que les concurrents. La faute, oserais-je dire, en est à M. Bougot. Nous réclamons de son savoir et de sa critique non plus un nouveau fragment, mais la vie intégralement racontée, l'histoire « morale et pittoresque » du fondateur de l'Ecole de Dijon. Un si grand nombre d'artistes de valeur font cortège aux deux hommes de génie, Prud'hon et Rude, dont François Devosge a été l'éducateur, que M. Bougot trouvera plaisir à les bien présenter. Traducteur du livre de Philostrate l'Ancien, *Une Galerie antique*, le biographe de Devosge aura le droit d'intituler l'ouvrage que nous lui demandons de composer : *Une Galerie moderne.*

Un homme d'esprit prétend qu'il suffit d'écrire lentement le titre d'un travail en préparation pour trouver incontinent le plan simple et logique de l'étude dont on s'occupe.

Ma plume se serait-elle ralentie en traçant le titre : *Une Galerie moderne ?* J'en ai peur, car un plan que je ne cherchais pas s'offre soudainement à moi, et je l'adopte. Il correspond à l'idée de galerie. C'est qu'en effet, à tout considérer, l'ensemble de vos communications forme comme un riche musée plein d'imprévu, où les grandes toiles alternent avec un pastel ou une miniature, les stalles d'église avec une pièce d'orfèvrerie, les hauts fragments d'architecture avec un émail champlevé. J'entre, je regarde, et j'échange avec vous mes impressions.

Voici tout d'abord un croquis. Il est signé de M. Émile Biais, correspondant du Comité à Angoulême. Le sujet n'en est pas banal. Nous avons sous les yeux un Delacroix provincial. Le peintre de la *Bataille de Taille-*

bourg nous apparaît dans la maison des gardes de la forêt de Boixe. Nous sommes en 1816, ou peu s'en faut. Delacroix partage ses jours entre la chasse et l'apprentissage de son art. Il a près de lui sa sœur, Mᵐᵉ de Verninac, et ses enfants. Entre temps, lorsqu'il a broyé lui-même ses couleurs sur une table de marbre, il brosse hâtivement le portrait du garde-chasse Fougerat ou celui de son propre neveu, Charles de Verninac; mais ce ne sont là que des amusements. J'aperçois dans l'angle de la pièce un tableau célèbre, *Dante et Virgile*, que Delacroix se dispose à envoyer au Salon. C'est dans la forêt de Boixe que fut peinte cette « barque » fameuse parvenue jusqu'à nous, le mot est de M. Biais, avec la fortune du maître. Certes, il faut le supposer, Delacroix n'était pas oisif en ces années lointaines. La maison des gardes, construite en moellons, était située non loin d'un bois sacré dédié jadis à Apollon. Je soupçonne Delacroix d'avoir fait preuve de déférence vis-à-vis du dieu de la lumière et de la poésie en évitant de chasser dans son bois, ce qui lui valut plus tard d'être choisi pour peindre, à l'honneur de ce dieu, le motif central, — M. de Chennevières a dit « le cœur » — de la galerie d'Apollon.

« Ingres intime » ainsi pourrait être désigné le portrait en pied du peintre de *Stratonice* que M. Jules Momméja, de la Société archéologique de Tarn-et-Garonne, a exécuté avec tant de labeur et de succès. Les dessins d'Ingres, déposés au Musée de Montauban, atteignent le chiffre de cinq mille. Des notes, des pensées, des confidences, des lettres entières, se trouvent tracées en marge ou au verso de ces pages précieuses. M. Momméja qualifie cet ensemble de « Mémoires dessinés ». Le mot

est juste, et il doit rester. Ce sont bien, en effet, des
Mémoires que ces profils de « Mimi Rotto », le matou, et
de « Bonhomme Rapin», le chien de garde de la villa
Médicis. Sur le portrait de David d'Angers dessiné à
Rome, Ingres a soin d'écrire «mon ami David ». Voici
quelques maisons fortifiées entourées de grands pins,
avec cette légende : « A Castello, chez Granet, avec
Mme Thévenin, Mme de la Valette, Mlle Claire Frim,
moi, ma femme. » Le feuillet le plus proche porte cette
sentence : « Pontormo est un peintre admirable dans les
petites figures. » Quoi de plus humain et de plus sensé
que ce dessin représentant Hercule appuyé sur sa
massue? Hercule, une note nous l'apprend, c'est le
peintre lui-même qui a conscience de son mérite et se
venge, dans le silence, des critiques absurdes ou
déloyales dont le *Martyre de saint Symphorien* est l'objet.
Mais les études sans nombre dont vous a parlé M. Mom.
méja révèlent chez Ingres l'insatiable désir d'atteindre
à l'idéale Beauté. En suivant votre confrère dans le
lumineux exposé qu'il vous a fait de l'incessant travail
du peintre de la *Source* aux prises avec la nature, je me
souvenais du mot de Newton : «Suis-je plus qu'un enfant
recueillant avec peine quelques coquillages sur les bords
de l'insondable océan de la Vérité?» Vous le constatez,
Messieurs, c'est sur les lèvres du génie que l'on surprend
le plus souvent l'aveu de l'impuissance humaine. Grave
leçon pour nous, hommes de courte vue et de petite
taille!

Aux études d'après nature succèdent des cartons de
verrières, des épures d'architectes. Mme Despierres,
correspondant du Comité à Alençon, vous a fait apprécier le talent de Jehan Lemoyne, maître de l'œuvre de

l'église de Notre-Dame d'Alençon, et de Pierre Fourmentin, « vitrier et bourgeois d'Alençon », qui, le
10 février 1530, acceptait d'exécuter « la bonne et suffisante victre historiée de l'Assomption » ; Bertin Duval,
autre verrier, arrive du Mans, et je le vois pressant le
pas afin de s'assurer la commande des vitraux de
l'*Annonciation* et de la *Descente de croix*. Complétant le
groupe de ces maîtres vaillants, Michel Fourmentin,
fils de Pierre, allume son four d'où sortira tout à l'heure
la verrière du *Sacrifice d'Abraham*. Ainsi la terre
normande, que déjà nous tenions pour belle et féconde,
ajoute à la liste de ses grands artistes les maîtres que je
viens de nommer, contemporains de Jean Goujon et
prédécesseurs de Nicolas Poussin.

M. Massillon-Rouvet, de la Société académique du
Nivernais, suspend auprès des verrières d'Alençon les
profils de la chapelle construite en 1197 sur l'ancien
pont d'Avignon, et le dessin fidèle du nouveau pont
érigé, d'après votre confrère, au quatorzième siècle. Je
serais heureux d'entendre Viollet-le-Duc élever la voix
dans cette enceinte pour défendre sur le point en litige
son opinion, qui n'est pas celle de M. Massillon-Rouvet. Ce
serait un plaisir d'assister à la rencontre de deux artistes
de mérite et bien informés. Les débats contradictoires
sont les plus fertiles en aperçus, en solutions définitives.
Mais Viollet-le-Duc n'est plus en mesure de combattre
ou de se laisser convaincre. La thèse de M. Massillon-
Rouvet a cela du moins de séduisant qu'elle est nouvelle. Nous pouvons, au surplus, prendre la route du
Comtat si le Mémoire que nous avons entendu laisse
subsister encore quelques doutes dans notre esprit.
Puisque les novateurs ouvrent des voies, c'est apparem-

ment dans le but d'entraîner à leur suite. M. Massillon-
Rouvet parle avec une persistance trop louable du pont
d'Avignon pour n'être pas flatté, s'il rencontrait un jour
ses auditeurs étudiant, à son exemple, les piles ou les
retombées des arches du monument vénérable dont il
s'est fait l'historien.

Quels sont ces plans tracés d'une main légère et signés
de M. Durieux, membre non résident du Comité à
Cambrai ? Ces plans rappellent les vestiges de la conciergerie, du logement abbatial et enfin d'une construction improprement désignée sous le nom de cloître à
l'abbaye cistercienne de Vaucelles. Fondée par Hugues
d'Oisy, vidame de Cambrai, l'abbaye de Vaucelles date de
1131. Les restes placés sous nos yeux ne sont guère que
des traces insaisissables, dans leur caractère roman, pour
tout autre que M. Durieux. Mais votre confrère, je dirais
volontiers votre doyen, tant sa fidélité à prendre part à
vos sessions depuis leur origine nous a rendu sa méthode
familière, est de ceux que l'étude prolongée n'effraye
pas. M. Durieux procède par inductions, puis il demande
aux documents, ce que ceux-ci ne lui refusent jamais,
de justifier ses calculs. C'est ainsi que la chronique de
Vaucelles, témoignant de la logique des prévisions de
M. Durieux, lui a permis de reconstituer le plan du
cloître construit de 1175 à 1179. Ce bâtiment, divisé en
trois travées par une double rangée de colonnes, renfermait à son extrémité la salle capitulaire et se trouvait
relié à l'église du couvent aujourd'hui détruite. Combien
de fouilles laborieuses M. Durieux n'aura-t-il pas pratiquées dans les archives restreintes de Cambrai pour
composer les nombreux Mémoires qu'il a lus dans vos
assemblées ! Mais Lessing m'interdit de le plaindre. A

quelqu'un qui osait lui dire qu'un labeur sans trêve
devait à la longue engendrer la lassitude, Lessing répon-
dait : « Si le Tout-Puissant tenait dans une main la vérité
et dans l'autre la recherche de la vérité, c'est à la
recherche que je donnerais ma préférence. » Beaucoup
d'entre vous, Messieurs, répondraient, je crois, comme
Lessing.

Nous voici en face de statues de la Renaissance française, conservées en Forez et réunies pour notre enseignement par M. Thiollier, de la Société historique et
archéologique la « Diana », à Montbrison. Trois de ces
statues représentent la Vierge. L'une est en marbre
français que les vieux auteurs désignent sous l'appellation d'albâtre; l'autre est en bois de noyer, la troisième
en pierre dure. Une statue de sainte Catherine, en
marbre, complète la série. Ces sculptures font grand
honneur à l'école française : elles sont du goût le plus
pur, du style le plus élégant. Sachons gré à M. Thiollier
de les avoir mises en lumière. Dans son admiration pour
ces belles œuvres, le délégué de la « Diana « s'est senti
troublé. L'Enfant Jésus de l'un des groupes objets de
son étude, traité avec inexpérience, a fait supposer à
M. Thiollier que deux artistes d'inégal mérite avaient
dû travailler au même ouvrage. Le maître aurait sculpté
la Vierge et le disciple l'Enfant. L'hypothèse est gratuite.
Que votre confrère se rassure. Le groupe qui l'inquiète
a ceci de curieux et d'intéressant qu'il fait toucher du
doigt le phénomène auquel nous ont accoutumé les
Flamands primitifs. Chez ces maîtres, la science du nu
retarde sensiblement sur la science des draperies. Con-
sultez les triptyques des Flandres anciennes : les Vierges
y sont traitées avec un art consommé, les donateurs sont

à l'abri de toute critique, et l'Enfant qui domine leurs
fronts inclinés est le plus souvent d'une incorrection
choquante. Ainsi en est-il dans le groupe que vous a
signalé M. Thiollier. Mais j'ai hâte de féliciter le délégué
de la « Diana » du goût dont il a fait preuve en accompa-
gnant son texte de planches multiples. Au dix-septième
siècle, Pierre Scalberge, graveur à l'eau-forte, s'avisa de
publier treize planches sur la statue équestre de Marc-
Aurèle. Heureux imitateur de Scalberge, M. Thiollier n'a
pas joint moins de vingt-cinq planches à son Mémoire.
Un pareil chiffre est éloquent; je dis plus, il est révéla-
teur. En effet, ces nombreuses estampes dénoncent la
séduction qu'exerce la sculpture sur votre collègue. Il
me semble le voir adoptant sans se lasser les points de
station les plus divers autour d'un beau marbre. C'est
bien ainsi qu'une page modelée doit être observée par
l'amateur ou le critique. Au reste, M. Thiollier n'a point
à regretter sa peine. La planche la plus achevée de son
riche album n'est-elle pas celle où sainte Catherine
debout, vue de dos, apparaît enveloppée dans son manteau, dont les plis droits et apaisés font songer aux
cannelures des colonnes d'Ionie, tandis que les
cheveux dénoués de la sainte semblent n'attendre
que la brise matinale pour flotter librement sur ses
épaules?

Lazaro Spallanzani, le célèbre anatomiste italien,
revenait, dit-on, d'un voyage géologique, lorsqu'une
tempête assaillit le vaisseau sur lequel il était monté.
Aussi longtemps que dura le péril, le savant, affolé, ne
cessa de courir d'une extrémité à l'autre du navire en
criant : « Sauvez mes pierres! » Ceci se passait sur les
côtes de Sicile en 1750. C'est en cette même année que

mourait le sculpteur lyonnais Michel Perrache. A
l'exemple de Spallanzani, Perrache a pu dire aux témoins
de sa dernière heure : « Sauvez mes pierres ! » Par
bonheur pour Perrache, MM. Lex et Martin, correspondants du Comité à Mâcon, se sont préoccupés du statuaire et de sa requête *in extremis,* car les hommes,
moins généreux que les flots du détroit de Messine, ont
dépouillé Perrache de son travail depuis un siècle et
demi. Le bas-relief de *Melchisedech offrant à Abraham
le pain et le vin,* sculpté par Perrache, a été injustement
attribué à Pigalle. Cette œuvre est dans l'église de
Saint-Pierre de Mâcon. MM. Lex et Martin n'ont pas
voulu que l'erreur se perpétuât. C'est avec des pièces
d'archives qu'ils ont établi les titres de propriété du
statuaire de Lyon. Désormais, la cause est entendue.
Pigalle est tenu de restituer le bien d'autrui. Vos collègues, Messieurs, le veulent ainsi.

Le temps respecte peu ce que l'on fait sans lui.

L'axiome est connu, il est juste; mais il y aurait
quelque témérité à espérer que le temps respectera
nécessairement les œuvres lentement produites. Inter-
rogez M. Denais, membre de la Société archéologique
du Gâtinais, qui a fait passer sous vos yeux la représentation de l'antique tombeau de René d'Anjou à la
cathédrale d'Angers. M. Denais vous l'a dit : « On tra-
vailla un siècle entier à ce monument. » Vaine flatterie
à l'égard du Temps : car sa main pesante a détruit pièce
à pièce et les blasons peints par Coppin Delf en 1472, et
les statues des gisants, le roi René et Isabelle de
Lorraine, sculptées par Jean et Pons Poncet, et le royal

squelette dont la couronne chancelante va rouler à
terre, conception macabre du peintre Gilbert Vandel-
lant, si même René d'Anjou n'en est pas l'auteur. Rien
ne subsiste plus, sauf de légers vestiges et un dessin de
Gaignières, de ce riche tombeau. Plusieurs fois des
mains d'artistes ont voulu relever ce monument. Il y a
cinquante ans, David d'Angers se proposait d'en être le
sculpteur. M. Denais en est aujourd'hui l'attentif historiographe. A qui appartiendra la gloire de faire succéder
l'acte aux paroles ?

Dans cette galerie si merveilleusement comprise,
que vous avez remplie d'œuvres rares pour l'enchan-
tement de notre esprit, vous vous êtes plu, Messieurs,
aux alternances les moins prévues. M. le chanoine
Dehaisnes, correspondant du Comité à Lille, instruit
sans doute de l'intérêt que vous prendriez à la contemplation rétrospective du tombeau de René d'Anjou, suspend devant vous deux compositions de Nicolas Froment,
le peintre favori du roi René. Ce sont la *Résurrection
de Lazare*, conservée aux Uffizi, et le *Buisson ardent*, de
l'église Saint-Sauveur à Aix. Mais M. Dehaisnes me
reproche de ne pas respecter la chronologie de ses
découvertes. Je reconnais ma faute et je la répare.
Votre collègue, Messieurs, l'historien savant et le bon
critique de Bellegambe et de Marmion, a entrepris de
vous faire connaître les maîtres incontestés de l'école
flamande primitive, c'est-à-dire les peintres, les sculpteurs, les miniaturistes flamands ou franco-flamands du
quinzième siècle. Dans ce but, M. Dehaisnes a visité
Dijon, Beaune, Lyon, Turin, Milan, Venise, Bologne,
Florence, avant de faire halte à Aix. Claux Sluter,
Rogier Van der Weyden, en possession de leur gloire,

Jean Bellegambe calomnié, les enlumineurs anonymes du bréviaire Grimani, dont les plus belles pages sont dues à Jean Memlinc; Gérard de Gandou, Van der Meire, Liévin d'Anvers ou Van Laethem, le grand tableau de Van der Goes à Santa Maria Nuova de Florence, ont reçu la consécration d'une réserve ou d'un éloge également décisifs de la main de votre confrère.

Est-ce Lucas d'Hoey, frère de Guillaume d'Hoey, qui a signé de ses initiales le tableau représentant le *Calvaire*, conservé dans une église de Gap et dont M. Roman, correspondant du Comité à Embrun, vous a décrit la composition et défini le style? L'œuvre porte le millésime de 1555. Peut-être sommes-nous en présence d'une peinture de l'Ecole gallo-florentine, furtivement emportée vers son lieu d'origine par quelque amateur jaloux de restituer à l'Italie ce que l'Ile-de-France n'était pas en droit de réclamer comme son patrimoine! Celui-là seul aura le droit de souscrire aux inductions de M. Roman, — sinon de les combattre, — qui pourra mettre en regard du tableau de Gap une page authentique de Lucas d'Hoey.

J'ignore s'il faut ajouter foi aux paroles de Vasari lorsqu'il raconte que Giacomo Raibolini, dit Il Francia, mourut de saisissement à la vue de la *Sainte Cécile* de Raphaël. Cette fin tragique donne à penser. La contemplation des belles œuvres peut donc n'être pas sans péril? Qu'adviendrait-il, Messieurs, je le demande, si l'un de vous venait à succomber dans les conditions particulières où est mort Raibolini? Quel exemple fâcheux! M. Léon Giron, membre non résident du Comité au Puy, est un investigateur infatigable. Voilà tantôt dix années qu'il scrute dans tous les sens la basse

Auvergne où le Gévaudan, à la recherche des peintures
murales de ces régions abruptes. Une légende l'a séduit.
Sainte Anne aurait visité la basilique de Notre-Dame du
Puy le lendemain de son achèvement. Emerveillée de
l'architecture du nouveau temple, elle résolut de susci-
ter la construction d'un sanctuaire en l'honneur de la
Vierge sur terre d'Auvergne. Elle prit en conséquence
le marteau du maître d'œuvre, oublié par mégarde,
et, se transportant sur le mont Durande, elle jeta
dans les airs l'outil merveilleux en prononçant le
distique :

> Où ce marteau cherra,
> Église on bâtira.

Pendant de longs mois, ajoute la légende, les anges
et les hommes mirent la main au nouvel édifice ; mais
les anges bâtissaient la nuit, et les hommes détruisaient
le jour le travail nocturne. Qui l'emporta ? Les bâtisseurs,
évidemment, puisque l'église de Sainte-Marie des Cha-
ses subsiste encore. Mais, on vous l'a dit, elle est encas-
trée dans le roc jusqu'à son chevet. C'est presque une
crypte. Quel ne dut pas être l'étonnement de M. Giron
lorsque, sur les murs de cette église mystérieuse, il
aperçut une représentation du Jugement dernier ! La
peinture, ancienne de sept siècles, avait triomphé de
l'humidité, de l'injure des hommes et du temps. Votre
confrère, maîtrisant sa surprise, a fidèlement relevé
cette scène archaïque qui est venue s'ajouter, dans le
Musée du Puy, à la riche collection des peintures murales de la Haute-Loire. Et déjà M. Giron se prépare à
des excursions nouvelles. Conseillons-lui, n'est-ce pas ?
de se garder des impressions trop vives devant les

pages inconnues, peut-être saisissantes, qu'il lui sera
donné de découvrir. Qu'il ait bien soin surtout de relire
Vasari ; qu'il songe au sort cruel du Francia !

Je ne sais rien de perfide comme une allusion. C'est
une lame affilée sous un voile de gaze. Il ne faut pas
jouer avec de pareilles armes. Il est vrai, tout le monde
n'est pas de cet avis. Observez les stalles de Bassac,
sculptées par Jean Lacoste, et que M. Biais a si heureusement restituées sous vos yeux. Les « miséricordes »
sont singulièrement ornées. Celle de la stalle du prieur
a pour emblème une tête de Bacchus. Voilà qui est trou-
blant. Sur la stalle de l'abbé, j'aperçois une tête de séra-
phin. Le symbole est de meilleur goût. Mais tout aussitôt
se succèdent une hure de sanglier, un canard, un coq, une
chauve-souris, etc. Sont-ce là vraiment des allusions ?
M. Biais, l'historiographe de l'église abbatiale de Bassac,
est pour l'affirmative. S'il en est ainsi, vous estimerez
sans doute, Messieurs, que Jean Lacoste, Frère bénédictin, l'auteur des stalles du monastère, avait le ciseau
frondeur. C'est lui, nous apprend M. Biais, qui avait
dessiné les emblèmes des « miséricordes » avant d'en
sculpter le bois. Et ces choses se passaient en 1700. Si
du moins nous pouvions refouler Jean Lacoste jusqu'au
moyen âge, nous invoquerions à sa décharge la naïveté
de ces temps lointains, des traditions populaires dont le
sens nous échappe. Mais au début du dix-huitième
siècle, Jean Lacoste nous semble cruel dans le choix des
ornements dont il fait usage à Bassac. En revanche, ceux
qui l'ont surveillé durant l'accomplissement de son
œuvre railleuse ont fait preuve d'une rare mansué-
tude.

Vous avez gardé le souvenir du singulier penchant

26

de l'ami de Fontenelle, le géomètre Varignon? Ce savant prétendait que les feuilles d'un arbre agité par le vent revêtent pour l'œil du mathématicien le caractère de formules algébriques. A l'en croire, Varignon aurait trouvé la solution de plus d'un problème dans l'étude prolongée des figures changeantes produites sous l'action de l'air par les branches éminemment flexibles d'un peuplier. On ne s'est pas fait faute, vous le pensez bien, de taxer de bizarrerie le profond géomètre. Soyons plus cléments envers lui. M. le docteur Pissot, président de la Société des Sciences et Beaux-Arts de Cholet, fait appel à votre respect. Il vous défend de sourire de son devancier. Votre confrère serait-il géomètre? Non, le rôle de critique lui suffit. Mais il a fait passer sous vos yeux des fragments de statue, découverts il y a quinze ans dans les fondations de l'abbaye de Bellefontaine. Ces fragments étaient frustes. Le regard d'un profane les eût dédaignés. M. Pissot, doué de seconde vue, n'a pas hésité à reconnaître dans les morceaux de pierre exhumés par les Trappistes une Vierge autrefois peinte et dorée, dont l'exécution remonte au treizième siècle. Sans perdre une heure, le président de la Société des Beaux-Arts de Cholet, recourant au ciseau d'un sculpteur habile, M. Biron, a eu la joie de résoudre le problème qu'il s'était posé. La statue est aujourd'hui reconstituée. Y a-t-il donc tant de distance entre les découvertes de l'ami de Fontenelle et les présomptions justifiées de M. Pissot?

Montaigne conseillait à ses amis de « retirer leur âme de la presse ». La presse, ici, c'est la foule, le bruit, le tumulte. Un homme qui aura scrupuleusement suivi le précepte de Montaigne, n'est-ce pas votre collègue,

M. Godard-Faultrier, membre non résident du Comité à
Angers, le doyen des fondateurs de Musées et l'exemple
des travailleurs modestes et patients ? Qui de vous l'a
vu, et, par contre, qui de vous ne l'a pas applaudi ? Sans
quitter sa province, son Musée, je pourrais dire son
foyer, tant il a fait des galeries de l'ancien hôpital Saint-
Jean sa demeure quotidienne, M. Godard ne cesse pas
de prendre part, malgré son âge, à vos sessions
annuelles. S'il tient à « retirer son âme de la presse »,
il estime qu'il vous doit le tribut régulier de ses études.
Cette fois, son tribut se compose d'une porte sculptée
et d'une monstrance. D'où provient cette porte dont le
vantail est décoré de figurines de saints, très méplates,
placées dans des niches au relief adouci ? Tout ce qu'on
en peut dire, c'est que l'œuvre est curieuse, de bon style,
et date du seizième siècle. La monstrance, également
remarquable, est de la même époque. En dépit d'une
inscription placée sous le pied de la pièce d'orfèvrerie
et qu'accompagne le millésime de 1566, on peut admettre
que l'œuvre fut exécutée aux environs de l'an 1500. Le
travail est italien. L'inscription renferme un nom de
lieu : Bucinago. Des Français aimeraient à traduire ce
mot par Buzancy ou Buzançais, mais il y faut renoncer.
La monstrance du Musée d'Angers n'est pas l'ouvrage
d'un artiste de l'Indre ou des Ardennes ; il est prudent
de l'attribuer à quelque orfèvre des environs de Buccia-
nico ou Buchinico, localité napolitaine.

Une constatation douloureuse ! Paris est en passe
d'être distancé par Marseille dans l'exécution d'un projet somptueux. C'est à M. Parrocel, membre non résident
du Comité, que je dois d'être instruit des faits. M. Parrocel a été depuis plus de trente ans l'historien de l'Art

dans sa belle province. Nombre de ses volumes se présentent aux curieux sous le titre générique : *l'Art dans le Midi*. Mais voilà que votre confrère ajoute à son titre préféré un adjectif plein de promesses. Ses écrits d'hier et de demain porteront à leur frontispice : *l'Art dans le Midi illustré*. Jusqu'ici, Marseille n'est pas absolument en avance sur Paris. Sans doute, mais je ne vous ai pas tout dit. Votre confrère n'en est point aux prolégomènes de son discours. Il a réalisé, dans une large mesure, le plan qu'il s'est imposé. Un vaste album apporté par M. Parrocel vous a fait juges des sacrifices consentis par l'édilité marseillaise pour conserver, dans une suite de planches très précieuses, des vues du vieux Marseille. Les anciennes voies, les maisons détruites en 1861, lors du percement de la rue Impériale, sortent de l'ombre et de la ruine pour reprendre leur aspect d'autrefois. Telle est la publication provençale suscitée, surveillée, conduite par M. Parrocel, qui me fait regretter que les vues du vieux Paris, conservées au Musée Carnavalet, à l'état de clichés photographiques, ne puissent être placées dans toutes les mains. Combien de tableaux oubliés charmeraient le regard de l'érudit parisien ! L'exemple qui nous vient de Marreille mérite d'être suivi. Quoi qu'il advienne, Messieurs, c'est l'un des vôtres qui aura donné cet exemple en y consacrant ses heures, ses forces, son goût exercé. Pourquoi toutes les grandes villes de France n'auraient-elles pas un jour le livre d'or de leur splendeur ou de leur misère passées, à l'instar de Marseille ?

Je sens votre impatience; la mienne n'est pas moins grande. *De minimis non curat prætor,* murmure quelque latiniste dans cette enceinte. J'entends bien, les choses de second ordre veulent être passées sous silence. Nous sommes d'accord. Mais dans l'opulente galerie que je parcours, chacun de vous se tient auprès de son tableau ou de sa vitrine, et je ne puis moins faire que d'encourager du regard ou de la voix chaque exposant. Presser le pas et fermer les yeux serait discourtois. Je ne puis m'y résoudre.

M. Pérathon, correspondant du Comité à Aubusson, a vraiment composé avec beaucoup d'art sa collection d'objets anciens : une cuve baptismale en granit, du treizième siècle, un calice émaillé, un groupe de sainte Anne, la cloche de l'horloge, trois œuvres du seizième siècle, le reliquaire de Saint-Barbery, exécuté au début du dix-septième siècle, s'ajoutent aux pièces de prix que les fabriques ou les collectionneurs de la Creuse ont momentanément prêtées aux expositions rétrospectives de ces dernières années.

M. Déchelette, correspondant du Comité à Roanne, organise chaque année une sorte d'exposition régionale d'objets d'orfèvrerie. Au retour du printemps, votre confrère prend le bâton du voyageur et s'en va frapper à la porte de toutes les églises d'un arrondissement. Cette fois, c'est l'arrondissement de Montbrison qu'il a visité en pèlerin de l'art. Cinq cantons différents l'ont vu rédigeant ses notes, scrutant la valeur esthétique, fixant l'époque d'exécution, cherchant à nommer l'artisan des croix processionnelles, des calices, des châsses, des reliquaires qu'il lui a été donné de découvrir. La plupart de ces œuvres de prix datent du seizième siècle. Quel inventaire admirable des œuvres d'art que possèdent les plus humbles « trésors » on pourrait dresser dans toute la France, si M. Déchelette trouvait une centaine d'imitateurs de sa méthode et de son zèle!

Nous entrons, sur les pas de M. Leymarie, correspondant du Comité à Limoges, dans les buanderies et les cuisines des paysans de l'arrondissement de Bellac. Qu'allons-nous voir en de pareils endroits ? Des cuviers à lessives, des vases de ménage, des salières ou des vinaigriers. Et l'homme, que l'on croit, bien à tort, un être ondoyant et divers, trahit dans l'exécution de ces pièces de céramique sa fidélité aux traditions gallo-romaines! Les poteries dont s'est occupé votre confrère, invariablement fabriquées à la main, sont décorées sans le secours d'aucun outil. Or, entre l'hydre gallo-romaine et la cruche modelée de nos jours dans les régions méridionales explorées par M. Leymarie, il existe une sorte d'identité. L'étude très originale du correspondant du Comité laisse rêveur sur la diffusion rapide du progrès et des procédés nouveaux, mais elle est de nature à satisfaire les partisans de l'atavisme.

Une collection m'arrête. C'est M. le chanoine Pottier, président de la Société archéologique de Tarn-et-Garonne, qui en est le gardien. J'y vois trois coffrets décorés d'émaux champlevés de Limoges. M. Pottier sait mettre en lumière les moindres détails de l'ornementation de ces coffrets. Il nous initie à la technique de ces fins ouvrages. Reprendre la description de ces reliquaires est une tâche délicate après l'énoncé concis, et cependant plein de précision, que vous avez recueilli des lèvres de M. Pottier. S'il advenait pourtant que le signalement donné par M. le président de la Société archéologique de Montauban perdît de sa netteté dans votre esprit, ne négligez pas de recourir au compte rendu de la session. Pénétrez-vous des particularités qui distinguent ces objets d'orfèvrerie, car l'une de ces œuvres rares a d'abord passé entre les mains d'un brocanteur ; elle est devenue un objet vénal ; aujourd'hui quelque amateur détient sans doute le coffret en question sans en soupçonner l'origine. Sera-t-il jamais possible de rapatrier le fugitif ? On ne peut témoigner, assurément, d'une trop grande sollicitude à l'endroit de la richesse des départements ou des communes. N'oublions pas que l'État se fait gloire d'être en toutes circonstances le tuteur des plus humbles localités au point de vue de l'inaliénation des œuvres d'art.

Philippe de Champaigne eut une fille religieuse à Port-Royal. Le portrait de cette jeune femme, peint par son père, est au Louvre. Une fille de Quentin Warin prit le voile chez les Ursulines d'Amiens. Le peintre qui eut l'honneur d'instruire Nicolas Poussin ne nous a pas conservé l'effigie de Madeleine Warin. Il convenait donc que des mains attentives suppléassent le pinceau distrait du vieux maître. M. le marquis de Chennevières, le premier en date, prit une toile de bonnes dimensions et, d'un trait appuyé, esquissa la silhouette de Madeleine dans le tableau qu'il a consacré à l'intérieur de Quentin Warin. Ce tableau fait partie de la galerie des *Peintres provinciaux*, un livre original et précieux. Après M. de Chennevières, qui lui-même a de nouveau semé quelques croquis sur Warin et sa fille dans la *Revue de l'Art français*, M. Stein, mettant à profit les études de MM. Boulenger et Dubois, membres de la Société des Antiquaires de Picardie, a précisé le dessin de son devancier. Mais il appartenait à M. Robert Guerlin, secrétaire de cette même Société des Antiquaires de Picardie,

de parachever l'ébauche. M. Guerlin a déroulé devant
vous de fines broderies exécutées par les Ursulines
d'Amiens, au dix-septième siècle. Or, le dessin de ces
travaux délicats a été fourni par Madeleine Warin, née
en 1611, entrée au couvent à l'âge de seize ans et morte
à trente-six ans. Fille et petite-fille de peintres, Madeleine était apte à se servir alternativement du crayon,
de l'aiguille ou du pinceau. La mort, trop prompte à
l'atteindre, ne lui a pas permis de peindre elle-même
les sujets dont la composition lui appartient. Qu'importe, si les chaperons, les devants d'autels ou les voiles
de pupitres brodés d'une main savante attestent la pré-
coce initiation de l'enfant aux secrets des arts du dessin
sous la haute maîtrise de Quentin Warin ?

Madame de Saint-Simon ayant été désignée par
Louis XIV, en 1710, pour être dame d'honneur de la
future duchesse de Berry, le duc, son mari, s'efforça de
combattre la décision du Roi, le poste de dame d'honneur n'étant pas agréable à la duchesse. On peut s'en
fier à l'humeur caustique de l'auteur des *Mémoires* pour
être assuré qu'il plaida la cause de sa femme avec une
entière franchise. L'un de ses arguments fut que « si
l'on ne veut pas hasarder brouillerie, il ne faut entrer
nulle part sur le pied gauche ». Nous sommes tous de
l'avis de Saint-Simon. Et cependant combien d'artistes
des deux derniers siècles sont entrés sur le pied gauche
dans l'arsenal de Toulon ! Demandez à M. Ginoux,
correspondant du Comité, le singulier tableau des ouvrages exécutés après adjudication par les sculpteurs
Garcin, Levray, Langueneux, les peintres de La Rose
et Louis Vanloo. Eh quoi ! l'art au rabais ? les rondes
bosses au mètre cube ? les peintures à la toise ? C'est à

n'en pas croire ses oreilles et ses yeux. Certes, cette procédure a fait son temps. Ne nous avisons point d'en demander le retour. Si l'on mettait jamais, à notre époque, les travaux d'art en adjudication, seuls les ignorants besogneux ou les vaniteux sans vergogne brigueraient les commandes de l'Etat. Comment expliquer les résultats heureux obtenus pendant un siècle et demi par le maintien de cette coutume étrange et, somme toute, blessante ? On nous avait dit que les artistes provençaux étaient de difficile humeur. Il n'y paraît guère, car la discipline à laquelle ils se sont soumis et les superbes décorations du *Royal-Louis*, de la *Thérèse*, du *Brézé*, autant de galères opulentes dont l'histoire a gardé le souvenir, témoignent du désintéressement des habiles peintres ou des sculpteurs de ces riches bâtiments. Sans doute il y eut des jours difficiles dans certains ateliers de l'arsenal ; mais, en dépit des mécomptes, conséquence inévitable de rabais imprudemment acceptés au moment des enchères, les artistes du port de Toulon n'ont pas cessé de coopérer à l'éclat de notre marine d'autrefois, au faste, à la suprématie, à la gloire de l'ancienne France. Honneur donc à ces généreux adjudicataires !

Patience, Messieurs ! nous atteignons l'extrémité de la galerie. Les toiles, les miniatures sur lesquelles, tout en pressant le pas, nous poserons le regard, sont des portraits. Hâtons-nous. J'ai conscience que cette incidente aidera ceux de mes auditeurs dont je ne dois plus parler à prendre courage. Quant à ceux dont je n'ai rien dit encore, qu'ils se rassurent, je me propose d'être bref, mais cependant sans trop abréger.

Celui-ci, des Silva
C'est l'aîné, c'est l'aïeul, l'ancêtre, le grand homme,
Don Silvius, qui fut trois fois consul de Rome.

Je me trompe. En entrant dans cette salle de portraits qui nous reste à parcourir, je me surprends à répéter par mégarde le début de la scène fameuse entre don Ruy Gomez et don Carlos. C'est un oubli. Reprenons. Celui-ci, c'est Ferrier Bernard, sculpteur d'Avignon. Il nous est présenté par M. l'abbé Requin, correspondant du Comité. Né dans le diocèse de Toul, au quinzième siècle, Ferrier ou Frédéric Bernard prit un jour la route du Comtat, sans qu'il soit possible de suivre sa trace dans les différentes villes où il séjourna, auprès des maîtres dont il reçut les leçons. Ces maîtres, il faut le croire, furent des hommes de haut mérite, car leur disciple est lui-même un brillant artiste. Les statues du portail de Saint-Agricol exécutées en 1489 ; le tombeau d'Antoine Gardini, seigneur de Fargues ; celui d'Antoine de Comis avec son gisant, ses pleurantes, les ornements polychromes du peintre Jean Grassi, et les figurines surmontées de dais délicatement fouillés, placèrent Ferrier Bernard hors de page. Il devint le maître d'œuvre des consuls, le sculpteur officiel de la ville aux approches de l'an 1500. Puis le silence se fait autour de l'artiste. On ignore ce qui l'occupe, où il va. Ne le demandez pas. Ferrier Bernard n'est point nomade. Il est resté fidèle à sa ville d'adoption. Toutefois, les consuls traitent volontiers avec un émule de notre statuaire, le sculpteur Gentil. Par suite, Bernard est délaissé. Les travaux officiels dont il s'acquittait na-

guère, prenant à forfait le percement d'une porte ou la
construction d'un édicule qu'il savait revêtir d'emblèmes de haut style, passent en d'autres mains. Mais
vienne l'année 1509, le vieux maître veut assurer le
séjour de ses proches dans la ville d'Avignon. Il loue
« une maison dans la rue Saint-Marc, avec boutique,
cour et chambre », et c'est dans cette chambre qu'il va
dicter son testament, le 20 août 1510, entouré de sa
femme Marguerite, de son fils, de ses filles et d'un petit
groupe d'amis, parmi lesquels se trouvent Nicolas Gasc
et Jean Chinard, deux maîtres maçons avignonnais
d'un certain renom. Ce portrait de Ferrier Bernard, car
c'est un portrait, a été entièrement composé par M. Requin à l'aide de pièces inédites, puisées en grande partie dans des minutiers de notaires. Ne nous troublons
pas si le contour sur certains points reste indécis.
M. Requin n'est pas homme à se rebuter. Ce qu'il ne
peut dire encore, il l'apprendra bientôt. Faites-lui
crédit d'une année. C'est plus qu'il ne réclame pour
mettre la dernière main à son étude sur le sculpteur
avignonnais.

Les maîtres de ce siècle seraient-ils pour la plupart
d'ancienne race ? Pourquoi non ? Jean Chinard, en 1510,
est peut-être un aïeul de Pierre Chinard, le sculpteur
lyonnais ? Antoine Sigalon, le potier nimois, né vers
1524, n'est-il point un ancêtre de Xavier Sigalon, l'auteur de cette robuste copie du *Jugement dernier* de
Michel-Ange, pieusement conservée dans les murs de
cette Ecole ? M. le docteur Puech, de l'Académie de
Nimes, a voulu être le portraitiste d'Antoine Sigalon.
C'est le 25 avril 1548 que le céramiste obtient le droit
de construire des fours et de fabriquer des poteries

selon son gré. Un an plus tard, il épouse Catherine Pastoret. Il a donc un atelier et un foyer. On peut croire que la vogue fut rapidement acquise à ses produits. Le digne artisan travaille « à la mode de Pise ». C'est sa spécialité. Elle lui réussit. En 1557, le Chapitre de Nimes, désireux d'offrir de la vaisselle de terre à M. de Villeneuve, conseiller au grand conseil, se rend chez Sigalon. C'est lui qui reçoit la commande du présent que veulent faire MM. les chanoines. On lui écrit de très loin. Sa renommée est assise. Les plus riches apothicaires lui demandent de luxueuses poteries. Toutes les fées bienfaisantes le protègent. Il jouit de cet instant rapide où le succès, la fortune couronnent furtivement une vie de dur labeur. Hélas ! la tranquillité de Sigalon fut éphémère. La guerre intestine éclata. Les luttes religieuses, en divisant les esprits, furent un ferment de ruine. En 1571, les fours du céramiste n'étaient plus qu'un souvenir ! Pour avoir été le contemporain de Bernard Palissy, Antoine Sigalon n'est point son égal. Il reste un maître de second plan ; mais ses pièces décorées d'émail stannifère, ses coupes, ses aiguières, ses bassins figurés et à façon d'argent sont aujourd'hui recherchés par des amateurs tels que le baron de Rothschild ou le duc de Dino. Il était désirable que le céramiste nimois trouvât un biographe, et M. le docteur Puech a tenu à remplir cet office.

De M. Tancrède Abraham, correspondant du Comité à Château-Gontier, aquafortiste distingué, vous n'attendiez pas moins qu'une eau-forte. Elle est sous vos yeux. Pierre-André Le Suire et sa femme, née Justine Corranson, l'un et l'autre miniaturistes, se détachent sur la planche de petites dimensions de votre confrère.

C'est au Musée de Laval que M. Abraham a eu la révélation du talent des Le Suire, et c'est au conservateur
de ce Musée, M. Daniel Oelhert, que la ville de Laval
doit de posséder toute une collection de peintures sur
ivoire ou sur émail exécutées par Le Suire ou sa femme.
M. Abraham, ayant à cœur de compléter l'œuvre de
M. Oelhert, a voulu reconstituer l'histoire des Le Suire.
Il y est parvenu. C'est ainsi qu'il vous a signalé, parmi
les ascendants de son modèle, un premier peintre de
Catherine II et un orfèvre de Rouen. A côté des artistes
du nom de Le Suire, nous coudoyons des généraux, des
administrateurs, voire même un écrivain, plus fertile
que recommandable, auquel Voltaire a décoché quelques
flèches barbelées qui ne firent qu'effleurer l'épiderme
en le caressant. Si Voltaire était fin, son correspondant
n'était que vaniteux. Il prit de la meilleure foi du
monde des railleries pour un éloge. N'insistons pas. Les
renseignements biographiques sur Pierre-André le miniaturiste sont assez rares. Une correspondance volu-
mineuse que M. Abraham eût été heureux de consulter
entre les mains de son détenteur est actuellement éga-
rée! Quand donc les possesseurs de documents sur l'art
se montreront-ils soucieux des trésors dont ils ont la
garde, en se rappelant le mot de Virgile à leur adresse :
sua si bona norint !... Mais à défaut de longues notes
historiques, M. Abraham vous a communiqué ses ré-
flexions, ses aperçus, ses critiques sur les miniatures
de Pierre-André et de sa femme. Cette fois ce sont bien
des éloges et non des railleries que la plume d'un connaisseur et d'un praticien a décernés aux Le Suire.

On demandait à Newton quel était le secret de ses
grandes découvertes. Et le philosophe de répondre : « J'y

pense toujours ! » Est-ce à dire qu'une pensée patiente
nous permettra jamais d'égaler Newton ? Nul n'y songe.
Toutefois, il n'en demeure pas moins vrai que la persé-
vérante application de l'esprit est un levier puissant.
Les Woeiriot nous étaient connus. M. Albert Jacquot,
correspondant du Comité à Nancy, a parlé ici même de
ces orfèvres graveurs lorrains. Mais, en y pensant toujours, votre collègue a eu la joie de compléter l'histoire
de ses artistes de prédilection ; il a fixé des dates, établi une chronologie, restitué des œuvres et sur beaucoup de points prononcé en termes décisifs. La peine,
les déplacements, les moulages, les transcriptions fasti-
dieuses, les négociations difficiles, il s'est tout imposé
dans le désir de faire la pleine lumière sur les Woeiriot.
On l'a vu à Neufchâteau, à Metz, à Epinal, poursuivant son enquête avec la ténacité, le flair d'un magistrat instructeur. A Epinal, il a la bonne fortune de
mettre la main sur un manuscrit de Charles-Joseph
Woeiriot, dans lequel cet artiste raconte, à la fin du
dernier siècle, le passé de sa maison ! Aussi M. Jacquot
est-il en mesure d'ajouter aux études de ses devanciers :
Dumesnil, Meaume, Ambroise Firmin-Didot et Duplessis.
Naturellement, Pierre II Woeiriot domine tous les
siens, aïeux ou descendants : en lui se résume la gloire
du nom. Il était, par suite, intéressant de joindre à sa
biographie le catalogue de son œuvre. M. Jacquot l'a
compris. Son texte historique, qui embrasse plusieurs
générations de Woeiriot, a pour appendice un livret
abrégé, trop succinct peut-être, des nombreuses pièces
gravées par Pierre II.

Sous la signature de M. Henri Stein, correspondant
du Comité à Fontainebleau, j'aperçois une scène curieuse.

Philippe de Champaigne en est l'acteur principal. Il
nous apparaît dans le grand parloir de « l'abbaye de
Port-Royal, Ordre de Cîteaux, transférée au faubourg
Saint-Jacques ». Nous sommes au 19 mai 1659. Que
vient faire le peintre en cette demeure ? Il vient, accom-
pagné de deux « notaires gardes-notes du Roy au Châtelet de Paris », offrir aux dames de Port-Royal, « en considération de Sœur Catherine de Sainte-Suzanne, sa
fille, religieuse professe dans la maison, 8 livres 10 sols
de rente de bail d'héritage », avec les arrérages échus
depuis un certain nombre d'années, et, « une somme
de 35 livres 1 sol 6 deniers » dont une sentence du
Châtelet l'a fait bénéficiaire. Cette donation est acceptée
par l'abbesse, les sous-prieures et la cellerière, ainsi
que par les religieuses professes de l'abbaye, toutes
assemblées « au devant de la grille du grand parloir ».
La remise des pièces judiciaires et de l'acte notarié
ayant eu lieu, les religieuses remercièrent le donateur,
et Philippe de Champaigne se retira. De leur côté, les
habitantes de l'abbaye quittèrent le grand parloir pour
se répandre par petits groupes sur le préau. Vous n'en
doutez pas, la fille du peintre se trouva bientôt fort
entourée. On la pressa de questions. Cette libéralité de
Philippe de Champaigne intriguait tous les esprits. Les
imaginations étaient en travail ; les langues allaient
leur train. Il fallut bien que Sœur Suzanne révélât l'origine de la donation faite au profit de l'abbaye. Et la
jeune femme raconta ce qui suit : Nicolas Duchesne,
peintre du Roi, avait trois filles, Geneviève, Denise et
Catherine. Duchesne mourut en 1641. Ses filles étaient
mineures. Philippe de Champaigne consentit à être le
tuteur des trois enfants. A quelque temps de là, Mar-

guerite Jacquet, veuve de Nicolas Duchesne, accorda sa
main à Me Claude Collin, contrôleur des bois en Champagne. Les fillettes avaient grandi. La sollicitude de
Champaigne gagna leurs cœurs. Elles virent en lui un
second père, et la fille de Champaigne qui devait un
jour entrer à Port-Royal fut regardée par elles comme
une sœur aînée. Champaigne eut le constant souci des
intérêts de ses pupilles. Avait-il affaire à de mauvais
créanciers, il plaidait. Or, il advint qu'une rente sur
laquelle les filles de Nicolas Duchesne n'avaient plus le
droit de compter fit retour entre leurs mains et vint
grossir leur patrimoine. Celles-ci, dans leur reconnaissance, voulurent que leur tuteur acceptât la somme
recouvrée et la fît sienne. Grand embarras. Champaigne
était trop généreux pour souscrire au caprice des trois
enfants. Il refusa. Grande déception. C'est alors que les
pupilles du maître songèrent à celle qu'elles appelaient
leur aînée. Elles ourdirent un complot. L'offre que dé-
clinait Champaigne serait faite « en considération de
Sœur Catherine de Sainte-Suzanne, sa fille », à l'abbaye
de Port-Royal des Champs. Et les choses se passèrent
ainsi. Remercions M. Stein de ce délicat pastel.

Les anciens prétendaient que l'air ambiant de l'Attique
rendait philosophe. L'atmosphère respirable dans la
maison de Philippe de Champaigne rendait peintre.
M. Goovaerts, de la Société archéologique du Gâtinais,
s'est souvenu de ce phénomène, et il vous a demandé
le droit de suspendre sous vos yeux le profil de Jean-
Baptiste de Champaigne, neveu du maître. Pourquoi
non ? Jean-Baptiste a droit de cité partout où il est
question de peinture. La consonance de son nom sup-
plée aux lacunes de sa palette. Il est de haute lignée,

cela suffit. Nous prenons donc intérêt à bien connaître
la date et le lieu de sa naissance, l'époque de son mariage
avec Geneviève Jehan, nièce de Philippe de Champaigne et par conséquent cousine de Jean-Baptiste.
M. Goovaerts a découvert le contrat de mariage de
l'artiste. C'est une pièce curieuse. Le testament de Jean-
Baptiste n'est pas moins instructif. Le premier de ces
documents nous montre les nouveaux époux habitant
le propre foyer de Philippe, que Jean-Baptiste se plaît,
en toute occasion, à nommer son « bienfaiteur ». Les
largesses du maître porteront leurs fruits. Jean-Baptiste
en mourant fit un legs à son filleul, le peintre de Platte-
Montagne et ordonna d'abondantes aumônes au profit
des pauvres de la paroisse Saint-Louis, sans oublier une
fondation à l'abbaye de Port-Royal des Champs. C'était,
convenons-en, se montrer fidèle aux traditions libérales
de Philippe de Champaigne.

Diderot conseillait à l'un de ses amis de se défendre
du sophisme de l'éphémère. Autant vaut-il dire que l'on
ne doit pas se complaire dans ses ouvrages, car il n'est
œuvre humaine qui ne soit caduque. Simon Vollant,
l'ingénieur de la Porte des Malades, dite aussi la Porte
de Paris, dans la ville de Lille, et dont M. Quarré-
Reybourbon, de la Commission historique du Nord,
nous a présenté le portrait, a peut-être cédé de son
vivant au sophisme de l'éphémère. Je le lui pardonne.
Tout le monde n'a pas été le collaborateur de Vauban ;
tout le monde n'a pas dirigé des équipes de six mille
ouvriers. Or, tel fut le destin de Simon Vollant. Louvois
le prend pour arbitre. Louis XIV l'anoblit. Il est l'artisan
de fortifications, de canaux et d'aqueducs, autant de
choses durables ; il est l'architecte d'un arc triomphal, la

28

Porte de Paris, qui semblait devoir subsister durant de longs siècles, et voilà qu'après deux cents ans à peine le principal édifice élevé par Vollant s'effrite et tend vers la ruine. M. Quarré vous a dit les résolutions contradictoires prises au sujet de ce monument depuis 1860. Combien de fois n'a-t-il pas été menacé de destruction totale! Mais la ville de Lille veut être clémente à Simon Vollant. La gloire du vaillant homme cesse aujourd'hui d'être en péril. L'arc triomphal érigé par ses soins et d'après ses plans sera prochainement restauré. Il était juste, n'est-il pas vrai, que Lille voulût sauvegarder un édifice construit jadis aux frais du Trésor et qui rappelle l'époque de son annexion à la patrie française?

Des Flandres, dirigeons-nous vers l'Aquitaine. M. Brouillet, correspondant du Comité à Poitiers, s'est fait auprès de vous l'introducteur des Girouard. Les Girouard sont des sculpteurs. L'ancêtre est Jean Ier. Il habite Poitiers avant 1650. Sa demeure est située rue des Trois-Piliers, sur la paroise Saint-Porchaire. Il a quatre fils, Jean II, Pierre, Joseph et Jacques, tous sculpteurs à l'exemple de leur père. Jean II sera le plus célèbre. Toutefois, Jean Ier, chargé de la décoration du portail de l'ancienne Juridiction consulaire, en 1644, a sculpté sur les rampants du portail les statues de la Justice et de la Prudence. L'attitude, le mouvement, l'expression de la Prudence dénotent une main savante et un sens très fin de l'art plastique. Jean Ier a sculpté la pierre. C'est également en pierre que Jean II exécutera la statue pédestre de Louis XIV pour la ville de Poitiers. Cette œuvre date de 1687. Elle a grande allure, c'est du moins ce que nous révèlent les estampes du temps, car un seul fragment de l'effigie triomphale subsiste aujourd'hui. En

confiant à Jean II Girouard l'exécution de la statue de
Louis XIV, les Poitevins faisaient preuve de goût. En
effet, les contemporains du sculpteur tenaient sa personne et son mérite en haute estime. Des pages signées
de noms fameux dans la région, exhumées par M. Brouillet,
attestent le renom de l'artiste à son époque. M. Brouillet
lui-même, directeur du Musée de Poitiers, se serait-il
attardé à retracer la vie de Jean Girouard si celui-ci
n'avait pas droit à notre attention? Le docteur Förstemann, dont l'opinion fait autorité en matière d'étymo-
logie, incline à voir dans le nom de Girouard un dérivé
de la locution germanique « Girulf » qui signifie fauve
et dispos. Le ciseau robuste de Jean II, sa fertilité, son
énergie justifient, ce nous semble, la thèse onomastique
de Förstemann.

Properzia de Rossi, cantatrice et statuaire, sculptait
sur des noyaux de pêche des bas-reliefs microscopiques,
qui, encore aujourd'hui, font l'admiration des connais-
seurs. Properzia vivait au seizième siècle. Francesco
Bertinetti, dont M. l'abbé Porée, correspondant du
Comité à Bournainville, a retracé l'histoire en quelques
pages concises, s'est-il souvenu des camées de sa compatriote? Vous savez l'aventure. Bertinetti, que nous
appelons Bertinet afin de préciser nos droits sur cet
artiste, avait été le secrétaire intime de Nicolas Fouquet
et plus tard l'un de ses agents. Il advint ce qui devait ad-
venir. Quand le surintendant, qu'un historien de ce
temps, M. Lair, a su défendre avec tant d'éloquence et
de persuasion, dut prendre le chemin de la citadelle de
Pignerol, Bertinet, enveloppé dans la disgrâce de son
maître, fut dirigé sur la Conciergerie. Sa femme obtint
de partager sa captivité qui ne dura pas moins de huit

années. J'ignore même si Bertinet aurait jamais quitté
sa prison sans le trait d'esprit dont l'honneur lui appartient. Il est vrai qu'un acte de courage a précédé le trait
d'esprit de Bertinet. Notre prisonnier d'État était un
habile modeleur. La pensée lui vint d'occuper les
longues journées de sa détention par le travail. Il prit
donc un peu d'argile et s'arma d'un roseau. O terreur !
Le profil qui se détache du fond sur lequel sculpte
l'artiste est celui du surintendant. Ce n'est donc pas
assez qu'on l'ait frappé pour avoir servi Nicolas Fouquet!
Non. L'ancien ministre demeure, aux yeux de Bertinet,
la victime de machinations tenébreuses ; il est « l'illustre
malheureux» dont parle dans ses lettres Mme de Sévigné,
Et Bertinet, dût-il blesser ses geôliers, suspendra dans
son cachot l'image de son ami. Il fera plus. Aucun des
titres de Fouquet ne sera passé sous silence par la main
vengeresse de l'artiste. La légende du médaillon rap-
pellera que le personnage représenté a été « procureur
général, surintendant des finances et ministre d'Etat ».
Et plus fier de se montrer fidèle au malheur que soucieux
d'obéir aux préceptes de la prudence, Bertinet date le
portrait qu'il vient d'achever de la Conciergerie, où il
expie le tort d'avoir servi Fouquet; puis, intrépide
jusqu'au bout, il grave profondément dans la glaise son
propre nom. En règle avec l'amitié, l'Italien délié se
ressaisit. C'est ici que le souvenir de Properzia de Rossi
a pu le hanter. Il modèle un portrait du Roi, «pas plus
grand que l'ongle », et si saisissant par la ressemblance
et la majesté, qu'on lui conseille de le faire porter à
Versailles. Bertinet y consent. Il rédige un placet habilement libellé, et sa femme quitte la Conciergerie
emportant le double message. Plein succès. La prose

de l'artiste, les larmes de l'ambassadrice, plus encore la
médaille deux fois remarquable par sa perfection et son
format réduit, valurent au détenu la liberté. Peu après,
Bertinet, pensionnaire du Roi, multipliait ses médailles
commémoratives. A quoi tient la gloire! La galerie mé-
tallique composée par l'artiste est à peu près anéantie.
M. l'abbé Porée, qui n'a rien omis sur son modèle,
constate ce fait et le déplore. Mais, s'appliquant tout aussitôt à réparer les vides qui se sont produits dans l'œuvre
de Bertinet, M. Porée vous a présenté une médaille
authentique et ignorée du fin modeleur. L'exemple est à
suivre. Puissiez-vous, Messieurs, apporter souvent
à cette tribune des médailles inédites ou retrouvées de
Bertinet !

N'en déplaise à la mémoire de Saint-Simon, votre
rapporteur aurait vraiment mauvaise grâce à se montrer
impitoyable envers le cardinal de Bouillon. Grâce à ce
remuant et fastueux personnage, nous entendons ici,
de temps à autre, d'excellentes choses. Succédant à
MM. Lex et Martin qui, l'an passé, vous ont parlé du
monument des Bouillon, cette année, M. Castan, membre
non résident du Comité à Besançon, prend la parole sur
le même sujet. Le problème vous est connu. Le cardinal de Bouillon était ambassadeur à Rome en 1698. Il
conçut le projet d'ériger dans l'église abbatiale de Cluny,
sur la sépulture de son père et de sa mère, un riche
mausolée dont le décor rappellerait adroitement et Guillaume, duc d'Aquitaine, fondateur de Cluny, et Godefroy
de Bouillon, roi de Jérusalem. A quoi bon des emblèmes
si variés? Dans le seul but d'étendre l'influence du cardinal en établissant l'antiquité de sa maison. Louis XIV
estima qu'il y avait usurpation de titres. Et lorsque

les sculptures, exécutées à Rome sous les yeux de
l'ambassadeur, arrivèrent à Cluny, un arrêt du Parlement interdit qu'on les mît en place. Le sénéchal de
Lyon apposa des scellés sur les caisses fermées que l'on
relégua dans l'une des tours du palais abbatial, et nul
n'y songea plus. Un siècle plus tard, des mains intelligentes rendirent ces sculptures à la lumière, mais personne ne se crut fondé à en nommer l'auteur. On en
attribuait la paternité à des artistes italiens. M. Castan
en fait honneur au sculpteur Pierre Legros, deuxième
du nom. L'hypothèse est de nature à flatter notre amour-
propre national. Ne serait-ce qu'une hypothèse? Gar-
dons-nous d'une pareille assertion. Sans doute la
certitude, hostile à toute discussion, n'apparaît pas
encore : mais déjà l'hypothèse, à la démarche chancelante, est en déroute, fuyant, le dos courbé, sous le
fouet de robustes et tenaces présomptions. Et que
racontent ces puissances irritées? Elles racontent que
Pierre II Legros était à Rome au moment où le cardinal
médita l'exécution du mausolée de ses ancêtres. Le cardinal était l'ami des Jésuites : il leur était « vendu corps
et âme », murmure en *a parte* Saint-Simon. Or, les
Jésuites avaient alors un sculpteur préféré, c'était Legros. L'une des chapelles de l'église des Jésuites, à
Rome, renferme, on le sait, un groupe colossal dû au
ciseau de Legros, alors sans rival en Italie.

N'est-il pas admissible que le cardinal de Bouillon ait
fait choix d'un artiste, son compatriote, à l'apogée de la
renommée, et de plus le commensal des Jésuites, ses
amis les plus intimes ! Attendez ; ce n'est pas tout.
M. Castan a scrupuleusement étudié le bas-relief du
mausolée de Cluny représentant un *Combat de cavalerie*

que commande le duc de Bouillon, et votre confrère
incline à voir dans cette page modelée un travail français. « Le style, c'est l'homme », a dit Buffon. Les
indications s'accumulent et se corroborent. Attendez ; ce
n'est pas tout. Lione Pascoli, historien romain qui
tiendra la plume en 1730, affirme que Legros reçut
l'ordre de sculpter « *il sepolcro del padre e della madre
del cardinal di Bouillon* ». Plus de doute. La commande
est certaine. Or, pour ces contemporains de Puget qui
écrivait, à l'âge de soixante ans : « Je suis nourri aux
grands ouvrages, je nage quand j'y travaille, et le
marbre tremble devant moi pour grosse que soit la
pièce », de la commande à l'exécution il n'y a que la
main. Toutefois, ne perdons pas de vue le vieux proverbe : « Entre la coupe et les lèvres il peut y avoir place
pour un malheur. » Le malheur, ici, serait que Legros
eût négligé de tenir ses engagements. Des commandes,
si flatteuses qu'on les veuille, demeurent parfois en
projet. Rappelons-nous certaines peintures murales
confiées il y a dix-sept ans au maître illustre qui vient
de descendre dans la tombe, Meissonier. Meissonier
devait peindre l'une des parois du Panthéon, et l'auteur
de « 1807 » déclina cette commande. Legros n'a-t-il point
fait preuve d'une égale indifférence à l'endroit du mausolée de Cluny ? On l'ignore. Mais Buffon, que je citais
tout à l'heure, conseille à l'écrivain de s'attacher à
son sujet « jusqu'à ce qu'il rayonne ». Si la question
choisie par M. Castan ne se dégage pas encore dans
une totale clarté, vous serez de mon avis, déjà des
lueurs rassurantes laissent pressentir le « rayon » que
réclame Buffon, et M. Castan n'a pas dit son dernier
mot.

Quatre tableaux seulement nous séparent désormais
de l'escalier de sortie. Nous atteignons au but.

M. Henry Houssaye, membre du Comité des Sociétés
des Beaux-Arts et président de cette séance, dans son
livre imprégné de la sève attique, l'*Histoire d'Apelle*,
s'exprime ainsi : « Watteau et Boucher sont gracieux;
Corrège et Prud'hon ont la grâce; Apelle avait la grâce. »
M. Foucart, correspondant du Comité à Valenciennes,
n'ignorait pas la demi-condamnation prononcée par un
fin critique contre les peintres qui n'ont été que gracieux,
mais votre confrère se sentait enclin à rappeler les derniers jours de son concitoyen Jean-Baptiste Pater.
L'événement, vous le savez, survint en 1740. A cette
date, Apelle et Corrège avaient vécu et Prud'hon n'était
pas né. Ainsi affranchi de tout devoir envers la grâce
absente, M. Foucart a pensé qu'il était en droit de se
réfugier dans l'étude du gracieux. Sachons-lui gré de ce
parti. L'intérieur de la maison de Pater est plein d'intérêt. Nous sommes dans la rue Quincampoix. Un homme
vient de succomber, à la force de l'âge. Le travail l'a
tué. Obsédé par la vision de l'hôpital, cet homme s'est
surmené afin d'être riche et de s'assurer une vieillesse
opulente et oisive. Ironie de la destinée ! Le peintre du
Roman comique, l'élève de Watteau qui dans sa soif du
lucre n'a pas même pris le temps de jouir de l'amitié,
meurt âgé de quarante ans. Ses tiroirs sont ouverts :
quatre écus de six livres dessinent leur pile modeste
sur une console. Çà et là des chevalets garnis de toiles
inachevées et, dans un coin de la pièce, sur un fauteuil,
l'habit de gala du défunt : une veste de satin ponceau,
brodée d'or. Est-ce bien cela, Messieurs? Reconnaissez-
vous la peinture de M. Foucart minutieusement brossée

d'après les documents puisés par votre collègue dans le testament de Pater? Pourquoi le petit-maître de Valenciennes n'a-t-il pas imité la lenteur de Gérard Dov qui mettait, dit-on, cinq jours à peindre une main et trois jours à représenter un manche à balai? Pater se fût acquis plus de gloire. Mais ce n'est pas le peintre abondant et facile que vous a présenté M. Foucart, c'est l'artiste prématurément frappé dans sa vie laborieuse et haletante. *Res sacra miser.*

« Un atome fait ombre » a dit un philosophe de l'antiquité. Soit; mais si petit qu'on le suppose, l'être humain doué d'intelligence est, aux yeux de l'historien, un atome lumineux qui ne diffère de l'homme de génie que par la portée du rayon.

Yves-Étienne Collet, dont M. Guichon de Grandpont, de la Société académique de Brest, a placé sous vos yeux le fuyant profil, nous était inconnu. Successeur de Caffiéri et de Lubet dans la direction de l'atelier de sculpture du port de Brest, Collet est demeuré en fonction de 1797 à 1840. Un instant élève de l'Académie de peinture, à Paris, Collet ne tarda pas à regagner sa ville natale, où la décoration des proues de navires lui permit de multiplier, au gré de son ciseau fertile, les figures de Neptune et d'Amphitrite. Entre temps, le courageux artiste sculptait les statues de Charlemagne et de saint Louis, des Anges adorateurs ou des Cariatides. Avait-il donc le pressentiment du règne inévitable des torpilleurs et des cuirassés qui, demain, relègueraient ses poupes vulnérables dans un coin du port? Ce que sûrement il n'a pas prévu, c'est l'hommage posthume que lui décerne M. Guichon de Grandpont, et cet hommage, discret d'ailleurs, est mérité. J'en conviens, le Musée

que nous étudions ensemble est peuplé de fières effigies
en face desquelles le portrait du sculpteur de Brest perd
de son éclat. Ce n'est guère qu'un fusain dont la note
générale est quelque peu grise. Mais M. Larroumet,
directeur des Beaux-Arts et membre de l'Institut, parlant un jour de Henri Regnault, l'a dit avec justesse :
« Le relief s'obtient par la gradation des valeurs, l'opposition des ombres et de la lumière, la distinction des
plans, et tout cela, c'est du gris. » Si je saisis bien la
pensée du biographe d'Yves Collet, secondant vos
efforts, il a cherché cette opposition propice à vos toiles
vigoureuses en se bornant, pour une fois sans doute,
à n'exposer qu'un léger crayon.

C'était un précepte de Mme de Lambert : « Que vos
liaisons, écrivait-elle à son fils, soient avec des personnes au-dessus de vous : par là, vous vous accou-
tumez au respect et à la politesse. Avec ses égaux, on
se néglige, l'esprit s'assoupit. » J'aperçois M. Marionneau, membre non résident du Comité, qui me reproche
du regard de rappeler cette maxime, à moins que je ne
veuille confondre Mme de Lambert. Quoi, l'esprit s'assoupit lorsqu'on parle avec ses égaux ! Et la verve de
Jean-Joseph Taillasson, le peintre bordelais, la comptez-
vous pour rien ? Je ne sache pas, en effet, que les
lettres familières de l'artiste gascon trahissent jamais la
lassitude ou l'assoupissement. Mais il serait excessif de
prétendre qu'elles sont toujours exemptes de négli-
gences. A Paris, à Versailles ou à Rome, Taillasson
trace des pages humoristiques, alertes, parfois naïves,
le plus souvent pétillantes comme un sorbet. Le 31 mars
1767, l'artiste, âgé de vingt et un ans, est admis au
concours pour le prix de Rome. « Demain, premier

avril, écrit-il, je commencerai mon tableau à l'Académie, dans un petit trou qu'on nous bâtit, où il serait difficile d'exécuter une contredanse à huit! »

Voilà les « loges » du dernier siècle jugées avec irrévérence. Les élèves de l'Ecole des Beaux-Arts en 1891 pensent-ils être mieux partagés que leurs aînés? Taillasson n'obtient que le second prix : « Tous les châteaux sont à bas », c'est son expression. Même insuccès les années suivantes, « bien qu'il travaillât comme un sorcier », c'est le mot dont il use pour se qualifier lui-même. Sa sorcellerie persistant, il dut se rendre à Rome à ses frais, et il s'ensuit que ses boutades sur l'Académie de France perdent quelque peu de valeur sous la plume d'un jeune homme qui n'est pas parvenu à être pensionnaire du Roi. Au surplus, Taillasson n'a pas d'amertume. C'est un brave cœur et un esprit honnête. Il aura soin de compléter son éducation en Italie et de revenir à Paris, où l'attend le titre d'académicien. « Peut-être l'ai-je acheté fort cher, écrira-t-il à sa mère, mais enfin c'était mon but! » Une fois dans le port, Taillasson produira de nombreuses peintures et plusieurs volumes. De bons juges lui ont reproché d'avoir abusé des retouches dans ses tableaux. Par contre, ses lettres sont de premier jet. On peut affirmer qu'il ne connut jamais les hésitations de Malherbe qui employa, dit-on, une rame de papier à la composition d'une stance de quatre vers.

Un dyptique pour finir. M. Georges Guigue, correspondant du Comité à Lyon, en est l'auteur. Sur l'un des volets est le profil de Jacques Tortorel; sur l'autre, le portrait de Jean Perrissin. Perrissin tient une palette et un crayon. Tortorel est armé d'un burin. Tous deux portent le costume du seizième siècle. Tous deux

marchent du même pas, unis par une « étroite cousture », dirait Montaigne. Leur œuvre principale est
connue. C'est un recueil de quarante planches groupées
sous le titre général : « Tableaux des guerres, mas-
sacres, troubles et autres événements remarquables
advenus en France de 1559 à 1570. » Les plus célèbres
iconographes de ce temps, c'est-à-dire Robert Dumesnil,
Brunet, MM. Duplessis, Théophile Dufour, Henri Bor-
dier, à la suite de Nagler, Andresen, Fuessli, Passavant
se sont efforcés de délimiter la part de collaboration de
Perrissin et de Tortorel dans la série de planches publiées sous leur nom. Jacques Le Challeux, un graveur
sur bois de leurs amis, coopéra d'abord à ces « Tableaux
des guerres » commandés à Perrissin par un certain
Nicot ou Nicolas Castellin, protestant de Tournay, qui
dut fuir la persécution de Philippe II et s'était réfugié à
Genève. Castellin était exigeant. Il voulait être obéi sur
l'heure. Au début de l'entreprise, Le Challeux se mit
donc au service de Perrissin et exécuta, entre autres
planches, celle du « Tournoy où le roi Henri II fut
blessé à mort le dernier de juin 1559 ». Mais Tortorel
prit bientôt la place de Le Challeux. Toutefois, ni Perrissin, ni Tortorel, ni Le Challeux ne se sont révélés à
nous dans leur vie privée, dans leurs ouvrages autres
que les « Tableaux des guerres ». Et tel est justement
l'attrait du travail de M. Guigue. Votre confrère a su
peindre un portrait de Perrissin isolé de ses deux amis.

Dans cette étude, le peintre lyonnais nous apparaît
dessinant en 1564 l'un des temples protestants de Lyon,
puis décorant l'Hôtel de ville, préparant, sur l'ordre du
Consulat, les armoiries, les écussons, les lions héral-
diques dont seront ornées les rues et les places de la

cité lors des « joyeux advènements en la dite ville » de
madame de Nemours, de madame de La Guiche, de
Catherine de Médicis ou de Henry IV. La Paix, la Justice, Flore et l'Amour sont un jeu pour le pinceau facile
de Perrissin. Enfin, le « pourtraict et figure du Roy »,
placé en 1596 « en la salle de la maison de ville »,
achève de fonder la réputation de l'artiste. M. Natalis
Rondot, dans son livre *Les peintres de Lyon du quatorzième au dix-huitième siècle,* avait ébauché l'histoire de
Perrissin : M. Guigue vient de l'écrire. Il vous doit pour
la session prochaine une étude sur Tortorel, inséparable
de son compère, en raison de cette « étroite cousture »
qui les unit dans le passé. M. Guigue, espérons-le, voudra se montrer généreux envers Tortorel.

Messieurs, votre session est close. C'est la quinzième
fois que vous répondez à l'invitation de M. le Ministre
de l'Instruction publique et des Beaux-Arts. Quinze
années déjà se sont écoulées depuis le 4 avril 1877, date
à laquelle s'ouvrirent vos Congrès dans la salle Gerson.
Or, vos assemblées ininterrompues, nombreuses et brillantes, témoignent d'un constant progrès. Aux essais
timides des premiers temps ont succédé des travaux
nourris, des études historiques appuyées de preuves,
des parallèles curieux et justes, des aperçus, des critiques que l'avenir respectera. Le développement continu
de votre Section n'a désormais rien qui puisse sur-
prendre. C'est une évolution naturelle, aisée, prévue et
certaine. L'éclat, le profit de la réunion qui s'achève
n'étaient donc, à nos yeux, que la résultante logique de
vos labeurs et de votre patriotisme. Personne n'aurait
songé que vous aviez été stimulés dans votre émulation,
en cette année 1891, par un motif d'un ordre spécial. Il

a fallu les confidences de quelques-uns d'entre vous
pour nous éclairer sur ce point. Vous vous êtes souvenus, nous a-t-on dit, des jeunes hommes de l'ancienne
Rome. Aux approches de leur quinzième année, les
patriciens qui avaient fait preuve de savoir et de maturité obtenaient la faveur de se vêtir de la robe virile, et
ceux-là seuls qui portaient ce vêtement sévère constituaient la République ; ceux-là seuls avaient le droit de
paraître dans le Forúm et d'y prendre la parole. En
vérité, bien vaines étaient vos craintes, Messieurs, si
vous redoutiez que pleine justice ne vous fût pas rendue. Votre Section n'a point à se réclamer du nombre de
ses années pour obtenir sa robe virile ou son tour de
parole. Elle a droit d'être entendue partout où l'art
français, observé dans ses maîtres ou dans sa richesse,
est l'objet d'un débat Le *Civis parisiensis*, traduction
française du *Civis romanus* de Cicéron, est un titre qui
est vôtre. Car ce serait se laisser prendre aux apparences que de voir en vous des hommes appliqués à
fournir annuellement un tribut, une redevance intellectuelle à la métropole, au nom des régions éloignées
dont vous êtes les délégués. Non, Messieurs, tel n'est
point votre rôle. Au surplus, le territoire est un. Que
pèsent ces expressions de régions éloignées et de métropole ? Un seul être, une seule nation, un seul peuple vit
respire, travaille et rayonne sur une vaste étendue, et
cet être, cette nation, ce peuple, c'est la France.

Mais s'il était besoin de parler de redevance et de
tribut, Paris, Messieurs, se déclarerait spontanément
tributaire des découvertes savantes, du patrimoine inattendu, des trésors recouvrés que chaque année, sans
orgueil, sans bruit, vous apportez à pleines mains dans

cette enceinte. L'auteur de l'*Histoire d'Apelle* me le pardonnera, votre exemple me remet en mémoire ce héros que les poètes anciens ont immortalisé. Antée, fils de Neptune et de la Terre, lutteur intrépide, sentait se renouveler ses forces chaque fois qu'il touchait le sol de la main. Sans doute la Terre témoigna d'une particulière sollicitude à l'endroit de ce fils courageux, ennemi de l'inaction. Toutefois, n'est-ce là qu'une fable? j'ai peine à le croire. En effet, Messieurs, vos succès me troublent. Les forces telluriques, vous en êtes la preuve, n'ont rien perdu de leur puissance.

Je sais une terre ombreuse et privilégiée où le bruit des cités ne fait pas obstacle au labeur de la pensée; une terre salubre, aux brises tempérées, aux larges horizons, où l'existence ordonnée, paisible, incline aux longs travaux de l'esprit; une terre abondante, aux sillons fertiles, toujours généreuse, que dis-je? inépuisable dans ses dons, et cette terre où germent les blés, où se retrempent les corps, où l'idée se ravive, cette terre préférée des vaillants et des humbles, c'est la Province.

SEIZIÈME SESSION

(1892)

RAPPORT GÉNÉRAL LU LE 10 JUIN

DANS LA SALLE DE L'HÉMICYCLE

A L'ÉCOLE DES BEAUX-ARTS

MONSIEUR LE PRÉSIDENT [1],

MESSIEURS,

« La durée totale de la vie — c'est une pensée de Buffon — peut se mesurer à celle du temps de l'accroissement. » Voilà qui doit nous réjouir. En effet, si nombreuses déjà, si brillantes que se présentent à notre souvenir vos sessions dans le passé, « le temps de l'accroissement » n'est pas révolu pour la Section des Beaux-Arts. Elle progresse, elle grandit chaque année, grâce à votre labeur, à l'heureuse fortune qui distinguent vos études. S'attarder à des hypothèses sur la durée totale de vos Congrès serait vraiment puéril, puisque la règle posée par Buffon pour les raisonnements de cet ordre n'est pas applicable dans la circonstance. Les travaux lus en 1892 à cette tribune témoignent, je le concède, de la maturité de votre esprit, mais, d'autre part, l'empressement que vous apportez à scruter spontanément la vie de nos maîtres provinciaux, à décrire

---

[1] M. Anatole de Montaiglon, membre du Comité.

leurs ouvrages, à faire moins obscures certaines périodes de l'histoire de l'art, atteste la jeunesse de votre
cœur, la vivacité de votre patriotisme. Cela suffit, ce
me semble, pour qu'il soit interdit de prévoir une limite
à votre action généreuse, éminemment profitable au
génie de la France.

Pourquoi faut-il, Messieurs, que cette longévité per-
mise aux institutions ne puisse être le privilège de ceux
qui en sont les meilleurs appuis? « Les mères devraient
être éternelles », s'écriait un jour un philosophe dans
l'élan de son amour filial, ulcéré par une mort cruelle.
Sans réclamer en faveur des membres de votre Comité
une aussi profonde dérogation aux lois de la nature,
nous aimerions à revoir chaque année dans cette enceinte
ceux qui, l'année précédente, applaudissaient à votre
initiative, à vos succès. Ce vœu n'est pas exaucé. Chaque année votre rapporteur a la mission pénible
d'ouvrir l'éloge des vivants par un exorde douloureux
à l'adresse des disparus.

Deux membres du Comité des Sociétés des Beaux-
Arts, M. Arago et M. Narjoux, sont morts depuis la session dernière. Tour à tour homme politique, chimiste,
administrateur et poète, Étienne Arago a demandé aux
arts du dessin le repos et le charme de sa verte vieillesse.
Une courte station à l'École des Beaux-Arts, où il porta
le titre d'archiviste, précéda son entrée au Luxembourg.
Là, durant treize années, il eut la garde des belles
œuvres de nos maîtres vivants. Et pas un de ces maîtres
n'eut la pensée de s'enquérir de l'âge d'Étienne Arago,
tant il apportait de fougue, d'enthousiasme sincère dans
ses relations avec les artistes. Vers le temps où il fut
appelé à diriger le Musée du Luxembourg, il prit place

dans le Comité des Sociétés des Beaux-Arts, et les travaux qui nous parvenaient de la province, sur le théâtre,
obtenaient ses préférences. Il eût apprécié, n'en doutez
pas, les études lues devant vous, ces jours passés, par
Mme Despierres et M. Jacquot, de même qu'il s'était
intéressé jadis à la curieuse restitution du petit théâtre
de Cramayel par M. Lhuillier.

Architecte plein de goût, homme de sens pratique,
Félix Narjoux a laissé des ouvrages sur l'architecture
scolaire qui marquent une date. On ne pourra faire
l'histoire de l'enseignement au dix-neuvième siècle,
observé sous l'aspect du bien-être de l'écolier, des exi-
gences de l'école ou du collège, sans recourir aux livres
de Narjoux, et leur lecture témoignera de la sollicitude
des éducateurs d'aujourd'hui à l'endroit de l'enfant ou
du jeune homme. Narjoux, lui aussi, était assidu aux
réunions de votre Comité. Toujours prêt à prendre connaissance de vos travaux, à les juger avec bienveillance,
il se souvenait du mot de La Bruyère : « Personne presque ne s'avise de lui-même du mérite d'un autre », et
il apportait une sorte de coquetterie à mettre La Bruyère
en défaut. S'il faisait une motion, elle avait le plus souvent pour objet de signaler le mérite d'un autre, dont
il s'était avisé.

Cette mention trop brève accordée à ceux que nous
avons perdus et qui étaient de justes admirateurs de
votre tâche discrète, je me tourne vers vous.

Combien d'auteurs ont pris la parole à la session de
1892 ? Combien de Mémoires ont été lus ? Vingt-huit.
Au premier abord, il semble que ce soit peu. Plus de
deux cents délégués ont réclamé de M. le Directeur des
Beaux-Arts la faveur de pénétrer dans la salle de l'Hémi-

cycle, et le nombre des communications n'excède pas vingt-huit ! Il ne vous est pas interdit, Messieurs, de retenir ce chiffre. Vous l'avez parfois dépassé. Vous pourrez le dépasser encore, le cas échéant. Mais n'allez pas croire qu'en rappelant un nombre presque modeste, je songe à vous faire un grief de votre réserve. Si vous vous êtes comptés cette année, si l'honneur de porter la parole à cette session a été dévolu à un groupe restreint, c'est apparemment que l'exécution de votre plan permettait qu'il en fût ainsi. Mais quel plan aviez-vous donc concerté ? Vous le diriez mieux que moi. Empressés, dociles à suivre les instructions de votre Comité, fiers de répondre à son appel et de rendre sensible son influence dans toutes les régions de notre pays, vous vous êtes partagé la France. Emissaires laborieux, explorateurs disciplinés, prenant l'Ile-de-France pour votre point de ralliement, on vous a vu tracer autour de ce centre une suite de cercles grandissants, sortes de zones lumineuses dont la circonférence enveloppe dans son intégrité le territoire national. Vous souriez, Messieurs. Vous pensez peut-être que j'exagère. Je vous fais juges de l'exactitude de mon dire. M. Lhuillier travaille à Fontainebleau : nous sommes dans l'Ile-de-France. Pendant ce temps, Mme Despierres et M. Veuclin explorent la Normandie ; M. Denais et M. Pissot, l'Anjou ; M. Jarry et M. Scribe, l'Orléanais ; M. Jadart, la Champagne ; M. Guerlin, la Picardie. Me trompè-je, Messieurs ? la ligne n'a-t-elle pas décrit sa courbe ? La Section des Beaux-Arts a-t-elle négligé de marquer sa vitalité sur quelque point des provinces limitrophes de l'Ile-de-France ? Non. Ceux de vos confrères que je viens de nommer y ont mis bon ordre. Ils se sont réparti la tâche avec une méthode, une entente qui les honorent.

Sur un plan plus éloigné, M. Marionneau élève la voix en Bretagne, M. Pérathon dans la Marche, M. Massillon-Rouvet dans le Nivernais, M. Jacquot et M. Voulot en Lorraine ; M. Dehaisnes, MM. Lex et Martin, M. Goovaerts passent la frontière et font halte dans les Flandres, pendant que M. Durieux, M. Foucart, M. Quarré-Reybourbon parlent au nom de l'art sur divers points de l'Artois. La seconde zone est sans lacunes. Elle entoure de son cercle plus vaste la première circonférence, elle aide au rayonnement de l'action bienfaisante de votre Section.

Mais j'allais passer sous silence les postes avancés, les stations extrêmes qui portent au loin votre renom. La Guienne, où se sont fixés M. Braquehaye et M. Stein, la Gascogne, familière à M. Lafond, le Lyonnais, cher à M. Charvet, la Provence, redevable à M. Ginoux de patientes découvertes, ne se séparent pas des provinces privilégiées où, grâce à vous, l'art national est vengé de l'indifférence ou de l'oubli. Vous le voyez, Messieurs, alors même que les apparences permettent de croire à l'effort solitaire de chacun, vous agissez inconsciemment avec entente, et vos études, si restreint qu'en soit le nombre, s'appliquent vraiment aux maîtres, aux institutions, aux monuments, aux œuvres rares de la France entière. Quel livre magistral vous saurez écrire le jour où il vous plaira d'être légion !

Ouvrons, si vous le permettez, l'un après l'autre, les manuscrits dont la lecture a rempli les séances des jours passés.

En France, si on le compare aux arts du dessin, l'art

dramatique retarde. Une étude excellente d'Emile
Morice, parue il y a cinquante ans, a trait à la mise en
scène des *Mystères*, et l'auteur estime que l'enfance du
théâtre dans notre pays ne prend fin qu'avec le *Cid*.
Mme Despierres, correspondant du Comité à Alençon,
demi-compatriote de Corneille, s'est occupée du théâtre dans la région normande, antérieurement à Corneille,
Pouvait-il y avoir profit pour nous aux recherches de
Mme Despierres ? N'en doutez pas. Geoffroy, dont le
Cours de littérature dramatique fait autorité, est d'avis
que les auteurs qui méritent peu d'attention comme
écrivains lui semblent toujours curieux comme monuments. Les auteurs, il est vrai, se dérobent à Mme Despierres, mais elle est en mesure de dire comment fut
construit à Alençon, en l'an 1520, le théâtre destiné à la
représentation du *Commencement du monde* ; elle vous
a décrit l'architecture de cet édifice dont les disposi-
tions imprévues vont à l'encontre des hypothèses de
plusieurs érudits. La dissertation de Mme Despierres
ajoute à la valeur des documents qu'elle a su découvrir.
Ce qu'elle vous a dit de l'emplacement des scènes ou
« parloirs » est à retenir. Mais, non contente de s'être
pénétrée de l'aménagement intérieur du théâtre
d'Alençon, Mme Despierres incline à penser que les
artistes dont elle avait reconstitué l'état civil à une session précédente, ont dû prendre part à la décoration du
monument. Après les peintres et les imagiers, viennent
les acteurs. Messire Richard Auvray, « prestre » de la
paroisse de Notre-Dame d'Alençon, et plusieurs bourgeois ou échevins de la ville acceptent un rôle dans les
pièces en préparation. Ce sont donc des Alençonnais de
marque qui se font comédiens pour la plus grande joie

de leurs compatriotes. A cela, quoi de surprenant ? De nos jours encore, en Bavière, à Ober-Ammergau, la tradition n'a pas varié. Mêmes scènes et mêmes interprètes.

J'ai dit tout à l'heure que Mme Despierres inclinait à attribuer aux artistes d'Alençon, antérieurement nommés par elle à cette tribune, une part dans les ornements du théâtre construit en 1520, et qui subsista jusqu'en 1546 environ. Ce n'était, sous la plume de l'écrivain, qu'une supposition. Mais afin de nommer sûrement les auteurs inconnus de la parure de l'édifice dont elle venait de parler, Mme Despierres, dans un second mémoire, a groupé les notices biographiques de cent huit « sculpteurs ou menuisiers imaigiers » d'Alençon. Ce travail consciencieux est de tous points inédit. Les registres des paroisses, les minutes du tabellionage ont fourni les éléments de cette riche nomenclature. Les dates extrêmes entre lesquelles se meut l'historien sont 1444 et 1698. Nul doute qu'aux alentours de 1520 nous n'ayons coudoyé, sans le reconnaître, l'un des décorateurs de l'important théâtre d'Alençon.

M. Veuclin, correspondant du Comité à Bernay, y a mis trop de modestie. Trois mémoires nous sont parvenus signés de son nom : *Artistes normands ignorés ou peu connus, Musiciens de Bernay, Organisation intime des corporations d'arts et métiers en Normandie.* Ces manuscrits témoignent du culte de M. Veuclin pour sa province natale. Les dénombrements auxquels s'est livré votre confrère sont puisés à bonne source. Mais fallait-il s'interdire de mettre en valeur les pièces exhumées ? Tant d'abnégation dépasse la mesure. Je sais bien qu'on peut invoquer le vieux précepte : « Laisse toujours parler la voix d'outre-tombe. » Oui, sans doute, le passé a le droit de se faire entendre. Mais ce que le proverbe appelle la voix d'outre-tombe ne doit pas faire obstacle à l'hommage ou à la critique des vivants. C'est à nous à donner notre sentiment sur les hommes et les choses d'autrefois. La leçon ne se dégage pas d'elle-même d'un texte ancien. Il en faut dire la valeur, le caractère, la portée. M. Veuclin s'est désintéressé de ce soin. Il voudra s'y reprendre.

Vous connaissez, Messieurs, les modestes débuts d'Isabey. A peine débarqué à Paris, en 1786, il se voit aux prises avec la gêne. Jeune, actif, ingénieux, bien doué, « j'entrai, dit-il, en relations avec un tabletier qui « me commanda des couvercles de tabatières ». Trois ans plus tard, Isabey était presque célèbre. M. Denais, membre de la Société historique et archéologique du Gâtinais, a eu la bonne fortune de découvrir l'une des tabatières décorées par Isabey. Le décor a son intérêt : c'est un portrait de Pie VII. L'œuvre a son prix, elle date du commencement de ce siècle, époque à laquelle le peintre est à l'apogée de son talent. La tabatière a son histoire : elle fut offerte par le premier Consul à l'abbé Bernier, l'un des négociateurs du Concordat. Les biographes de Pie VII avaient signalé un présent du même caractère fait au cardinal Consalvi, mais il a fallu la découverte de notes absolument ignorées, et sur lesquelles nous n'avions aucune chance de mettre la main, pour que M. Denais fût en mesure de restituer à Isabey l'une de ses meilleures miniatures. Au surplus, M. Denais s'est donné la tâche de compléter l'œuvre de Gilbert Durand (1683), d'Antoine Bouzonnet Stella (1673), de Gilbert Van Dellant (1544), en décrivant des peintures de ces trois maîtres. A des titres divers, Van Dellant,

Stella, Durand, Isabey, jouissent d'une renommée que n'augmenteront pas, je l'accorde, les tableaux dont on nous entretient, mais il est important pour nous de mieux connaître des peintres disparus et déjà lointains ; nous éprouvons une fierté bien naturelle à recueillir des vestiges épars de leur talent.

« Celui qui veut comprendre le poète, a dit Gœthe, « doit aller dans le pays du poète.» Le précepte est excellent, et M. le docteur Pissot, président de la Société des Sciences, Lettres et Beaux-Arts de Cholet, l'a mis en pratique. M. Pissot a le culte de Trémolières. Or, ce peintre a deux patries : Cholet et Rome. Votre confrère habite Cholet, et la pièce la plus importante, parmi celles que M. Pissot met au jour en cette session, est le contrat de mariage de son artiste préféré, passé à Rome en 1734. Ce contrat n'était pas connu. Mᵉ Bernard Angelici le rédige. L'épousée est Isabelle Tibaldi, belle-sœur de Subleyras. La dot est de mille écus romains. Jean-Baptiste Tibaldi, le beau-père, verse la dot entre les mains du futur qui se déclare « content et satisfait ». Trémolières avait alors trente et un ans. Déjà la mort le guettait. Il n'eut que le temps de revenir à Paris, de se faire admettre à l'Académie, de brosser quelques panneaux, d'ébaucher un carton pour les Gobelins, et il mourut âgé de trente-sept ans. Sa belle copie de la *Chute de Simon le Magicien*, d'après Vanni, qui décore aujourd'hui Sainte-Marie des Anges avec le *Saint Bruno*, de Houdon, justifie la persistance de M. Pissot à éclairer l'histoire de Trémolières. Emule des Vanloo, Trémolières les aurait sans doute distancés si la mort ne l'eût frappé en pleine sève.

Avez-vous observé, Messieurs, avec quelle unanimité

31

l'hommage de l'histoire, de l'érudition, de la critique,
de l'art sous toutes ses formes, monte invariablement,
depuis tantôt un siècle, vers la douce et grave figure
de Jeanne d'Arc ? L'action merveilleuse de cette enfant
du peuple au quinzième siècle se répercute au milieu
de nous à quatre cents ans d'intervalle. M. Jarry,
correspondant du Comité à Orléans, s'est ému de l'éclat
et du nombre des monuments écrits, peints ou sculptés
par des mains françaises en l'honneur de la vaillante
fille qui infligea aux armées anglaises de si rudes dé-
faites. Votre confrère a lu les pages à jamais précieuses
de Quicherat ; il a compulsé les meilleurs livres édités
sur le sujet qui l'attirait par les soins d'un Orléanais,
M. Herluison, correspondant, lui aussi, du Comité des
Sociétés des Beaux-Arts. M. Jarry connaît les peintures
d'Ingres, de Benouville, de Patrois ; les sculptures de
Foyatier, de Marie d'Orléans, de Rude, de Chapu, de
MM. Paul Dubois, Frémiet, Chatrousse, et convaincu que
le patriotisme des maîtres appliqués à rendre sensibles,
par la couleur ou le relief, les traits aimables de Jeanne
d'Arc ne peut que gagner en énergie et en exactitude
s'il s'appuie sur des documents incontestés, M. Jarry
discute la valeur iconique des plus anciens portraits de
la Pucelle. Sa dissertation n'a rien d'amer, il s'en faut.
Une sorte de mélancolie se fait jour sous la plume de
l'écrivain. Où ses devanciers s'étaient montrés pleins
d'assurance, il hésite ; mais, si dure que soit la perte d'une
illusion, l'auteur, désabusé, répète volontiers : *Amica
Johanna, sed magis amica Veritas.* Il en faut prendre
son parti. Les effigies peintes ou sculptées de la libé-
ratrice d'Orléans, à quelque époque lointaine qu'elles
remontent, n'ont pas un caractère de ressemblance bien

authentique. D'ailleurs, où se reprendre pour ressaisir les monuments anciens, je veux dire les plus voisins par la date de l'année douloureuse 1431 ? Tous sont détruits. Une gravure nous reste, mais Léonard Gaultier l'a signée seulement en 1613. Le mieux est de recourir aux documents écrits, aux pièces du procès de Rouen. Mais, nous le savons tous, la plume d'un greffier est inhabile à traduire le feu du regard, le pli des lèvres, la sérénité du front, l'ovale du visage, c'est-à-dire le caractère, l'âme d'un héros. Aussi l'artiste de nos jours a-t-il le champ libre pour évoquer cette apparition merveilleuse de la patrie française, traversant sous les traits d'une jeune fille, nos provinces envahies à l'heure la plus critique peut-être de notre histoire nationale. Un homme d'esprit, un académicien, M. Alexandre Dumas écrivait hier que Jeanne d'Arc est « une figure unique dans l'histoire du monde ». Cette parole sert de préface aux *Poèmes Johanniques* de M. Eude, gerbe parfumée de sonnets, de ballades, de villanelles, d'odes éclatantes consacrées à Jeanne d'Arc. A ce monument dont les pages sont encore humides, M. Jarry donne pour pendant une œuvre anonyme, buste, profil ou statuette dont l'exécution est peut-être antérieure à l'an 1500, et un bas-relief en pierre ou en stuc de François Marchand, sculpteur du seizième siècle que M. de Mély a dignement loué naguère à cette tribune. Ni les artistes orléanais visés par M. Jarry, ni le poète de nos jours n'ont eu sous les yeux l'image véridique de Jeanne ; mais qu'importe ? Le type de l'être aimé n'a rien de subordonné à la physionomie matérielle. « Dans mes courses, écrivait « un jour le sculpteur David, je ramasse parfois un peu « de poussière divine, je la pétris, je la sculpte et je

« l'offre à la vue des générations futures. » M. Jarry exprime le souhait qu'une image achevée de la Pucelle s'impose quelque jour à l'enthousiasme du peuple. Qu'à cela ne tienne ! Le maître qui voudra pétrir de poussière divine la statue de Jeanne d'Arc réalisera, n'en doutons pas, le vœu de votre confrère.

Notre temps est aux spécialités. Nous n'admettons pas qu'un savant puisse être poète ou qu'un musicien s'occupe avec talent de botanique. Savez-vous pourquoi ? C'est qu'un homme aux aptitudes variées et sérieuses fait ombre à ceux qui se sentent moins doués. Et ceux-ci de récriminer. Quelle faute ! Un bon livre, une page neuve, une stance bien rythmée, d'où qu'elles viennent, accroissent le patrimoine commun. Faut-il donc en vouloir aux terres fortes de produire deux moissons dans une seule année ? N'êtes-vous pas d'avis que les natures fécondes ont droit à tous les respects ? D'ailleurs, les esprits chagrins, prompts à canaliser la renommée d'autrui, à décomposer le prisme dont les sept couleurs projettent trop d'éclat, se heurtent de temps à autre à des barrières insurmontables. Qu'il s'agisse, par exemple, d'un monument, les jaloux n'y peuvent rien, et la pierre garde le souvenir des illustrations les plus diverses. Témoin le Carroi doré, de Romorantin, dont M. Scribe, membre du Comité de l'*Inventaire des richesses d'Art* de Loir-et-Cher, a retracé l'histoire dans une note trop brève. Le Carroi doré n'est plus qu'une grange. Sa couverture est en rapport avec la destination présente de son enclos. Mais remontons les siècles. Il y a cent ans, des lames de plomb doré lui constituaient un toit rayonnant, et de là cette appellation de Carroi doré. En 1521, lorsque la Cour séjournait à Romorantin — *o tempora,*

o mores ! — les vestiges d'aujourd'hui portaient le nom
d'hôtel de Saint-Pol ou de la Chancellerie. C'est d'une
fenêtre de cet édifice que François Ier reçut, dans une
folle équipée, un tison enflammé qui mit ses jours en
danger. Vous connaissez l'aventure. Martin du Bellay
l'a racontée. Le jour des Rois on tira la fève à la table
de François Ier, qui était alors à Romorantin. Le sort fit
échoir la couronne à l'un des courtisans. François Ier
feignit d'être offensé par le choix du sort. Il enjoignit au
nouveau Roi de se réfugier dans l'hôtel du comte de
Saint-Pol, de s'y barricader et de soutenir le siège que
lui, Roi de France, entouré de ses gentilshommes, allait
entreprendre une heure plus tard. Les projectiles devaient être des œufs, des pommes cuites et des pelotes
de neige. La lutte fut acharnée. Les assaillants, con-
duits par le vainqueur de Marignan, essuyèrent sans
broncher, je n'ose dire le feu, l'avalanche des munitions
réunies par les assiégés. Mais toute citadelle cernée doit
tôt ou tard capituler. C'est ce qui advint. Le corps des
assiégeants se rapprocha. Déjà les portes de l'hôtel
allaient céder sous la pression de l'ennemi, lorsque
d'une fenêtre on vit tomber une bûche en feu qui blessa
grièvement le Roi. Un badinage faillit se transformer
en tragédie. Voilà ce que rappellent les murs délabrés
d'une grange de Romorantin. Mais ce n'est pas tout. Ces
murs gardent la trace d'une parure ancienne. Deux bas-
reliefs sur bois représentant *saint Michel* et l'*Annonciation* ornent encore le portail de cette construction deux
fois célèbre. Le dragon que terrasse saint Michel a une
tête de porc ; des canards fantastiques ont trouvé place
dans le bas-relief de l'*Annonciation*. Détails imprévus,
bizarres et, somme toute, curieux. Quelle accumulation

de souvenirs, et combien sont diverses les phases traversées par cette étrange demeure ! On dirait son portail décoré par quelque aïeul d'Hoffmann ou d'Edgar Poë ; un siège se déroule sous ses fenêtres, et le Roi de France y reçoit une blessure cruelle ; l'or ruisselle sur son toit, puis le silence l'enveloppe, on la dépouille, on la mutile, et lorsque l'un de vous, Messieurs, veut parler de ses murs humiliés, c'est dans le passé qu'il puise les éléments de son discours.

L'histoire a de singulières complaisances contre lesquelles nous ne songeons pas à réagir. Mazarin, Colbert, Jabach, Mariette, de Julienne, Seroux d'Agincourt, amateurs distingués, ont trouvé chez M. Dumesnil un biographe attentif et enthousiaste. M. Bonnaffé a su rendre attachante la vie des collectionneurs de l'ancienne France. Quoi de mieux ? Les personnages méritaient qu'il fût parlé d'eux. On en a parlé avec éloges, déclarons-nous donc satisfaits. Eh bien ! non. M. Jadart, correspondant du Comité à Reims, vous a signalé les actes généreux d'un groupe d'hommes que j'estime au plus haut titre. Eux aussi sont des amateurs, eux aussi ont collectionné des œuvres d'art, mais à l'inverse de ce qu'avaient fait leurs devanciers, ils n'ont pas amassé pour eux-mêmes ; s'ils se sont mis en quête de trésors, c'était pour leur ville, pour leur province, pour le peuple. Les bienfaiteurs du Musée de Reims : Gouilliart, Saubinet, Deullin, Duquénelle, Lundy, Georges Goulet, Pommery, Gérard attendaient un hommage décisif. M. Jadart le leur rend et il faut l'en féliciter. L'amateur intéresse sans doute par son flair, sa persévérance, sa sollicitude éclairée, ses découvertes. Mais combien plus haute est l'œuvre du donateur intelligent,

de l'homme qui ne veut être que le dépositaire d'un
jour des chefs-d'œuvre qu'il lui est permis d'acquérir!
Quelle grande leçon les bienfaiteurs du Musée de Reims
et des collections publiques de toute la France donnent
à ceux qui se complaisent dans la possession d'une galerie, d'un cabinet où ne pénètrent que de rares invités!
La municipalité de Reims a décidé qu'une table lapidaire recevrait les noms à jamais respectés de ces pro-
pagateurs du beau qui ont enrichi de leurs libéralités,
de leurs legs, le musée d'une ville de province. M. Jadart,
de son côté, consacre un livre à ces hommes de bien.
Son livre, il le crée de toutes pièces. Votre confrère n'a
pas eu la faculté de recourir à quelque publication antérieure afin d'ajouter à son propre travail. Jusqu'ici, les
donateurs de musées n'ont pas eu d'histoire. Mais ne
vous semble-t-il pas que l'heure est venue de laisser sur
leurs piédestaux Jabach et Mariette, pour modeler sans
retard d'un doigt délibéré les bustes aimables et souriants de Wicar, Bruyas, La Caze et de cent autres?

Charles Cressent, l'ébéniste du Régent, l'auteur des
remarquables armoires de bois satiné amarante que se
disputaient les curieux du dernier siècle, était fils et
petit-fils de sculpteurs. C'est le père de Charles Cressent
que vous a présenté M. Guerlin, secrétaire de la Société
des antiquaires de Picardie. François Cressent, né à
Amiens en 1663, se marie en 1684 et paraît avoir vécu
dans sa ville natale jusqu'en 1707, sinon plus tard. Il
mourut après 1735. Honoré d'un brevet de maîtrise à
seize ans, François Cressent exécuta de nombreux ouvrages. Amiens, Abbeville, Corbie, Folleville et, sans
doute Paris le virent tour à tour sculptant un fronton,
des statues, des mausolées ou des bustes. La plupart de

ses œuvres sont détruites, et sa vie déconcerte les érudits. Des légendes circulent sur Cressent. On le fait
pauvre ; on le fait riche. M. Guerlin a pris le bon parti.
Les études des notaires renferment dans leurs minutiers
l'histoire de demain. Sans attendre demain, M. Guerlin
s'est mis à l'œuvre. Tout ne lui a pas été révélé encore
sur l'artiste picard, mais déjà plusieurs points sont éta-
blis ; nous avons sous les yeux des dates certaines, des
faits irréfutables, des jalons, des indices. L'œuvre du
maître se reconstitue. Quoi de plus séduisant, Messieurs,
que ces figures inachevées autour desquelles tout est
une question ou une énigme ? Il y a plaisir, n'est-il pas
vrai, à regarder le sphinx bien en face et à lui arracher
son secret ?

Naître dans la boutique d'un artisan et mourir, à cin-
quante-trois ans, chevalier de l'ordre de Saint-Michel et
baron est un phénomène dont on trouverait plusieurs
exemples dans les annales de la peinture ou de la musique. En revanche, cette haute fortune ne paraît pas
conciliable avec la rude destinée du sculpteur. Toutefois, vous avez entendu M. Marionneau, membre non
résident du Comité à Bordeaux. Le statuaire Lemot fait
exception. Fils d'un menuisier lyonnais, il est mort en
pleine maturité, comblé d'honneurs et baron de Clisson.
L'existence de ce maître tient du prodige. Pensionnaire
de l'Académie de France à dix-neuf ans, la République,
le Consulat, la Monarchie, lui confient successivement
des œuvres importantes dont il s'acquitte aux acclamations de ses contemporains. Vous vous souvenez, Messieurs, de cette promenade prestigieuse du bronze qui
se dresse de nos jours encore sur le Pont-Neuf. Placée
sur un traîneau, la statue de Henri IV avait quitté à neuf

heures du matin, le 14 août 1818, la fonderie du Roule.
Vingt paires de bœufs attelés au traîneau devaient amener le colosse jusqu'au Pont-Neuf. Cent mille personnes
faisaient cortège à l'attelage. Le fardeau était lourd. Le
cavalier de métal et sa monture, sans compter les char-
pentes qui maintenaient le monument en équilibre, ne
pesaient pas moins de 12,000 kilogr. On avança lentement. *Tardum pecus*, a écrit Tibulle en parlant du bœuf;
mais la foule qui n'a pas lu Tibulle s'irrita de voir
qu'après neuf heures de marche, quand la nuit appro-
chait, on n'avait pas encore dépassé l'avenue Marigny.
Dételant les bœufs, le peuple fixa des cordages aux
poutres du traîneau, et des milliers d'hommes saisissant
les cordes, on franchit en moins d'une heure non seulement les Champs-Elysées, mais la place de la Concorde,
le quai des Tuileries et celui du Louvre jusqu'au pont
des Arts. L'enthousiasme était à son comble, et le triom-
phateur en pareil moment, ce ne fut pas Henri IV, mais
le statuaire Lemot. Environ dix ans avant cette date
inoubliable dans la vie du maître français, Lemot avait
acquis le château de Clisson. Caprice d'opulent? Non,
Messieurs. Calcul d'oisif? Pas davantage. Acte de Français et d'artiste. M. Marionneau vous l'a dit, Cacault,
ancien ministre plénipotentiaire de la République à
Florence et à Rome, s'était fixé au village de la Madeleine
enclavé dans l'ancien domaine de Clisson. Homme de
goût, amateur passionné, non content de s'entourer de
peintures. de marbres rares et d'estampes de choix, il
s'était fait auprès de l'ancien château, très délabré, une
résidence d'artiste. Après la mort de Cacault et de son
frère le peintre, la ville de Nantes acquit leur musée,
mais Lemot n'avait pas attendu ces événements pour

32

sauver le château. M. Marionneau vous a présenté des
pièces notariées qui attestent la richesse d'un sculpteur
de ce siècle. Formous le vœu que les « poètes du marbre »,
ainsi que Victor Hugo qualifiait les grands statuaires ses
contemporains, jouissent fréquemment d'un succès égal
à celui de Lemot et prennent cet illustre devancier pour
modèle dans l'emploi de leur fortune.

« Telle vie, tel style, » c'est la sentence d'un ancien. Les
tapissiers de Felletin, dont M. Pérathon, correspondant
du Comité à Aubusson, s'est fait l'historien, ont eu
l'existence pénible et courageuse. Aussi, leurs ouvrages
témoignent-ils du labeur et de la conscience qu'ils n'ont
cessé d'apporter dans l'accomplissement de leur tâche.
Ces dignes artisans furent constamment en butte aux
tracasseries, à l'antagonisme des tapissiers d'Aubusson.
Les deux fabriques étant voisines devinrent promptement rivales. Leur dissentiment prolongé justifie la boutade de cet homme d'esprit, dégagé d'optimisme, qui a
dit: « Faites asseoir deux hommes, l'un en face de
l'autre, sur les rives opposées d'un ruisseau: ils ne
tarderont pas à se prendre de querelle. » Le pronostic
doit être juste, puisque les philologues veulent que rive
et rival aient une racine commune. Je ne sache pas,
cependant, que la distance qui sépare Aubusson de Felletin soit remplie par le lit d'un ruisseau. La querelle
prédite n'en eut pas moins d'intensité. Mais les querelles
sont stériles, tandis que la rivalité peut avoir pour
conséquence une émulation profitable. L'exemple le
prouve. Les tapissiers de Felletin, considérés à tort
comme des émules impuissants de leurs voisins d'Aubusson, doivent à M. Pérathon d'avoir recouvré leur
bonne renommée. N'oublions pas que la célèbre tenture

des *Amours de Gombaut et de Macée*, dont M. Jules
Guiffrey a fait le sujet d'une savante monographie, sortit plus d'une fois des ateliers de Léonard Mazure,
tapissier à Felletin, de 1619 à 1630.

« L'homme a deux mains », écrivait un poète lyrique
auquel on avait discuté le droit de composer des dra-
mes. M. Massillon-Rouvet, correspondant du Comité à
Nevers, donne raison à l'axiome du poète. Son mémoire
sur l'*Habitation dans la Nièvre du douzième au dix-septième siècle* est l'œuvre d'un homme qui tient simulta-
nément deux outils : une plume et un crayon. Des vues
ingénieuses, du savoir, des croquis sommaires à l'appui
d'un texte rapide, ainsi peut être résumé le travail de
votre confrère. Ce n'est pas une monographie, c'est
un jalon. Mais, lorsqu'un livre est écrit de toutes
pièces, on le tient trop souvent fermé. Autre est la
puissance d'attraction d'un jalon. Si modeste qu'on le
suppose, si dénué d'ornement qu'on le fasse, un
jalon est un appel. M. Massillon-Rouvet voudra peut-
être développer son premier canevas sur l'architecture
domestique dans sa province d'adoption. En toute
occurrence, l'exemple qu'il vous donne, Messieurs,
est de ceux qu'on peut suivre utilement sur tous les
points de la France.

Je ne pardonne pas aisément au roi Stanislas d'avoir
comparé, dans un moment de mélancolie, les rossi-
gnols de la Pologne à ceux de la Lorraine et d'avoir
donné sa préférence aux premiers. J'entends bien.
L'exil excuse cette façon de dire. Mais qui donc a fait
grand ce monarque éphémère ? Qui donc l'a fait illustre,
ce n'est pas assez, qui donc lui a procuré des joies
sans mélange, qui l'a fait immortel, si ce n'est l'exil ?

Au surplus, Messieurs, un séjour prolongé sur la terre de France, est-ce vraiment l'exil ? M. Albert Jacquot, correspondant du Comité à Nancy, vous a parlé du théâtre en Lorraine, et M. Jacquot n'a pu moins faire que d'être, aux meilleures pages de son étude, l'historien de Stanislas. Le travail qui nous occupe est étendu. Ce n'est pas un jalon, c'est une monographie. Nancy, Lunéville, Pont-à-Mousson, Verdun sont les étapes principales de l'écrivain. Parmi les auteurs de marque dont s'est occupé M. Jacquot, Gringore ou Gringoire ouvre la marche, Gringoire le satirique, dont les œuvres ont été naguère tirées de l'oubli par le président de cette séance, M. Anatole de Montaiglon, et dont la mémoire a tenté la plume d'un poète de nos jours. Le dernier des auteurs dramatiques cités par M. Jacquot est le dramaturge Guilbert de Pixerécourt qui, à l'exemple de Shakespeare, est revenu mourir dans sa ville natale, après avoir joui d'une juste renommée. Mais entre Gringoire et Pixerécourt, quelle foule de personnages ! J'aperçois Voltaire, Mme du Châtelet, Monvel et mille autres que je ne puis rappeler. A chaque paragraphe de l'étude qui m'occupe, le rideau se lève sur une composition nouvelle. Tantôt le drame est sérieux, parfois il s'attarde à la farce et penche vers la licence. Ainsi le veut le parterre dans sa variété. Car M. Jacquot nous conduit partout où l'on joue. Il n'a pas omis, vous le pensez bien, de s'asseoir parmi les auditeurs des pièces représentées, il y a longtemps de cela, à l'Université de Pont-à-Mousson. M. Lepage, un érudit lorrain, avait devancé votre confrère dans la voie qu'il vient de suivre. Mais des documents s'ajoutent, sous la plume de M. Jacquot, à l'analyse scrupuleuse des actes mis au jour par son devancier. C'est ainsi qu'il a fait siennes les *Recherches sur le théâtre en Lorraine* soumises à vos suffrages.

Nous restons en Lorraine avec M. Félix Voulot, conservateur du Musée d'Epinal. Le sujet de sa brève communication est une statue équestre en pierre de la Meuse. Quel est le cavalier? M. Voulot n'est pas loin de penser que nous sommes en présence de René II, duc de Lorraine, le vainqueur de Charles le Téméraire, duc de Bourgogne, perfidement entré dans Nancy. C'est le 5 janvier 1477 que René II fit le siège de sa capitale, et ce même jour Charles le Téméraire perdit la vie dans la mêlée. L'image présumée de René II, finement sculptée semble dater de cette époque glorieuse. L'attitude du guerrier indique tout à la fois l'énergie et la prudence. Nous manquons de points de comparaison pour affirmer l'authenticité du portrait, mais certainement René II n'eût pas désavoué cette statue. La ressemblance morale est indéniable. L'hypothèse de M. Voulot peut donc être admise. Le doute subsiste, je l'accorde, mais la certitude essaye déjà de forcer la porte. Le problème est posé, c'était l'essentiel. Aux iconographes à le résoudre. Aux disciples du P. Lelong et de Soliman Lieutaud à nous apporter l'assurance, la quiétude heureuse, l'*otium tutum* des anciens qui nous manquent encore sur la question soulevée par M. Voulot.

L'antiquaire Bellori est d'avis que Raphaël a su rendre les esprits sensibles pour le regard avec des nuances sans nombre. *L'Art flamand en France depuis la fin du quatorzième siècle jusqu'au commencement du seizième*, par M. Dehaisnes, correspondant du Comité à Lille, me remet en mémoire le mot de Bellori. Ce ne

sont pas toutefois «les esprits » que M. Dehaisnes rend
palpables, mais bien « l'esprit » des maîtres flamands,
observé sous ses aspects multiples durant une période
déterminée. L'auteur nous a fait connaître depuis plusieurs années l'histoire et les œuvres de ses artistes
préférés. Ils ont défilé sous nos yeux par groupes. Suivant l'heure, le tempérament, les aptitudes, les tendances se modifiaient. Il convenait donc, pour notre
enseignement à tous, que M. Dehaisnes donnât un épilogue aux chapitres successifs de son livre, une conclusion aux diverses parties de son discours. Il ne s'est pas
soustrait à ce devoir. Le tableau général qu'il vous a
présenté vient à son moment. Si l'auteur ne l'avait fait
précéder d'études partielles, appuyées sur des documents de premier ordre, vous seriez troublés peut-être
par cette synthèse éloquente et personnelle. D'autre
part, sans le mémoire lu par M. Dehaisnes à cette session,
la philosophie de l'art flamand en France, l'action
de maîtres étrangers sur le génie de notre nation, pouvaient ne pas être saisies avec une suffisante netteté.
Un critique du dernier siècle disait : « Je sais des li-
« vres très savants dans lesquels il fait toujours nuit. »
Nous pouvons rassurer M. Dehaisnes : il ne fait jamais
nuit dans ses savants écrits sur l'art flamand.

Toute aile vers son but incessamment retombe,

a dit le poète des *Feuilles d'automne*. Ainsi de l'homme.
On sait que d'Anville, encore écolier, ne vit dans l'*Énéide*
qu'une série de voyages dont il traça la carte géographique. La vocation du futur géographe était palpable.
Deux de vos confrères, MM. Lex et Martin, correspon-

dants du Comité à Mâcon, mis en possession d'un manuscrit de Guillaume Filastre, évêque de Tournay, n'ont
voulu voir dans ce travail que l'unique miniature qui
accompagne le texte du prélat. La Section des Beaux-
Arts ne peut qu'approuver cette façon d'agir. Le titre
de correspondant oblige. Quel est le sujet traité par
Filastre ? La *Toison d'or*. A quelle date remonte son
texte? A l'année 1468. Quel fut le destinataire de la
dissertation qui nous occupe ? Charles le Téméraire, ce
même duc dont nous parlions tout à l'heure à propos de
René II de Lorraine. La rencontre est vraiment encou-
rageante. Constatez, Messieurs, combien vos efforts,
dispersés en apparence, tendent naturellement au même
but. Alors que vous prenez la plume dans la pensée
d'écrire une monographie qu'aucun lien ne rattache à
l'œuvre du voisin, vous vous trouvez avoir ajouté quelques fils à la trame de l'histoire générale. La miniature
décrite par MM. Lex et Martin n'est pas sensiblement
antérieure à l'an 1500. C'est un travail flamand. Le
sujet est le *Jugement de Pâris*. La plume serait inhabile
à traduire ce que le pinceau a su rendre sans embarras.
Les déesses dans leur parure sommaire, le juge armé de
son sceptre, Mercure donnant la pomme à la plus favo-
risée des trois rivales, sont autant de personnages dignes
d'étude, et dont l'attitude, le modelé, les lignes, l'expression rappellent le génie profane de la Renaissance.
M. Dehaisnes, l'historien de l'art flamand, apposerait sa
signature au-dessous des déductions justes de MM. Lex
et Martin sur le *Jugement de Pâris*.

M. Goovaerts, membre de la Société historique et
archéologique du Gâtinais, vous retient dans les Flandres. Il veut vous signaler quelques portraits de Jean-

Baptiste de Champaigne. Ces notes sont le complément
d'une étude antérieure. Montaigne a défini l'amitié la
« saincte cousture des âmes », et sans songer à rappeler
cette belle parole, M. Goovaerts s'empresse de la justifier. En effet, Messieurs, des quatre portraits dont on
vous a parlé, l'un est au Louvre, Philippe de Champaigne, oncle de Jean-Baptiste, en est l'auteur, et Jean-
Baptiste est représenté sur cette sanguine en compagnie
de son ami Nicolas de Platte-Montagne, peintre et
Flamand d'origine comme les Champaigne. La sanguine
du Musée du Louvre a été suivie d'une peinture conservée
de nos jours au Musée de Rotterdam. Les deux amis
revivent sur cette toile. Le Musée de Versailles renferme
le morceau de réception du peintre Jacques Carré. Cette
œuvre date de 1682. Jean-Baptiste de Champaigne avait
cessé de vivre l'année précédente ; mais que peut l'ai-
guillon de la mort contre l'amitié? Il la ravive. S'inspi-
rant de son cœur autant que de son talent, Jacques
Carré voulut rendre hommage à son ami, et c'est le
portrait de Jean-Baptiste de Champaigne qu'il offrit aux
académiciens comme morceau de réception. Une dernière page appelle votre attention. Elle est à Londres.
Jean-Baptiste de Champaigne l'a signée. Elle renferme
les profils accolés du peintre et de sa femme, Geneviève
Jehan. C'est en 1667 que Jean-Baptiste avait épousé
Geneviève. Le dessin du British Museum est de 1677.
Geneviève, M. Goovaerts vous l'a dit l'an passé, était la
cousine germaine de Jean-Baptiste ; il avait trouvé en
elle une amie d'enfance avant qu'elle devînt sa femme.
Que vous en semble ? Cette « saincte cousture des âmes »
qui relie étroitement Philippe de Champaigne, Jacques
Carré, Nicolas de Platte-Montagne, Geneviève Jehan et

Jean-Baptiste de Champaigne, n'est-elle pas complètement à l'honneur de cet honnête homme? L'amitié ne
s'obtient que dans la mesure où on la mérite. De plus
grands que Jean-Baptiste de Champaigne n'ont pas eu
d'amis. Relisez l'histoire de Mignard.

Notre fidèle et dévoué membre non résident du Comité
à Cambrai, M. Durieux, vous a entretenus d'un graduel
manuscrit exécuté pour Robert de Croy, évêque de Cambrai, mort en 1556. *Marcus Scutifer*, Marc Lécuyer,
calligraphe et miniaturiste, a transcrit ce graduel et l'a
décoré de délicates compositions. Lécuyer s'est acquitté
de sa double tâche en 1540. M. Durieux eut été heureux
de pouvoir vous apporter une biographie de cet artiste
bien doué. Mais Lécuyer s'esquive. Qu'il y prenne garde,
toutefois! Ses dessins le dénoncent, et aussi certain
distique dans lequel, avec une jactance de latiniste
exercé, on l'entend jeter une sorte de défi à ceux qui
admireront son talent :

Marcus Scutifer, hœc quœ spectas grammata pinxit.

Mon devoir serait de décrire avec adresse les petits
tableaux de Lécuyer, afin de venir en aide à ceux qui
déjà le poursuivent. Mais ma plume n'a pas le délié
nécessaire à cette délicate analyse. Par bonheur, je puis
appeler à l'aide. M. de Montaiglon, archéologue, historien, critique et poète, toujours secourable à quiconque
se tourne vers lui dans les heures de détresse, a publié,
voilà quelque dix ans, des *Sonnetti d'Arte*. Au nombre
de ces petites pièces qui font songer à des bijoux ciselés

par Benvenuto, il en est une, *Crayon d'argent* dans laquelle le poète a glissé ce tercet :

> Point d'effet de couleur, de hasard, de surprise ;
> Tout est net et voulu ; tout se voit, tout s'incise,
> Et rien ne se produit qui n'ait été cherché.

La caractéristique du talent contenu et ferme dans sa sveltesse de Marc Lécuyer ne saurait être l'objet d'une définition plus juste que celle qui nous est offerte par l'auteur du *Crayon d'argent*.

M. Paul Foucart, correspondant du Comité à Valenciennes, a voulu composer un mémoire sur Antoine Watteau, son compatriote. M. Foucart s'est évidemment souvenu de Walckenaer, dont les monographies abondantes sur Horace, madame de Sévigné, La Bruyère, retiennent le lecteur et l'instruisent en quelque sorte à son insu. Toutefois, les meilleurs livres ont leurs défauts. Il est assez juste de s'en consoler, puisque le soleil a des taches. Donc l'*Histoire de la vie et des poésies d'Horace*, en deux gros volumes, n'a pas trouvé grâce devant Sainte-Beuve. « M. Walckenaer », écrit Sainte-Beuve, « traduit continuellement Horace, mais il n'en « cite pas textuellement un seul vers durant ces deux « volumes : entre lui et nous il s'interpose toujours. » Je ne sais si les découvertes de M. Foucart sur Antoine Watteau et ses proches formeront un jour plusieurs volumes, mais votre confrère ne sera jamais accusé de s'être interposé entre les maîtres de son choix et ses lecteurs. Des pièces de tout ordre, exhumées des archives les plus fermées, nous sont présentées dans leur texte original. Les investigations de M. Foucart sont faites avec patience et conscience. Cette fois, l'arbre

généalogique d'Antoine Watteau se dresse sous nos
yeux. Encore que les ascendants du maître soient des
artisans, leurs noms importent. La gloire de Watteau
rejaillit sur eux, de même que les fleuves opulents font
aimer le ruisseau qui constitue leur source. Martin de
Vos, Crayer, Van Dyck, Rubens frappent les yeux de
l'enfant et décident de sa vocation ; Gérin lui met un
crayon dans la main. Que valait ce peintre ? Il était
intéressant de l'apprendre. M. Foucart s'est donné la
tâche de suivre Gérin dans sa vie et dans son œuvre.
Soucieux de ne rien avancer que sur des preuves, votre
confrère fait prompte justice des allégations sans fon-
dement émises au sujet de Gérin. Voilà donc, replacée
dans son cadre provincial, la figure d'Antoine Watteau
adolescent. M. Foucart ne s'en tient pas à ce premier
tableau. Il suit Watteau à Paris, l'accompagne à Valenciennes, lorsque le jeune maître reparaît au milieu de
ses proches ; puis, prenant au mot M. Paul Mantz, qui
avait exprimé le regret que les érudits de la région du
Nord ne fussent pas parvenus à fixer la date du portrait
d'Antoine Pater, le sculpteur, M. Foucart essaye de
résoudre la question posée par l'ancien directeur général
des Beaux-Arts. Le portrait de Pater aurait été peint
en 1715. Sachons gré, Messieurs, au labeur incessant de
M. Foucart. Antoine Watteau, vous a-t-il dit, est du
nombre de ces artistes sur lesquels on ne se lasse pas
d'écrire. C'est bien aussi notre avis.

M. Quarré-Reybourbon, membre de la Commission
historique du Nord, a retracé l'origine curieuse de la
Bourse de Lille. A la sollicitation des marchands, les
échevins décident que la Fontaine au Change sera rem-
placée par un monument somptueux. L'espace dont on

dispose permet d'aliéner des parcelles de terrain sur
lesquelles seront élevées vingt-quatre maisons particulières, et l'acquéreur de chaque lot devra construire, à
ses frais, la portion de l'édifice central correspondant à
son lot. Nous sommes en 1651, et Philippe IV, roi d'Espagne, revêt de son approbation le projet des échevins.
Le cahier des charges oblige les constructeurs à orner les
façades de la Bourse « d'enchérissements convenables
« de quelque nouvelle invention non encore vue à
« Lille ». C'était provoquer aux décors opulents. Aussi le
quadrilatère qui entoura la Bourse offrit-il au regard une
suite de façades riches, trop riches peut-être ; mais il
convenait sans doute que le voyageur discernât par le
symbolisme des cariatides, des pilastres, des frontons,
que la Bourse est le temple de la Fortune. « Je l'estime,
« disait un philosophe, le temple de la Fortune con-
« traire. » Les hommes de finance en jugent autrement.
Ce qu'il faut retenir du mémoire très fouillé, très neuf
de M. Quarré-Reybourbon, c'est l'originalité du contrat
de 1651. Un pareil marché devait produire une manifes-
tation violente des tendances de l'époque, il nous a valu
des spécimens d'une indiscutable clarté de l'architecture
symétrique en honneur au dix-septième siècle.

Nous avançons, Messieurs, et je n'ai plus qu'une
course restreinte à fournir. Déjà, par deux fois, nous
avons décrit un sillon lumineux autour de l'Ile-de-
France. Partis de l'Ouest, et laissant le Midi sur notre
droite, nous avons traversé l'Est, puis gagné le Nord.
L'action du Comité des Sociétés des Beaux-Arts serait-
elle demeurée insensible dans des régions moins voisines de Paris que ne peuvent l'être la Normandie,
l'Anjou, la Champagne, la Lorraine ou les Flandres ?

Ne le craignez pas. La Guienne et la Gascogne réclament.

M. Braquehaye, correspondant du Comité à Bordeaux, s'est enquis de l'existence d'un tapissier, Claude de Lapierre, jadis aux ordres de Jean-Louis de Nogaret, duc d'Epernon. Lapierre, en homme de ressource, demeuré sans protection lors de la disgrâce du duc, ouvrit des ateliers à Bordeaux et y fabriqua des étoffes dites tapisserie de Bergame ou tapis à longue laine, genre Savonnerie. Né à Paris en 1605, Lapierre mourut à Bordeaux en 1660. L'histoire de l'industrie textile en France bénéficie des détails découverts par M. Braquehaye sur le séjour de Lapierre à Bordeaux ; mais n'allons pas trop vite. Notre correspondant écrit : « Assurément on trou- « vera des marchés qui prouveront que Claude de La- « pierre fit de nombreuses tentures pour les couvents et « les églises de Bordeaux. » Ce résultat est désirable, toutefois il n'est pas acquis. Les marchés en question existent-ils encore ? Ont-ils jamais existé ? L'histoire, en des temps moins scrupuleux que le nôtre, avait l'allure rapide et le verbe haut. De nos jours, elle marche à pas comptés et elle pèse ses mots. L'intérêt que M. Braquehaye témoigne à Claude de Lapierre est mérité. On ne peut qu'y souscrire, mais la plume de votre confrère a porté sur les ducs d'Epernon, Jean-Louis et Bernard, le père et le fils, des jugements laconiques, empreints d'une excessive bienveillance, auxquels le Comité ne se croit pas en mesure d'adhérer. L'existence mêlée et traversée de ces hommes de cour échappe aux verdicts sommaires. Trop divers pour être observés sous un seul aspect, il faut se garder de les absoudre ou de les condamner sans débat contradictoire. Relisons Girard, de

Thou, Sully, Sismondi, Poirson, Michelet, Anselme,
Mme de Motteville et le cardinal de Retz. Tous parlent
des ducs d'Épernon, et je crois bien que le plus habile
d'entre nous éprouverait quelque peine à mettre ces
historiens d'accord. Au surplus, Claude de Lapierre se
fixe à Bordeaux lorsqu'il a dit adieu au duc d'Épernon ;
faisons comme lui et ne pensons plus aux châtelains de
Cadillac.

On conserve dans les régions de l'Ouest une touchante
coutume. Au temps des moissons, les paysans forment
spontanément sur la lisière des champs de blé une meule
d'épis qu'ils dénomment « la gerbe de l'étranger ». L'é-
tranger, dans la langue des moissonneurs, c'est l'inconnu, le passant de demain qui n'a ni feu ni lieu,
l'homme sans héritage et auquel ces épis constitueront
une modeste réserve. L'étranger, sous la plume de
M. Henri Stein, correspondant du Comité à Fontainebleau, c'est le duc de Guienne, Charles de France, frère
de Louis XI. Un chercheur, M. Paul Durrieu, de Paris,
avait découvert un portrait de Charles de France peint,
selon toute apparence, par Jean Foucquet. M. Stein, se
souvenant qu'en l'année 1471 la ville d'Agen avait solli-
cité du duc de Guienne la confirmation de ses privilèges,
eut la pensée de rechercher aux archives municipales
d'Agen les *Registrata*, c'est-à-dire la charte que le sénéchal Robert de Balsac, dépositaire de l'autorité ducale
dans le pays, dut présenter à Charles de France. M. Stein
a retrouvé cette charte. Son premier feuillet est orné
d'une miniature offrant les traits du frère de Louis XI.
Voici donc un second épi pour la gerbe de l'étranger. Ce
n'est pas Jean Foucquet qui a peint la miniature d'Agen.
L'auteur de ce portrait est peut-être un certain Jean

Guillet. Il va de soi que les deux profils également authentiques sont assez différents au point de vue de la ressemblance. Les déceptions de cet ordre sont fréquentes. D'ailleurs, Jean Foucquet a dû tenir le pinceau en 1469 et Guillet en 1471. Il ne faut pas deux ans pour modifier les traits d'un mortel. La miniature d'Agen l'emporte en intérêt sur l'œuvre de Foucquet au point de vue du costume. Aussi M. Stein a-t-il droit à nos remerciements pour la lecture qu'il vous a faite. Il termine son très court mémoire en annonçant l'étude qu'il se propose d'entreprendre sur les médailles frappées en l'honneur du duc de Guienne. La gerbe de l'étranger prendra du corps, n'en doutons pas, à la moisson prochaine.

L'antiquaire allemand Christian Gottlob Heyne conseillait à son gendre le naturaliste Jean-Georges-Adam Forster d'aimer son foyer et de se rendre compte de l'agitation stérile de la plupart des hommes « par une fente de son cabinet d'étude ». Qu'en pense M. Lafond, membre de la Société des Beaux-Arts de Pau ? N'est-il pas regrettable qu'Alexis Loir, peintre et sculpteur du dix-huitième siècle, ait négligé de suivre le sage conseil de Heyne ? Cet artiste nomade a fait trop large la fente de son atelier. Il est advenu que cette fente a pris les proportions d'une meurtrière, puis d'une fenêtre, puis d'une brèche et enfin d'une porte. Et voilà notre homme qui s'échappe. La clef des champs dans une main, Alexis Loir oubliera, durant trente-trois ans, de rentrer au gîte. Frédéric Reiset n'avait pas omis de déplorer cet exode, mais il ne s'était pas inquiété des étapes diverses d'Alexis Loir, agréé à l'Académie royale en 1746, et reçu académicien en 1779 ! M. Lafond s'est

mis à la poursuite du fugitif. De temps à autre il le rejoint
à Saint-Pétersbourg, à Moscou, puis en Béarn. Dussieux
l'auteur de ce livre excellent, *les Artistes français à
l'étranger,* n'avait pas eu le même bonheur. Alexis Loir
a défié Dussieux de lui mettre la main sur l'épaule. En
conséquence, l'artiste voyageur entend bien se soustraire aux rencontres indiscrètes que lui ménage M. Lafond. Ouvrons, par exemple, le tome VI des *Procès-verbaux de l'Académie royale de peinture et de sculpture,* si
consciencieusement annotés par M. Anatole de Montaiglon. Nous y lisons, sous la date du 28 juillet 1753, que
Loir est en Angleterre. Ce peintre insaisissable avait
accepté, dit le procès-verbal, « de faire pour sa récep-
« tion les portraits de MM. de Vermont et Jeaurat; mais
« sa longue absence a déterminé ces messieurs à deman-
« der le sieur Roslin, ce qui leur a été accordé ». Sa
longue absence ! Les académiciens s'y prenaient un peu
vite, en 1753, pour se plaindre d'Alexis Loir. Il ne
devait pas réintégrer de sitôt le domicile académique.
Quoi qu'il en soit, le madré pèlerin doit se frotter les
mains d'avoir passé la Manche sans que M. Lafond ait
paru soupçonner cette excursion chez les Anglais. Votre
rapporteur, Messieurs, vous n'en doutez pas, prend
parti dans cette affaire pour M. Lafond. Aussi ai-je sans
retard consulté Dallaway, dont le livre *les Beaux-Arts
en Angleterre* aurait pu me renseigner sur Alexis Loir.
Peine inutile. Dallaway ne s'est pas douté de la présence de Loir chez ses compatriotes. Regrettons-le et
félicitons M. Lafond de son courage et de son habileté.
Tout n'est pas encore dit sur Alexis Loir, mais peu
s'en faut.

M. Charvet, membre non résident du Comité à Lyon,

a entrepris de démêler la généalogie et l'histoire des Delamonce. C'était faire œuvre d'artiste, de critique, d'historien et de patriote. Le croiriez-vous? Des écrivains distraits ont attribué à un seul maître du nom de Delamonce des monuments d'architecture, des toiles ou des dessins visiblement exécutés par deux artistes, sinon par un plus grand nombre. Tout d'abord, il y avait lieu d'établir l'état civil des Delamonce. M. Charvet y est parvenu. Jean, né en 1635, est à la fois architecte, peintre et dessinateur. Il vit jusqu'en 1708. Ferdinand, fils de Jean, né en 1678, meurt en 1753. A ces deux artistes s'en ajoute un troisième, Rémond, dont le degré de parenté avec ses contemporains n'est pas encore bien établi. Mais j'ai dit que M. Charvet avait fait œuvre de critique. Ce qu'il nous a confié sur les travaux de Jean Delamonce, qu'il accompagne à Munich, sur les ouvrages de Ferdinand, qui séjourne en Italie, et que Soufflot et Servandoni prennent, à son retour en France, sous leur précieux patronage, permet d'apprécier le talent inégal des deux maîtres. L'étude de M. Charvet se distingue d'ailleurs par une extrême circonspection. Si l'auteur blâme Nagler d'avoir tout confondu lorsqu'il a traité des Delamonce, M. Charvet se défend de rien avancer dont il ne soit assuré. Parfois, en l'écoutant, nous l'estimions trop réservé dans ses conclusions. C'est un signe de sagesse chez un historien lorsque le lecteur a des velléités de presser le pas et de devancer son guide. Le lecteur n'a de pareils caprices que dans la mesure où le terrain lui apparaît solide, nivelé, sans buissons ni fondrières et bien éclairé. La partie défrichée de l'histoire des Delamonce a tous les caractères d'un sol ferme et uni. Or, cette appréciation

s'applique non pas seulement à la biographie des Delamonce, mais à leurs œuvres relevées avec soin, répar-
ties d'après des preuves sérieuses, et jugées avec goût.
Le célèbre littérateur écossais Hugues Blair, très goûté
du public d'Édimbourg, se permit un jour ce trait
d'esprit : « Mettez une forte dose d'attention unie à une
« dose égale de patience dans la tête d'un homme
« appliqué à la solution d'un problème, neuf fois sur
« dix, il découvrira ce qu'il cherche. » M. Charvet donne
raison au spirituel humaniste d'Édimbourg. Et comme
la dose d'attention et de patience dont il dispose n'est
pas épuisée, il arrivera sûrement à tout savoir sur les
Delamonce.

Si le dépouillement des titres d'une illustre maison
est utile à qui veut connaître l'entourage des grands, la
lecture des archives les plus ignorées, des contrats,
des marchés passés par de modestes artistes jette souvent des clartés imprévues sur l'existence des maîtres.
Ouvrez le mémoire de M. Ginoux, correspondant du
Comité à Toulon. Il y est parlé d'une chapelle et de sa
décoration par Christophe Veyrier. De moins fervents
que M. Ginoux auraient négligé, peut-être, de remettre
en lumière cet artiste de second plan, Christophe Veyrier. Nous y aurions perdu. En effet, Veyrier n'est pas
seul occupé aux ornements de la chapelle du *Corpus
Domini*. Il est entouré, précédé, suivi de peintres et de
sculpteurs nombreux. Or, dominant ce groupe de bons
ouvriers, Pierre Puget passe au fond de la scène de
temps à autre. M. Ginoux n'a pas perdu sa peine. Son
travail atteste l'empressement de la Provence à décorer
ses monuments, les ressources dont cette région privilégiée n'a cessé de disposer lorsqu'il s'est agi de trouver

des statuaires ou des peintres, et, d'autre part, les pièces exhumées par votre confrère permettent de faire plus exacte la nomenclature des grandes effigies sculptées par Pierre Puget.

Ai-je fini, Messieurs? Dois-je écrire sur cette page, à l'exemple de Regnard, le *Sistimus ubi defuit orbis* ? Si je me rends compte de l'étendue de ce rapport, je reconnais sans peine qu'il serait sage de n'y rien ajouter. Si j'observe le rivage sur lequel M. Ginoux vient de nous appeler, je constate que l'action du Comité des Sociétés des Beaux-Arts s'est fait sentir aux limites extrêmes de la France. Appliquons-nous donc le mot de Regnard : *Sistimus ubi defuit orbis*. Regnard l'a gravé sur un rocher voisin du pôle Nord, traçons-le sur le sable fin des Iles d'or chantées par Mistral. Mais que parlais-je tout à l'heure de votre Comité ? Est-il exact que vous ayez été dans toutes les régions ses représentants, les émissaires dociles de ses préceptes ? Lorsque des éclaireurs se lancent dans les directions les plus diverses, ils peuvent dire où est le quartier général du chef d'armée ; si loin qu'ils aillent, ils ne perdent pas de vue le fanion qui marque leur point de ralliement.

Pour vous, Messieurs, le quartier général, c'est l'Ile-de-France; votre point de ralliement est à Paris. Le fanion du Ministre des Beaux-Arts, — le chef d'armée, — flotte à quelques pas de cette enceinte. Convenait-il, dans ces conditions, que votre bataillon se dispersât à travers le territoire national sans qu'aucun soldat fût commis à la garde du drapeau ? Allez-vous décrire de l'ouest à l'est, du nord au midi, vos cercles de recherches et de découvertes sans que votre activité studieuse se manifestât au centre de votre champ d'opé-

ration, au point de ralliement où vous deviez tous reformer vos rangs à une heure donnée ? En d'autres termes,
la Normandie, la Lorraine, les Flandres et la Provence
offriraient-elles l'exemple du travail alors que l'Ile-de-
France demeurerait oisive ? Vous ne l'avez pas voulu.
Votre stratégie, trop sagement préparée, ne pouvait
être entachée d'une pareille lacune. Aussi avez-vous
demandé à M. Lhuillier, correspondant du Comité à
Melun, de ne pas sortir de l'Ile-de-France, de rester au
quartier général, de faire preuve de savoir, de goût et
d'initiative sous le fanion. M. Lhuillier s'est incliné.

Il y a treize ans, passaient en vente les autographes
réunis par Benjamin Fillon, un érudit doublé d'un
artiste, l'auteur de mainte monographie attachante sur
des maîtres de France ou d'Italie, l'ami de notre président dont le nom se retrouve dans le titre même d'une
plaquette devenue rare : *Lettres écrites de la Vendée à
M. Anatole de Montaiglon*. Parmi ces autographes, il
s'en trouvait un de M. Paul Mantz, relatif à Claude
Lefèvre : « Nous avons à propos de Claude Lefèvre,
« écrivait M. Mantz, les plus lamentables ignorances.
« Tout nous manque : les œuvres et la chronologie. Nos
« prédécesseurs, peu curieux de l'exactitude, ont con-
« fondu notre Claude, de Fontainebleau, avec Lefèvre,
« de Venise... Ainsi du reste. » Un aveu de cette nature
sous la plume d'un historien d'art tel que M. Mantz est
un appel au plus vaillant et au mieux armé. M. Lhuillier
s'est senti désigné. Prenant à la lettre la plainte éloquente de M. Mantz, il s'est d'abord occupé de la chronologie d'une existence d'artiste sur laquelle il fallait
répandre de la lumière. Il ne semble pas que votre confrère ait éprouvé beaucoup de peine à s'acquitter de

cette première tâche. Les ascendants, les proches, les amis du jeune Claude, tous peintres, sont évoqués par M. Lhuillier avec une sûreté, une abondance de renseignements merveilleuses. Hugues et Jean Lefèvre, Louis, Jacques, Jean II, se dressent au premier plan. Apparaissent ensuite Eustache Le Sueur et Le Brun, les deux maîtres de Claude. Le Brun discerna la caractéristique du talent de Claude et dirigea toutes les énergies de son élève vers l'art éminemment français du portrait. Marié à vingt-cinq ans, Claude Lefèvre était célèbre trois ans plus tard, c'est-à-dire en pleine jeunesse. Colbert et Le Brun demeurèrent ses appuis. Membre de l'Académie royale de peinture à trente et un ans, adjoint à professeur, Claude, bientôt après, resté veuf avec quatre enfants, se remarie et meurt à Paris à quarante-trois ans. M. Lhuillier donne d'excellentes raisons à l'appui du décès de Lefèvre à Paris, alors que d'Argenville fait mourir à Londres le brillant portraitiste. Le séjour de Claude en Angleterre, si court qu'on le suppose, paraît être une conjecture. Jean Cotelle, le fils, et François de Troy reçurent les leçons de Claude Lefèvre. Abordant ensuite l'histoire des ouvrages de Lefèvre, M. Lhuillier signale environ soixante-dix portraits d'hommes d'État, de magistrats, de prélats ou d'artistes exécutés entre 1660 et 1674, par le peintre dont il a reconstitué la biographie. Telle est l'étude bien complète sévère dans ses lignes contenues, que M. Lhuillier a rédigée... sous le fanion.

Un dernier mot, Messieurs, et votre session aura pris fin. Il n'est personne parmi vous qui n'ait admiré au Musée du Louvre les délicates terres cuites de Tanagra. « Ville haute et escarpée, blanche d'aspect et argileuse »

au dire de l'historien Dicéarque, Tanagra fut maintes
fois troublée par les luttes sanglantes de ses voisins les
Athéniens et les Thébains. Des champs de vigne et
d'oliviers couvraient les pentes que dominaient les remparts de la ville. Au temps de la Ligue béotienne, un
archonte, jaloux de rendre Tanagra riche et prospère,
prescrivit aux habitants de la contrée la culture ininter-
rompue de leurs champs. Lorsque des capitaines ou des
poètes en renom dans cette patrie d'Hésiode, de Corinne
et d'Epaminondas traversaient la campagne, escortés de
disciples ou de gardes, c'était leur faire honneur, leur
marquer du respect que de rester à sa vigne, à son sillon, et de continuer son œuvre. Or, il advint qu'un jour
Corinne, précédée d'un groupe de jeunes filles, sortit
de la ville et se dirigea vers Thèbes où avait lieu uné
joute poétique. Le cortège s'acheminait joyeux. Les
compagnes de Corinne avançaient en cadence, frappant
la terre de leurs pieds agiles, avec symétrie, selon que
l'exigeait la mesure d'un de ces chœurs appelés chez les
anciens παρθένεια, et qu'elles exécutaient en marchant.
Cette *parthénie*, dédiée par Corinne aux jeunes filles de
Tanagra, lui avait valu de remporter naguère la palme
sur Pindare aux jeux Pythiques qui se célébraient à Del-
phes. Et pendant que le groupe harmonieux défilait par
le sentier rapide qui conduit à Thèbes, le péplum des
jeunes filles, tissé de gaze, flottait au vent. La campagne
qui bordait la route était peuplée de paysans soignant
les ceps ou cueillant les olives. Aucun ne parut s'aper-
cevoir du passage de Corinne. Ainsi l'avait prescrit l'archonte. Cependant, une femme penchée vers la terre, à
l'extrémité d'un enclos, ramasse tout à coup un objet de
forme indistincte. Elle le cache dans un pli de son véte-

ment ; puis n'écoutant que son patriotisme, elle se pré-
cipite vers Corinne et dépose à ses pieds, sur le sable
de la route, l'objet qu'elle vient de découvrir. C'était
une figurine de la Victoire. Ce devoir accompli, l'humble femme, muette et souriante, rentra dans son champ
et se remit au travail.

Que vous semble, Messieurs, de cet hommage spon-
tané de la paysanne de Tanagra ? N'y a-t-il pas quelque
similitude entre votre conduite et la sienne ? A l'exemple de ces bons ouvriers dispersés autour de la ville,
attachés à la glèbe, fidèles à leur tâche modeste, vous
défrichez le sol de nos provinces, vous scrutez sans
relâche et sans défaillance des annales glorieuses enve-
loppées d'ombre. Ce n'est pas le décret d'un archonte
qui vous a commandé d'agir de la sorte. Vous seuls avez
décidé de votre vocation. Et quel est le but de vos efforts ?
Je vais vous le dire. Il est une puissance invisible et toujours présente qui parcourt à chaque heure nos campagnes et nos cités : c'est la France ! Or c'est à la France que
revient l'honneur de vos études persévérantes ; c'est à
l'art de la France, à ses maîtres, à ses chefs-d'œuvre que
profite votre labeur opiniâtre et désintéressé. Vos succès, Messieurs, dans le champ toujours inexploré, toujours fertile de l'histoire nationale, font songer involontairement à cette *Victoire* exhumée du sol de Tanagra.
Offerte à l'émule de Pindare, la veille du concours poétique de Thèbes, la *Victoire* n'était qu'un présage ; appor-
tée dans cette enceinte sous la forme d'archives précieuses, de pages, éloquentes et révélatrices, elle est un
filial hommage, un tribut patriotique. Vais-je trop loin ?
Le parallèle est-il excessif ? Non, Messieurs. C'est bien
en effet, une victoire que vous remportez chaque année

sur l'ignorance ou l'oubli, sans ostentation, sans arrière-pensée de réputation personnelle, avec le seul souci de bien faire, d'accroître le renom de notre école et de rendre plus durable, plus éclatante, la gloire de la France.

TABLE

TABLE 279

TABLE 281

TABLE   283

TABLE 285

TABLE 287

H

TABLE 289

TABLE 291

TABLE   293

TABLE 295

TABLE 297

TABLE 299

TABLE DES MATIÈRES

TYPOGRAPHIE

EDMOND MONNOYER

AU MANS (Sarthe)

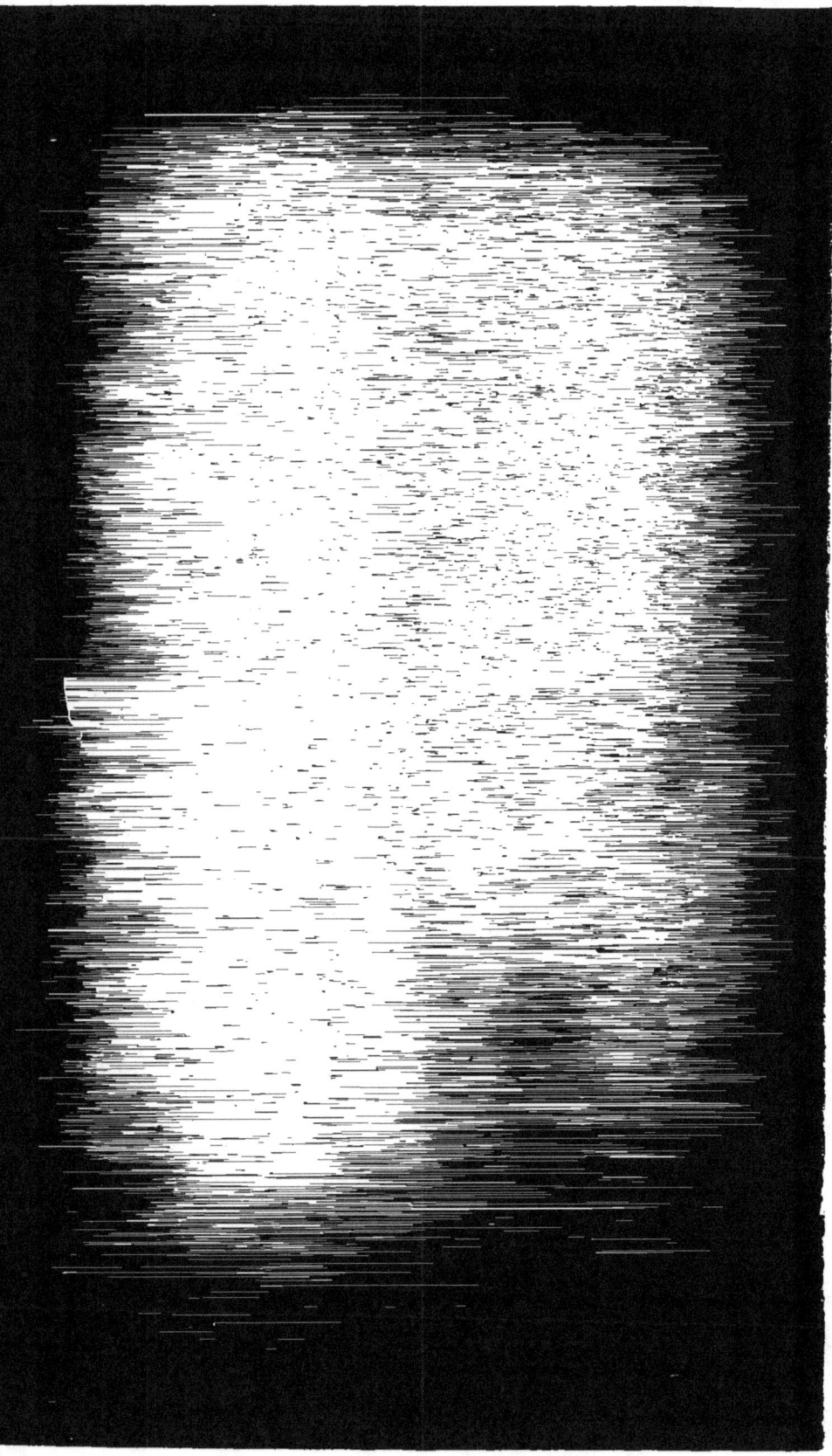

OUVRAGES DE M. HENRY JOUIN

David d'Angers, sa vie, son œuvre, ses écrits et ses contemporains. Deux portraits du maître d'après Ingres et Ernest Hébert, de l'Institut, 23 planches et un fac-similé gravé par A. Durand. Paris, 1878, 2 vol. grand in-8°. — Ouvrage couronné par l'Académie française . . 50 fr.

David d'Angers et ses relations littéraires. Correspondance du maître avec Victor Hugo, Lamartine, Chateaubriand, de Vigny, Lamennais, Balzac, Charlet, Louis et Victor Pavie, lady Morgan, Cooper, Humboldt, Rauch, Tieck, Berzelius, Schlegel, etc. Paris, 1890, in-8°, avec portr. 7 fr.

David d'Angers. Nouvelles lettres du Maître et de ses contemporains, suivies de « Dernières lettres de l'artiste et de ses correspondants ». Paris, 1894, 1 vol. in-8°, avec portrait.

Le Musée David. Histoire et description des Musées d'Angers : Musée de peinture et de sculpture, Cabinet Turpin de Crissé, Musée Saint-Jean. Paris, 1885, 1 vol. gr. in-8°.

Antoine Coysevox, sa vie, son œuvre et ses contemporains, précédé d'une étude sur l'Ecole française de sculpture avant le xviiᵉ siècle. Paris, 1883, in-12. — Ouvrage couronné par l'Académie des Beaux-Arts. 3 50

Jacques Saly, sculpteur du roi de Danemark, Paris, 1896, 1 vol. in-8° 3 50

Charles Le Brun et les arts sous Louis XIV. Le Premier Peintre, sa vie, son œuvre, ses écrits, ses contemporains, son influence, d'après le manuscrit de Nivelon et de nombreuses pièces inédites. Un portrait du maître par Eugène Burney, d'après le buste de Coyzevox. Paris, 1889, gr. in-4 . . . . 20 fr.

L'Art et la Province. Le Comité des sociétés des Beaux-Arts ; les sessions annuelles des délégués des départements, suivis des rapports généraux lus à l'issue de ses sessions. Rapports de 1877 à 1901, 3 vol, in-8°. 24 fr.

Esthétique du Sculpteur. Philosophie de l'art plastique : la Statue, le Buste, le Groupe, le Bas-relief, les Pierres gravées, les Médailles. Paris, 1888, 1 vol. in 8° . . . . 6 fr.

La Sculpture en Europe (1878). Précédé d'une conférence sur le Génie de l'art plastique. 1 vol. in-8° . . . . 6 fr.

La Sculpture aux Salons, de 1873 à 1883. 11 vol. in-8° . . . . 11 fr.

Maîtres contemporains : Fromentin, Corot, Henri Regnault, Léon Cogniet, Jouffroy, Gustave Doré, Baudry, etc. Paris, 1887, in-12. 3 50

Vus de profil : Benjamin Constant, Meissonnier, Puvis de Chavannes, Louis-Noël, Max. Bourgeois, etc. Paris, 1898, 1 vol. in-12 . . 3 50

Ancien Hôtel de Rohan affecté à l'Imprimerie nationale. Histoire et description. Avec 34 planches. Paris, 1889, 1 vol. gr. in-f°. . 100 fr.

Les Hauts dossiers des stalles de la chapelle du Grand séminaire d'Orléans, sculptés par J. Du Goullon. Avec 25 planches par Désiré Dubreuil. Orléans, 1889, 1 vol. in-f°. . . . . 30 fr.

Les Sculptures du château de Montal (Haut-Quercy). Avec 36 planches. Paris, 1881, 1 vol. in-4°.

Hippolyte Flandrin. Les frises de Saint-Vincent-de-Paul. Conférences populaires faites à la salle du Progrès, à Paris, les 12 et 19 janvier 1873. 1 vol. in-8°.

Conférences de l'Académie royale de Peinture et de Sculpture. recueillies, annotées et précédées d'une étude sur les Artistes écrivains. Paris, 1883, 1 vol. in-8°.

Lettres inédites d'artistes français du XIXᵉ siècle, 1 vol. in-8° . 3 50

www.ingramcontent.com/pod-product-compliance
Lightning Source LLC
Chambersburg PA
CBHW072119020726
47501CB00003B/894